国家社科基金项目八十年代至九十年代文学的"历史连续性"研究（批准号13BZW126）成果

| 国 | 研 | 文 | 库 |

世纪末文学的流变

张伯存　卢衍鹏　曹金合————著

光明日报出版社

图书在版编目（CIP）数据

世纪末文学的流变 / 张伯存，卢衍鹏，曹金合著
. --北京：光明日报出版社，2021.4
ISBN 978 - 7 - 5194 - 5882 - 9

Ⅰ.①世⋯ Ⅱ.①张⋯ ②卢⋯ ③曹⋯ Ⅲ.①中国文
学—当代文学—文学研究 Ⅳ.①I206.7

中国版本图书馆 CIP 数据核字（2021）第 057531 号

世纪末文学的流变

SHIJIMO WENXUE DE LIUBIAN

著　　者：张伯存　卢衍鹏　曹金合

责任编辑：曹美娜　　　　　　　责任校对：兰兆媛
封面设计：中联华文　　　　　　责任印制：曹　净

出版发行：光明日报出版社
地　　址：北京市西城区永安路 106 号，100050
电　　话：010 - 63169890（咨询），010 - 63131930（邮购）
传　　真：010 - 63131930
网　　址：http：//book. gmw. cn
E - mail：caomeina@ gmw. cn

法律顾问：北京德恒律师事务所龚柳方律师

印　　刷：三河市华东印刷有限公司
装　　订：三河市华东印刷有限公司

本书如有破损、缺页、装订错误，请与本社联系调换，电话：010 - 63131930

开　　本：170mm×240mm
字　　数：200 千字　　　　　　印　　张：15.5
版　　次：2021 年 4 月第 1 版　　印　　次：2021 年 4 月第 1 次印刷
书　　号：ISBN 978 - 7 - 5194 - 5882 - 9
定　　价：95.00 元

目 录
CONTENTS

引　言

　　进入 21 世纪以来，中国当代文学研究向纵深迈进，并有了新的拓展。海内外一些学者发出"重返八十年代"的学术吁求，深化了 20 世纪 80 年代文学研究；近年来，学术界对 90 年代文学的研究也悄然升温。但是，中国当代文学研究较突出地体现出一种"年代学"或称"断代史"的特征，这种研究思路强调不同时间段之间的差异性、断裂性，并且每次年代上的断裂大都是以否定以前为代价来强调自身的合法性。这种以"断裂"为特征的时间观和历史观是需要反思的。具体到 20 世纪"80 年代"和"90 年代"，这种以二元对立意识来切割的做法就更加明显。例如，一种流行说法是：80 年代是精神高扬的年代，是"文化人时代"；90 年代是物质至上的年代，是"经济人时代"。这样对两个年代"断裂性"的思维判断自然影响了当代文学研究界对八九十年代文学之间关系的判断，研究者往往强调、突出、论证二者之间差异、断裂的一面，如提出 80 年代文学是理想主义、人道主义的；90 年代文学是私人写作、欲望叙事的等等。而对二者之间"延续"的一面却视而不见或有意忽略。

　　本书选题是中国 20 世纪八九十年代文学的"历史连续性"，认为在八九十年代所谓"转折性"特征的前提下，其实有着一种更深层次的连续性，致力于打通八九十年代文学。在研究中不断质询：80 年代文学是如何走向 90 年代文学的？90 年代文学是如何接续 80 年代文学的？在新世纪中国崛起的时代语境中，在强化中国的文化竞争力、铸造当代中国人核心价值观的今天，如何在八九十年代文学"断裂"的历史中重新想象"连续性"叙述的可能，重新"缝合"历史的"断裂带"，价值重大。它的研究意义主要体现在：在全球化时代寻找一个中国现代性历史经验的文学表达方式，从文学角度发掘一条清晰的历史脉络来把握当代中国的自我理解和自我认同，寻求一种将这种自我理解和自我认同在连续性的时空中展开的自身逻辑和内在规律。

本书研究的主要内容有以下几方面。

第一，从人道主义、个人主义到"个人化写作"。在80年代社会生活和文学生活中，80年代早期的个人主义话语往往依附在当时的人道主义话语中，后来以人的内部差异性为旨趣的"美学个人主义"出现了。90年代的"个人化写作"是80年代"自我本质化"延续下来的自我建构的历史过程，没有80年代"个人""自我"价值的张扬，就没有90年代"个人"的确立。但90年代出现了基于财富划分下的消费性的"个人"，远离了公共生活。"个人化写作"表现了个人的"非历史化"。在新的市场条件下如何重新理解个人与共同体的关系，是当代中国文学和文化迫切需要解决的问题。

第二，80年代的现代化、"现代派"文学与90年代的现代性。在80年代，国家和个人有着一致的、明确的现代化追求，改革文学就是明显的现代化想象的叙事。在"现代派"小说中也隐晦地表现出来，王蒙的一组"意识流"小说其实就是"改革文学"（现代化）的变体；宗璞的小说《我是谁》关注人的"异化"问题；徐星、刘索拉等人的小说，与80年代的城市改革之间也存在着内在的、有效的历史联系。这些"现代派"小说从一个特殊角度表征了80年代中国的现代化想象和社会的现代化进程，表达了"个人"对"现代"的敏感体验。这直接关涉90年代的现代性纷争，什么样的"现代"？如何"现代"？如果脱离80年代的社会实践、文化意识和文学想象，很多问题就说不清楚。

第三，"回到文明自身"的寻根文学。"寻根文学"几乎是那个时期唯一跨越了 80 年代与 90 年代的文学思潮，它推举出的 80 年代最具创作实力的作家群体将在这一思潮中生发的问题一直延续到 90 年代。"寻根文学"是在现代性召唤之下的写作，是用"现代化"的眼光重新审视民族的文化和文学，"寻根文学"的理论和文本是被"现代"生产出来的，它对应的是各种现代化的方案，它蕴含了对现代化的质疑和批判。它是另一种"现代性"的探寻，它提出了"地方性"和"民族文化"的问题，这一维度的思考解放了作家的想象力，使"寻根文学"与现代化、全球化构成一种张力关系。"寻根文学"力图在世界中思考"人"的存在，在民族的、地域的，特别是文化的归属中考虑"个人"的问题。它接续了源远流长的中国文化传统，是中国文化"本源性"的一次当代复归，它提出的问题从 20 世纪 90 年代到 21 世纪以来愈发显得意义重大，它关涉确立中国的文化主体性和价值连续性的重大问题，关涉中国之为中国的精神价值系统中的核心问题。

第四，八九十年代先锋小说的命运：从热潮到式微。先锋小说从 80 年代的"引领风骚"到 90 年代的"明日黄花"，通过探究其中的历史际遇能够解码社会变迁和文学嬗变的轨迹。先锋小说家沉溺于形式、语言、文体的实验和探索，但在形式的狂欢、语言的游戏之中也蕴含着一种更深刻、更悲观的表达，它在剥离了政治、经济、文化等社会属性之后，在还原彻底独立的个人之后，表现"个人"存在的境遇和可能，但这样的"个人"流露出了它的抽象性及无力感。先锋小说的形式和内容也是对现实的一种回应。80 年代的文学实验成为 90 年代小说的常规技法，在文学演进过程中体现出先锋小说的艺术价值。

第五，跨越 80 和 90 年代的新写实小说。新写实小说作为一种文学潮流出现在 80 年代后期，这就是说，90 年代风行的世俗化写作、日常

生活叙事在 80 年代已经开始孕育、成形，对它的深入研究能够揭示 80
年代和 90 年代之间的深层次联系。这是一种疲惫、无奈及至回归日常
生活经验的写作态度，这种写作心态源自理想与现实的冲突，表现了理
想主义退潮后的一种心理落差以及对现实的妥协，是社会走向世俗化的
一种文学症候，是对 80 年代主题的告别，但在另一种意义上，是对 90
年代的新的诉求和想象，它表现了人的日常生活的正当性。但这种体制
内生存本相背后依然矗立着经济体制对"人"的境遇的框定。

第六，莫言的文学坚守及对 20 世纪中国历史与现实的穿越。莫言
的小说创作在 80 至 90 年代文学中具有标本性意义。他写于 80 年代的
长篇小说《红高粱家族》和写于 90 年代的长篇小说《酒国》《丰乳肥
臀》是 20 世纪中国文学最后 20 年的重要收获，三部小说以恢宏的气
势、奇谲的想象、大胆的情节、恣肆的语言描绘了 20 世纪的中国波澜
壮阔的历史画卷：抗日战争、社会主义改造、"文革"、社会主义市场
经济等，显示了整体把握、贯通 20 世纪中国历史与现实的文学胸襟和
抱负。而莫言的文学创造力维护了当代文学的尊严。

本书意在申明：90 年代文学在深层方面仍在延续着 80 年代文学的
历史趋势和观念前提。二者分享着大致相同的历史情景，"社会主义"
的"在场"渗透在当代政治制度、经济形态乃至社会的价值理念之中，
决定了 20 世纪最后 20 年的当代文学的主体性和整体性。80 年代对社
会公平、正义、平等的渴求并没有消退，影响文学生活至深的"基本
面"并没有改变。八九十年代文学是互为指涉的关系，也是相互生产
的关系，它们内在的连续性大于它们表面的"断裂"和差异性。本书
以一种整体性的眼光重新观照八九十年代的文学，发掘二者之间的
"异"中之"同"，"断"中之"续"，合"二"为"一"的关系。在
寻找意识形态的缝合点和各种话语谱系的同时，找到这些有一定差异的
话语得以"无缝对接"的内在机制及历史动力。

4

第一章

从人道主义、个人主义到"个人化写作"

在 80 年代社会生活和文学生活中，80 年代早期的个人主义话语往往依附在当时的人道主义话语中，后来以人的内部差异性为旨趣的"美学个人主义"出现了。90 年代的"个人化写作"是 80 年代"自我本质化"延续下来的自我建构的历史过程，没有 80 年代"个人""自我"价值的张扬，就没有 90 年代"个人"的确立。但 90 年代出现了基于财富划分下的消费的"个人"，远离了公共生活。"个人化写作"表现了个人的"非历史化"。在新的市场经济条件下如何重新理解个人与共同体的关系，成为当代中国文学和文化迫切需要解决的问题。

第一节　个人主义话语的依附性生存

在 20 世纪 80 年代前期，人道主义、启蒙理性受到 20 世纪西方现代哲学的反思和批判，产生了以个体立场阐发人性和人的存在问题。马克思主义哲学认为人道主义是资产阶级虚伪本质的内容之一，社会主义阵营坚持唯物史观和阶级斗争，批判包括人性、人道主义等在内的资产阶级唯心主义价值观，法兰克福学派等西方马克思主义则从"异化"等理论出发反思启蒙理性。在"文革"结束之后，学界对于西方马克思主义人道主义的译介开始增加，以不同方式探讨个人存在意义的问题①。

不仅在文学创作中出现了伤痕文学、反思文学等反映"个人"端倪的流派，在思想理论界也开始论证人的价值问题，朱光潜呼吁突破关于人性、展开人道主义大讨论，个人主义话语开始勇敢地走上前台。朱光潜、汝信、王若水等美学家论述人道主义的基本方法都是从西方理论入手，到1980年才逐步触碰现实问题和中国问题，而且遵循马克思主义角度，尤其是马克思早期的思想受到重视，《1844年经济学哲学手稿》关于人的问题、人道主义问题、异化问题等备受关注。人道主义大讨论其实已经超越其文学、美学等学术范畴，因为这涉及思想解放和价值立场等关键问题。国家级出版社（人民出版社等）、国家级报刊（《人民日报》《文学评论》《哲学研究》等）纷纷出版、刊登相关的书籍、文章。这次讨论持续时间长、影响范围广，可以说为个人主义话语扫清了很多障碍，堪称一次对"人"的解放的思想启蒙。当然，思想启蒙不是一蹴而就，对于"人"的观念还处于"古典人道主义"的认识，侧重人的理性、社会性的把握，例如对于爱情的描写也要突出其社会性价值。

个人主义话语在人性与阶级性关系讨论中进一步走向深入，澄清了人性与阶级性的区别与联系，为个人主义话语的张扬打下了基础。关于人性的认定，朱光潜等强调人的自然属性，王元化等突出人的社会属性，钱中文等强调共同人性与阶级性的统一，毛星等强调阶级性，王锐生等强调自然属性与社会属性的统一，等等②。加入讨论的有人道主义

---

① 亚思明."伤痕"深处的存在主义［J］.清华大学学报（哲学社会科学版），2013（3）：62 – 75.

② 李世涛.中国当代文艺理论中的人性、人道主义问题［J］.艺术百家，2010（1）：34 – 44.

大讨论的参与者，也有新加入的文艺理论界学者，他们虽然在观点上不一定相同，但基本达成了一定共识——人性不完全等于阶级性，人性可以有更丰富的内容。

个人主义话语对于人性的展示首先从个体的本能欲望开始，这是"人"最基本的自然属性。例如，《情感危机》《失去的，永远失去了》等小说描写因工作关系而长期分居的丈夫（或妻子），与他人发生了两性关系，《在新开放的浴场上》《万花筒》等小说都或多或少地描写了情欲。虽然这些作品在当时都受到了批判，认为"抽象地、单纯地表现丰富人性中的自然性，并把人的自然性看作是与有欲无情的动物性没有区别的东西"①，"持着这种人性论去进行创作，就会导致歪曲事实"②。但批判的理由要么依据马克思主义唯物史观，要么强调人性的社会性和阶级性，但基本上都回归了学理层面，已经不再那么具有"杀伤力"。

个人主义话语对于人性的展示更深层次地体现为个体主义的价值观，打破集体主义统筹一切的桎梏。小说《聚会》写一群回城无望的知青相约聚会、把酒言欢，文中表现出个体生命对于世界的绝望和悲凉情绪，同病相怜的"老插"们（插队知青）看不到希望和未来，革命的激情被现实的残酷一扫而净，只留下切肤的伤痛。聚会上虽然推杯换盏，但每个人心里都在想着自己的心事和苦恼，不经意就会触碰到心灵深处的伤口。小说最后，丘霞以自杀的方式结束了压抑苦闷的人生，活着的人仍然要面对绝望、沉重的生活。从个体生命体验思考现实人生，高考、回城，甚至饲养的母鸡，这些现实生活的考虑完全是个体化、私人化的价值取向，这与"上山下乡"的革命激情、献身农村的集体主

① 白烨. 创作与人性、人道主义问题漫谈 [J]. 当代文坛，1984（3）：3 - 7.
② 黄药眠. 人性、爱情、人道主义与当前文学创作倾向 [J]. 文艺研究，1981（6）：49 - 55.

义观念是截然背离的，而个体的痛苦体验也属于"抽象的人性论"范畴，关于人与历史、人与现实的思考也可以被视为"存在主义""个人主义"的反映。

个人主义话语的依附性生存还表现在对"共同的人性"的文学书写上，在实质上突破了之前的阶级论、血统论等侧重政治立场和社会属性的要求。刘心武的小说《如意》写的是"两人各执一柄如意而终于没有如意的爱情"①，男方是从小身为弃婴、长大伺候教父的校工石大爷，女方是贝勒府的金格格，无论从阶级出身、学识修养等各方面两个人均无交集，但在风雨不断的政治运动中仍然冲破各种阻碍相爱。石大爷大字不识，只能从事打扫卫生等工作，但是能够冒着"现行反革命"的危险，为被造反小将打死的资本家盖上雨布，为被专政的"牛鬼蛇神"送去绿豆汤。金格格为了与石大爷之间迟暮的爱情，拒绝了曾经的丈夫、现在的加拿大籍富商的复合请求。这些"反常规"的举动无不闪烁着人性的光辉，爱情、同情心、人情味等人类最基本的人性因素让人物形象鲜明、立体起来，让人物内心丰富、复杂起来。人性的柔软冲破了政治运动的重压，人性的力量抚慰着政治运动对人的戕害，让人看到希望和光明。

第二节　人道主义的苦难展示与启蒙话语

人道主义对于中国文学而言并不陌生，早在"五四"新文化运动时期就经由国外文学作品翻译并传播开来，催生了各种人道主义文学思潮，成为反抗旧文化的重要形式。但在救亡图存的时代背景下，人道主

---

① 刘心武. 如意［J］. 十月，1980（3）：40.

义很难成为中国现代性叙事的中心，只是其存在一直处于边缘位置。20世纪80年代，人道主义被当作一种现代性叙事而被重新拾起，被赋予"重新启蒙"的历史使命。

在思想解放和拨乱反正的语境下，人道主义担负了"重新启蒙"的历史任务，但在文学实践中有意无意地突出了"个人"。极左政治、盲目崇拜、"两个凡是"等都在不同程度上造成了整个社会的思想禁锢，文学自由遭到极大损坏。要想在短期内转变这种状况，光靠政治口号和行政命令远远不够，因为人的心灵和思想不像政治经济的复苏那样明显。同时，政治开放和经济发展带来社会的急剧变化，也要求文学反映这种新的现实，让人们更好地适应环境的变化。

在20世纪80年代文学潮流中，伤痕文学对于"伤痕"的展示在全社会引发共鸣，反思文学的"反思"也是基于痛苦的记忆，改革文学往往要展示之前的悲惨与当今的阻力，甚至在早期新写实文学中也有很多生活和人生的苦痛以及难以言说的烦恼。刘克的小说《古城堡》写西藏民主改革中人的变化，由农奴成长起来的平叛生产委员会主任——络布顿珠在思想上并没有消除封建思想，他报答的方式是要将活佛的小老婆送给解放军首长。活佛的小老婆曲珍年轻漂亮，身世悲惨，在新中国成立前受侮辱，在新中国成立后仍然被视为活佛的遗毒遭受羞辱，络布顿珠剥光她的衣服，鞭打脚踢，而且将这种打骂视为一种正当的"革命活动"。曲珍其实是最为悲惨的受害者，不仅身体上受到打骂和伤害，而且在精神和心灵上受到侮辱和践踏。络布顿珠在旧社会也是被压迫被剥削的农奴，在新社会有了做人的权利，但是在思想上仍然停留在农奴社会，显示了封建思想的毒害之深。最终，解放军的理解让曲珍含笑离开人世，她默默承受痛苦的一生，令人深思。

人道主义的苦难展示具有精神启蒙的意义，这符合当时对现代化、人性化的时代要求，让人们在悲剧中思考造成苦难的原因。陈国凯的小说《我该怎么办?》写的是本来感情很好的夫妻被"文革"拆散,被拘押的男人被传"自绝于人民",留下凄凉的妻子还要继续生活,于是她嫁给了另一个对自己不错的男人。"文革"结束后,第一任丈夫居然回来了,这让妻子面临两难、尴尬的选择。郑义的小说《枫》写美好爱情中的男女因极左政治运动而分道扬镳,不仅爱情不在,甚至生命都走向了毁灭。张贤亮的《灵与肉》《绿化树》《男人的一半是女人》等作品揭示了极左政治造成的灾难历史,同时在"真实细节"①上对于人性的伤害和扭曲进行了美学处理,既展示了知识分子在反右扩大化中遭受的悲惨命运,又反映出知识分子在重压之下为了生存被迫发出的智慧闪光。靳凡的小说《公开的情书》、礼平的小说《晚霞消失的时候》写个人情感在宏大的历史背景下饱受摧残的过程,个人在政治风云的变幻中人性得到严峻的考验。张弦的小说《被爱情遗忘的角落》写自然淳朴的爱情在封建落后、封闭贫穷的农村被扼杀的命运,存妮和小豹子两个年轻男女的自由结合被视为"人世间最丑最丑的丑事"②,一个投河自杀、一个被当成强奸犯入狱,而且这样的悲剧并未带来应有的反省,而是继续上演。

钱理群认为启蒙有三种话语形式,"如果你把自己设想为是理想的宣示者、捍卫者,你就会以布道式的言说方式说话;如果你是真理的探索者,要与别人讨论问题,就要选择闲话式的言说方式;你如果要自我审视,专门讨论自己的问题,要拒绝别人,那么你就要用独语"③。布道式的言说方式很容易给人专制主义的印象,靳凡的《公开的情书》直白地陈述了通信者之间精神导师式的话语:"她将从我们的思想能给

---

① 洪子诚.《绿化树》:前辈,强悍然而孱弱 [J]. 文艺争鸣,2016 (7):7-12.
② 张弦. 被爱情遗忘的角落 [J]. 上海文学,1980 (1):7.
③ 钱理群. 我的精神自传 [M]. 桂林:广西师范大学出版社,2007:134.

她多少光明来判断我们工作的价值"①，精神上的高低上下分别十分明显。北岛的小说《波动》写杨讯与萧凌偶然相遇、很快相爱又很快分手，深陷爱情的他们无法克服因阶级、思想等差异而形成的障碍。虽然他们的争吵激烈，但都是在对等的基础上，对于关键问题的争论也是："我们只是在接受一种既成事实，却不去想想这些和我们的生活融为一体的东西是否还有些价值?"② 杨讯与萧凌之间因为爱情而相互尊重，因为差异而争论不休，既有闲话式的言说方式，也有独白式的言说方式。《晚霞消失的时候》的开始和结束，"春"与"秋"在闲话式的对话中展开，"夏"和"冬"在紧张和焦虑中展开③，间或也有独白式的话语。其实，在文学实践中，启蒙的方式远比理论概括的更多，也更为复杂多元。

第三节 走向世俗的人道主义与个人的自我本质化

"世俗"是一个把现代生活中的一些特定行为、知识和情感聚合在一起的一个概念，西方的"世俗"概念来自文艺复兴关于人文主义、启蒙主义关于自然、黑格尔关于历史哲学等思想，阿萨德把世俗化看成现代性确立的过程④。恢复和走向世俗是中国 20 世纪 80 年代到 90 年代的大势所趋，世俗社会的建立也是政治化社会结束的必然结果。拨乱反正、解放思想的结果，就是让国家回归正常秩序，让人们的生活好起

① 靳凡. 公开的情书 [J] //中国当代文学研究会教育分会. 新时期争鸣作品选（第一册）. 西安：西北大学出版社，1988：96.
② 北岛. 波动 [M] //归来的陌生人. 广州：花城出版社，1986：40.
③ 张志忠. 有待展开的当代文学可能性 [J]. 文学评论，2010（4）：147 – 153.
④ 刘洋，黄剑波. 世俗、世俗主义与现代性 [M] //金泽，李华伟. 宗教社会学（第二辑）. 北京：社会科学文献出版社，2014：345 – 364.

来，奔向"四个现代化"的目标。为了早日实现现代化，政治上确立了以经济建设为中心，经济上建立社会主义市场经济体制，文化上大众文化、外来文化加速发展，这些都为世俗社会的到来打下了基础。

中国文化在某种程度上是一种世俗文化，走向世俗的人道主义转向关注内在的人的本质，时刻围绕人性、生命、尊严、价值等核心要素，试图重建以人为中心的价值伦理。在20世纪90年代之前，世俗的人道主义在文学上有大量表现，"文革"之后文学的复苏和重新启蒙也带动了世俗的人道主义文学发展，只不过在宏大叙事的遮蔽下不那么凸显而已。汪曾祺自认是"一个中国式的抒情的人道主义者"，"很朴素，就是对人的关心，对人的尊重和欣赏"[①]，他的小说《受戒》《大淖记事》等都体现出这一点。对于蹲过牛棚、被打成右派的作家而言，他们对于个体生命被迫害、个人尊严受侮辱的体验感同身受，一旦获得创作自由，很自然地就会持有人道主义写作立场，从平常事物中发现美的影子，以宽容温情的目光注视这个世界。《受戒》甚至写和尚"吃肉不瞒人"，对于清规戒律毫不在乎，出家人的七情六欲都可以不加掩饰地释放。可以想象，在宗教场所都世俗化的世界，人性的解放已经达到了什么程度。《大淖记事》赞美两情相悦的男女之情，一切不符合人性的规定都被打破，浓厚的人性氛围营造出一个个自然美好的爱情故事。

进入20世纪90年代，世俗化的人道主义在吸收启蒙主义文学的成果基础上，对于二元对立、非此即彼的思维模式进行了修正，在叙事上消解和弱化了阶级、战争、民族、国家等宏大叙事，建构和扩展了当代文学的人性审美空间。刘震云在关于历史的小说中进行了文学的"祛

---

① 汪曾祺. 我是一个中国人［M］//汪曾祺文集：文论卷. 南京：江苏文艺出版社，1994：238.

魅"①，建构了一个世俗的历史空间。小说《故乡天下黄花》写赵刺猬与赖和尚以血腥的手段来争夺写着村子名字的小圆木疙瘩——村长权力的象征，乡村权力的更迭其实是某一家族或某两个家族的继承和轮流执掌，"历史无进步，只是你方唱罢我登场的反复与循环"②。而小说《故乡相处流传》写两千多年当中发生的历史故事，统治者与被统治者只是换了个名字，故事的情节和本质几乎没有多少改变。

人道主义的世俗化不仅书写了历史的另一面，而且突出了社会边缘人物，让土匪、日本鬼子等"非人"形象具有了人性化的一面。在中国文学当中，"土匪"、绿林好汉的形象并不鲜见，《水浒传》就是其中集大成者。新中国成立之后，由于剿匪反特的政治需要，文学中的土匪、特务等差不多都是"非人"的形象，都是革命斗争的对象。进入20世纪90年代，陈忠实的小说《白鹿原》中的黑娃、贾平凹的小说《五魁》中的五魁等，他们的落草为寇都有迫不得已的"正当"理由，他们的行为很多带有"侠义"的色彩。这些"好"土匪英勇仗义，侠肝义胆，甚至在外族入侵等大是大非面前能够挺身而出、勇于担当，不啻为一种另类"英雄"形象，出没在阴暗处的蒙面人仿佛有了人性的光辉。尤凤伟的小说《生命通道》写日本军医队长高田出于人道和良知，主动与"汉奸"医生苏原秘密合作，开辟了一条抗日英雄的"生命通道"——利用医术在将要被枪毙的抗日者胸口做出不致人死亡的标记，可以让子弹"安全"通过、实施抢救，挽救了无数本来要死在日本人枪口下的中国抗日志士。在这里，"日本鬼子""汉奸"虽然并没有像抗日英雄那样大义凛然的形象，但是他们以自己的方式表达了最

---

① 姜翼飞，张文东. 论刘震云历史题材小说中的祛魅意识［J］. 文艺评论，2016（7）：71-77.

② 摩罗. 刘震云：中国生活的批评家［M］//自由的歌谣. 北京：文化艺术出版社，1999：127-153.

大限度的、绝望式的挣扎，其中蕴含的信念和意志同样让人敬佩，精神人格仍然显露出神圣之光，其精神纬度与《拉贝日记》为代表的西方人道主义文学相呼应，体现出中国当代文学走向现代、走向世界的趋向。

走向世俗的人道主义强化了"人"与"个人"的力量，在市场经济的条件下，个人主义的文学书写开始走上舞台，出现了以"非历史化"、消费化、个人化等为特征的"个人化写作"。

第四节　远离公共生活的个人化写作
与个人的非历史化

相比以前，在 20 世纪 90 年代作家更为关注文学的个人、自由和自己，文学的内容更多地包含个人体验、个人记忆、个人生活和个人价值等，个人主义的审美空间得以建构。与此同时，远离公共生活和公共话语的"非历史化""非社会化""价值悬空"等文学表达成为可能，解构成为另外一种建构的形式。当然，具体到每个作家，"个人化"写作的程度是不一样的。需要警惕的是，"个人主义"强化到一定程度，就会出现"自我本质化"的倾向，这是考量个人与社会、文学与市场、"80 年代"与"90 年代"等关联问题的重要内容。

20 世纪 90 年代经济社会的一大转变是双轨制到市场经济，出现了社会转型期走出体制的"个人"，其个人诉求产生了区别于传统文学、主流文学的可能。首先，个性与反叛等个人化标志特别明显的文学受到格外关注，体现出社会对于"个人"的期望与好奇。王朔在 20 世纪 80 年代只是一个边缘的、不起眼的作家，但在 90 年代出版了《王朔文集》并大卖，成为版税制"第一个吃螃蟹的人"。王朔之所以在 20 世纪 90 年代火爆一时，原因是其塑造的文学形象激发了革命、个人、北京等文化符号在社会转型期的嬗变，尤其是极具个人魅力的"顽主"形象颠覆并重塑了当时的青年形象。"顽主们"用玩世不恭、颓废戏谑的叙事方式解构了一本正经的革命话语和精英话语，在嘲讽社会和历史的同时也嘲讽现实和自己。其次，远离主流的文学书写得到格外关注，文学"下海"成为作家"个人化"的重要事件。虽然王朔也是最早下海的作家之一，但是其文学书写更多的是对 80 年代文学的反叛。

相比之下，王小波的出现使其成为 90 年代文学中"一只特立独行的猪"，其粉丝自封为"王小波的门下走狗"，这种以猪狗自喻（或自娱）的现象本身就体现了文学的自信与活力。王小波始终关注的也是个人的生存境遇问题，无论是"文革"时期的知青叙事，还是唐传奇的故事新编，都关注人的荒诞式、戏剧式生存，"个人"是其文学的核心。王小波的英年早逝让其个人文化英雄主义色彩更为浓厚，加上市场经济条件下刚成立的《三联生活周刊》等媒体制造新闻热点的需要，王小波"专栏作家"的身份被放大，加上当时社会对于"公共场域"的讨论，王小波被媒体视为"自由主义知识分子""公共知识分子"的代言人。

基于文化自觉、"自立门户"的需要，朱文、韩东等作家发起的"断裂"行动宣示了作家"个人"远离公共生活的决绝，同时也是作家个人试图建立自己文学"领地"的宣言。"个人"作家否认体制内文学的师承关系、文学权威、意识形态、批判评奖、文学机构等传统文学规则，转而追求个人写作的"真空化"，其策略是以反叛的姿态建立自己的文学地位。从读者角度来说，既有文学的启蒙姿态、精英意识和宏大叙事已经不能适应多元化的文学市场，社会转型期的读者都是不同价值取向的"个人"，其个人化需求、个性化审美需要得到满足。更为"个人"的读者希望看到与市场经济规则相适应的文学样式，其中就要包含市场经济法则（开放、自由、多元等）和突出个人的生活方式，甚至包括西方文化中的糟粕（利己主义、拜金主义、物欲横流等消极因素）。不得不承认，个人化写作在趋向"个人"的同时，也不可避免地向"市场"妥协。其实，我们应该理解个人化写作与金钱和市场的暧昧关系，因为自利性本身就是个人"本性"的一部分。

个人化写作不等于女性写作，但女性特质与"个人"似乎更为切近。在传统文学视界里，无论是宏大叙事，还是意识形态，文学的男性化似乎更为明显。而个人化写作的代表人物林白、陈染等大多是女性作家，其原因也很简单，女性的体验更敏感、私密性更强。林白的小说《一个人的战争》被视为女性主义的精神自传，其中饱含了女性隐秘、混沌的生活体验——女同性恋、性萌动、手淫等，尤其是那种撕裂式的绝望与悄无声息的反抗，呈现出柔弱而倔强的斗士姿态。林白的个人化写作有着对于女性的精致化观照，这与西方女性主义理论不谋而合，尽管其主观上并没有这种期望。正如林白所说，个人化写作是一种"真正的生命的涌动"，能够让"本质的人获得前所未有的解放"①，走向私密的个人化写作以远离公共生活的方式实现了一种新的文学自由。其中，"独白式""自恋式"的文学语言在某种程度上形成了一种新的文学风格，也是一种对抗政治和传统的有力武器，但同时也有走向文字编码游戏的危险——重复、保守和封闭。从文学本质而言，个人化写作的文学"革命"意义并不突出，"个人""欲望""性经验"，甚至同性恋话题，都不是个人化写作的发明，很多文学"禁区"早就在 20 世纪 80 年代被先行者进入，只不过个人化写作在很多边缘区域进行了极端化处理，迎合了中产阶级的文学想象②。

---

① 林白. 选择的过程与追忆：关于《致命的飞翔》[J]. 作家, 1995 (7)：11 - 13.
② 向荣, 等. 新世纪的文学神话：中产化写作与"优雅"的崛起 [J]. 当代文坛, 2006 (2)：13 - 16.

　　与女性作家的个人化写作相对，个人化写作的另一重要群体包括朱文、韩东、东西、鬼子等，还被称为"新生代""晚生代""60 年代人"等，这些不同的命名在本质上并非文学规定性，而是大而化之的时代生活场景、日常生活的称谓，并不具有文学史的价值——非历史化写作。个人化作家的姿态和立场已经决定了其写作不可能深入历史肌理，虽然有人高度评价其对于市场化条件下城市场景的书写，但这种书写仅限于某种符号、欲望、片段和场景，很难进入历史维度的民族精神、价值理性等深层次内容。

第二章

80 年代的现代化、"现代派"文学与
90 年代的现代性之关联

在 20 世纪 80 年代，国家和个人有着一致的、明确的现代化追求，改革文学就是明显的现代化想象的叙事。在"现代派"小说中也看到这一点，王蒙的一组"意识流"小说其实就是"改革文学"（现代化）的变体；宗璞的小说《我是谁》关注人的"异化"问题；徐星、刘索拉等人的小说，与 80 年代的城市改革之间存在着内在的、有效的历史联系。这些"现代派"小说从一个特殊角度表征了 80 年代中国的现代化想象和社会的现代化进程，表达了"个人"对"现代"的敏感体验。这直接关涉 90 年代的现代性纷争，什么样的"现代"？如何"现代"？如果脱离 80 年代的社会实践、文化意识和文学想象，很多问题就难以回答。

第一节　文学的"现代"：一个中国文学
无法回避的超级词汇

对于中国文学来说，"现代"一直以来都是一个无法回避、涵盖性极广的超级词汇，这不仅由于"现代"本身的复杂性，更是源于中国社会对文学的期望和要求。"现代"的意义已经远远超过了其时间指向

的范畴，成为承载社会转型、文化变迁和审美转向的指向标，每个人都有自己对于"现代"的理解，每个人都有对于"现代"文学的认识，因为每个人都有对于现在的认识和未来的想象。

"现代"的英文词 modern 源自法文 moderne 与后期拉丁文 modenus，早期意为此时此刻，文艺复兴之前已经确立现代与古代的区别，19 世纪之前大部分有负面的含义。直到 19 世纪，尤其是 20 世纪趋于正面——改善的、有效率的。现代化（modernization）在 18 世纪最开始被用于描述建筑物和拼词法，常与机制、工业相关，用来表示令人满意或喜欢的事物。由现代延伸出来的词语，比如现代主义（modernism）、现代主义者（modernist）在意义上由广义变为狭义，专指特定的潮流、趋势。从人类文明历史来说，"现代"西方世界在近代以来形成的价值系统，这一系统包括了政治、经济、社会和文化等多个方面。政治上，"现代"主要是民主政治体制，也就是"五四"时期就风行一时的"德先生"；经济上，"现代"主要是指经济上的工业化，晚清"师夷长技以制夷"的洋务运动就引进了西方的军事工业，开启了中国的现代工业历程；社会上，"现代"主要是指城市生活方式和自由民主思想的普及；文化上，"现代"主要是指人的价值和人性的张扬。

在 20 世纪的中国，"现代"是包括文学在内的一切学科或知识的母题，一切非现代的事物都受到质疑或否定，新文学从一开始就怀着对"现代"的憧憬和期望，"现代"在某种程度上代表了价值、理想和未来，"现代化为中国当有的出路"①。以"五四"新文化运动为代表的知识分子群体在寻求中国未来之路的时候，自然地将"现代"的民主与科学作为西方富强的主要原因，而将没有"现代"特征的传统文化视为中国落后的重要原因。作为一场全球化的社会变革，"现代化"是

---

① 金耀基. 中国社会与文化 [M]. 香港：香港牛津大学出版社，1992：16.

贯穿近代以来中国社会发展的时代主题，尽管这种时代主题的外来作用力大于其内在动力，而且这种外在动力首先引起思想、文化和政治变革，然后再推动经济、社会变革，文学在这一过程中起到了不可替代的重要作用。

从"现代"在中国产生和使用的语境来看，让当时的人们单从学术立场进行讨论几无可能，"复古"或"西化"的论争已经超出了中国传统或西方现代的范畴，"现代"对于中国文学的影响更是超出了文学的范围。不仅如此，"现代化"在中国的演进已经超出了社会理论或知识分子根据客观实证的原则。从西方语境来看，"现代"仅是西方现代社会理论之一，而且经过韦伯、帕森斯等思想家的反思和批判，人们已经认识到"现代"是西方中心主义文化的重要组成部分，对于"现代"的关注点已经转移到"什么样"的"现代"。对于中国来说，经过保守、激进、中立等不同立场的角逐，"现代"已经演化为更为综合的概念——"用来概括人类近期发展进程中社会急剧转变的总的动态的新名词"①，而且将"现代"具体到人的现代化和社会的现代化，其中自然也包括了文学的现代化。

李泽厚以"启蒙与救亡的双重变奏"来概括近代以来中国社会运动的基本趋向，其核心指向是中国现代化之路——"革命"，一个在复杂性上足以与"现代化"相媲美的词汇。在通向现代化的道路上，"革命"与"反革命"的斗争在很长的一段时间都是中国社会的主流，到中华人民共和国成立后提出"四个现代化"才将社会重心转移到"建设"上。即使如此，由于国内外复杂的形势，反特斗争、抗美援朝等现实威胁的存在让"革命"从未真正远离，反而在特定时期（比如"文革"期间）被一再放大。"现代"走向"反现代"，仿佛只在一

---

① 罗荣渠. 现代化新论 [M]. 北京：北京大学出版社，1993：8.

瞬间。

因此，从文学的"现代"考察中国现代变革的窗口，可以发现中国社会、人心的变迁，更能看出中国文学通向现代之路的艰难历程。

第二节　文学的幻象："改革"的意识形态与现代化的想象

进入新时期之后，以经济建设为中心的现代化进程得以重新启动，而且包含了经济、政治、社会和文化等多个层面的现代化，文学的现代化提上日程——"文学为四个现代化服务"已经成为社会共识。对国家而言，尽快改变"以阶级斗争为纲"及其造成的混乱局面、快速恢复正常的国家秩序成为当务之急，掌握科学技术的知识分子、科技工作者成为全社会最受尊敬的人。包括作家在内的人文学科的知识分子虽然不如自然科学家那样受人瞩目，但显然也深受鼓舞，自觉地加入为四个现代化服务的大潮中。对个人而言，融入重启的现代化浪潮，不仅是为了现实境遇的需要，而且也是压抑许久的精神释放和文化理想的重新张扬。

从现代化的视角，国家和个人达成了高度的一致，在文学上表现为现代化想象，改革文学就是其中最明显的代表。改革小说的发轫作品《乔厂长上任记》发表后，引发的争论焦点是如何看待四个现代化与"揭批查"运动的关系问题①，批判者注重以"继续革命"的立场讨伐"四人帮"、林彪等人的罪行，肯定者着重以"现代化"的眼光赞扬"乔厂长"的改革，最终改革的现代化诉求获得了胜利。"改革"的意

① 徐勇. "改革"意识形态的起源及其困境 [J]. 中国现代文学研究丛刊, 2014（6）：123 - 133.

识形态作为改革小说的内在机制，成为评价历史、人物和文学的标准，因为"改革"是实现四个现代化的重要动力和必然要求。其中，对于"时间和数字"的推崇显示了改革小说对现代化思维的理解，而这种理解和文学表现不久前在蒋子龙的《机电局长的一天》中还被视为"唯生产力论"而遭到批判，尽管这种表现在后者还只是处于从属地位。这种改变其实还是文学对于政治时局的积极回应，"建设的速度问题，不是一个单纯的经济问题，而是一个尖锐的政治问题"①。当然，改革文学对于政治的回应，并非被动地、违心地跟从，而是主动地、热情地去回应新时代的到来，因为改革不仅是政治的需要，也是包括作家在内的广大人民的心声。如果说蒋子龙在《机电局长的一天》中对于生产力是一种现实主义的表现，那么在《乔厂长上任记》中对生产力则更像是一种理想主义的描绘，但效果却截然不同——"机电局长"因冲淡了革命叙事而备受责难，而"乔厂长"因担当了改革者、推动现代化的角色而被神化。

从现代化的视角看，现代人对物质和经济的追求是正当、合理的，改革文学试图改变人们原来传统落后的经济观念，将经济冲动作为文学叙事的核心内容。经济头脑、经营管理能力、科学技术水平等成为改革人物的标签，政治不再是衡量和评价一个人的第一标准，搞活经济成为共同的特征。典型人物的塑造也是如此，改革中的领导者必须有经济领导才能，他们的所作所为都是围绕经济层面展开，对人的价值的重新认定也是从经济层面来实现，个人的经济诉求得到尊重和鼓励。对于现代化的态度和反映，作家普遍持积极的心态，其实具有理想主义和想象的成分，"面向现代化，首先是我们的文学作品要努力反映实现四个现代

---

① 光明的中国.《人民日报》《红旗》杂志，《解放军报》一九七八年元旦社论［N］.
人民日报, 1978 - 01 - 01.

化的伟大进程"①。尽管改革文学一直被视为现实主义文学,但理想化、想象化的改革文学对于生活的"现实主义"反映仍然带有革命浪漫主义色彩。虽然有人质疑改革文学对于政治的直接响应,认为文学又一次充当了政治的工具和宣传的渠道,但是如果政治(改革)本身就具有合法性,那么这种工具或宣传也是极有价值的。在当时的历史背景下,作家的担当意识和参与意识在整个社会上都属于先觉者和先行者,对于作家的创作激情和介入现实的勇气,无论如何都要加以肯定。

改革文学的现代化想象来自对于"现代"的焦虑,这种文学焦虑本身就具有一种现代性特质。文学焦虑来自物质的匮乏引发的身体焦虑。很难想象,在物质匮乏的世界,如何要求作家能够超越"现实"而无视关乎生存与发展的经济问题。作家的焦虑其实代表了广大民众对于生活和未来的普遍担忧。文学焦虑和现实的需要让改革文学在细节上不那么真实,如《新星》中写李向南在贫困县推广水陆养殖和生态旅游,即使放在21世纪的今天仍然不过时,显然对改革的环境、成本等现实因素没有细加考究,图解政治政策的意图大于文学审美的真实表现。

总之,中国的现代化早已开启,重启"现代化"也并非恢复到中断之前的"现代化",而是重新提出对"现代化"的理解和阐释。从改革小说来看,现代化已经成为一个类似框架性的原则或共识,"现代化"已经由西化转变为"中国化"——空间的转换带来时间的分野。就"现代化"的逻辑而言,在完成现代化之前,"改革"应该没有休止符,而"改革文学"却没有因改革而继续风行。这里不是简单地判定"改革"对于改革文学的决定性作用,或者很难说改革文学对于现实中

---

① 王蒙. "面向现代化"与文学 [M] //王蒙文集:第6卷. 北京:华艺出版社,1993:492.

的"改革"具有多大的推动作用；但起码可以断言，"改革"或"改革文学"其中一方，必然是出现了某种不可调和的矛盾。就如《乔厂长上任记》中对于"数字和时间"的崇拜，在某种程度上是以经济理性和政治正确性压倒一切，没有更进一步深入文化层面，这是改革小说无以为继的深层原因。

第三节　现代化叙事的流变：从改革文学到"现代派"小说

如前所述，改革文学的现代化叙事充满了理想主义色彩，对于改革的外在表现（数字和时间等）大于社会表层之下的暗流涌动，文学形象对于改革者的神化超过对人物内心的挖掘。

其实，在改革大潮中，变动最大、影响最深的并非数字和时间等客观的经济指标，而是改革在人心中掀起的巨大波澜，是深入骨髓的人性纠结和精神裂变。现代化叙事围绕经济层面的结果，就是改革文学在审美上仍然延续"十七年文学"、甚至"文革文学"的叙事模式，在人物塑造上因袭传统清官形象，抑或带有"高大全"的无产阶级英雄的痕迹。对此，人们希望能够看到改革之后的人们内心深处的变动，尤其是人性和精神的深刻一面。从这个意义上来说，王蒙的一组"意识流"小说其实就是"改革文学"（现代化）的变体，王蒙等作家正是看到了改革文学的弱点，才试图采取截然不同的叙事方式来填充和弥补这一现代化叙事的空白和缺陷。

在现代化叙事的探索上，王蒙的《春之声》等小说对于"四个现代化"的呼应毫不逊色，同时又有意识流等西方现代文学创作手法，在文学"现代化"的形式创新上更进了一步。王蒙作为主流作家的代表，对于党的文艺政策和时代主题的把握超出常人，他在中国作家协会第三次代表大会上指出："要使自己的作品、自己的言行，切实有利于人民、有益于安定团结、有益于四个现代化。"① 王蒙在意识形态上向主流靠拢的同时，又大胆地实践了西方现代派艺术手法，在某种程度上打破了改革文学的桎梏，内容的保守与形式的激进相融合，显示出与改革文学不同的叙事策略。

"意识流"是典型的西方现代派艺术手法，王蒙并不是第一个使用的中国作家，但重启了这一现代艺术，其价值并非作品本身的艺术水准，而是"以形式解放撞开了精神解放的大门"②。也就是说，王蒙的意识流小说以现代派艺术形式的创新，带来了思想解放、审美解放的效果，重新恢复了中断已久的中国文学与世界文学的现代连接，这才是最有价值的所在。《布礼》以碎片化的时间流来表现对人生的思考，主人公钟亦成因诗被打成右派，时间从1957年到1966年再到1949年，再从1966年到1970年再到1949年，从被批判、殴打到参加革命活动，从被怀疑到入党宣誓，二十多年的精神历程被交替错落回放，支撑主人公的信仰、爱情、亲情等，在磨难中书写了知识分子的血泪史和精神史。意识流写法的优点是直白地书写精神和内心深处，但王蒙笔下的人物还是有明显的理性线索（比如20多处时间明确的标题），庄严和荒谬的并行与对立恰恰说明了这一点。相比改革文学，我们从意识流小说中看到了更多的精神和内心，尽管这种精神是以分裂和片段的方式展开，内心的揭示也被涂抹了层层伪装，但是毕竟能够体验到一种价值体系的坍塌和新的价值体系重建的努力。除了对精神世界的浓墨重彩和深入挖掘，意识流小说对于人、人性和人物的把握也与改革文学截然相反，人的渺小与卑微替代了改革文学中英雄人物的伟大与坚强，激情燃

---

① 王蒙. 我们的责任 [J]. 文艺报, 1979 (11－12)：47－50.
② 杨义. 王蒙小说的哲学、数学与形式 [J]. 山东师范大学学报（人文社会科学版），2013 (5)：5－15.

烧的岁月化为虚无缥缈的梦境。

宗璞的小说《我是谁》关注人的"异化"问题,在写作风格上更接近卡夫卡的《变形记》,以现代派艺术的方式重启了文学的知识分子问题探讨。提到知识分子问题,不得不想到鲁迅在"五四"时期关于人的主体的文学探索,宗璞在"文革"结束之后,能够较早地认识到并创作出《我是谁》《蜗居》等小说,可见具有强烈的现代意识。《我是谁》很显然是对自己身份的追问,主人公韦弥一直困惑并挣扎着寻找自己的身份,外界环境给予的身份让她陷入痛苦和绝望的境地。一方面,在他人看来(甚至自己也认为),自己和很多教授、讲师等一样,都是痛苦不堪、伤痕累累的虫子在地上"一本正经地爬着"①。这里的"虫"是一种身份的象征,意味着阶级出身不好、思想反动,甚至直接就是"大毒草""大毒虫"。另一方面,自己的内心又强烈地意识到自己并非"虫",而更像是回归祖国母亲怀抱、立志报效国家的"雁"——在国外学有所成而心系祖国的知识分子,放弃国外的优厚待遇,投入战火中新生的中国。韦弥和丈夫孟文起失去了作为学者的职业、权利,以及作为人的自由和尊严,而被称为"牛鬼蛇神",作为敌人而对待。孟文起的上吊和韦弥的投湖,不仅仅是失去了教授的职业和做人的身份,而且致命的是走向了"人民"的对立面而失去了存在的合法性,因为他们回国的目的就是投入祖国人民的怀抱。也就是说,知识分子追寻自我的过程,其实是身份认同的过程,"韦弥们"的反思并不能确认其作为"人"的主体,因为他们已经自觉地将自己归入"人民"的宏大叙事,即使死亡也只是逃避身份的无奈选择,并不能解决其身份问题。可见,宗璞对人的"异化"问题还停留在宏大叙事层面,

---

① 初清华. 新时期之初小说对知识分子身份的想象 [J]. 文学评论, 2005 (6): 79-85.

造成的异化包括两个方面：一是外在的暴力，包括语言暴力和身体暴力，语言暴力带来的精神折磨甚至要超过身体暴力带来的肉体伤痛；另一个是自身的焦虑，知识分子缺乏反思，既要对外界、他人（包括"人民"）进行反思，又要对自我进行反思。当然，我们这里强调的不仅是宗璞的"反思"，而且是对宗璞"反思"的反思。

相比王蒙、宗璞等对现代派写作手法的探索，徐星、刘索拉等对现代艺术的实践已经进入哲学和理念的层面，他们以反叛传统的姿态书写城市文化，这与80年代的城市改革之间存在着内在的、有效的历史联系。城市本身就是现代化发展的成果，中国的城市由"城"和"市"组成，分别指防御功能和经济功能①，中国文学中的城市应该具有不同于西方的特质，比如中国传统的诗性文化就是最有底蕴的文化资源。但是，徐星、刘索拉等作家对于城市文化的书写显然更受西方现代主义思潮的影响，以青年亚文化的姿态，侧重于形而上地去表现当代城市人的生存状态，尤其是那种无以名状的压抑感、空虚感、孤独感和幻灭感，以及对生存方式和个体命运的抗争、思索、追问。徐星、刘索拉等对于现代城市的书写是一种"想象性写作"，"想象这一概念绝不等同于'虚假意识'，或毫无根据的幻想，它仅仅表明了共同体的形成与人们的认同、意愿、意志和想像关系以及支撑这些认同和想象的物质条件有着密切的关系"②。这里的"物质条件"就是20世纪80年代之后的城市改革和迅速发展，关于城市的现代性想象并没有完全屏蔽文学所处社会的客观性和作家的切身体验。正好相反，关于城市的形而上想象是作家的城市生活经验与现代思想建构相融合的产物，因此关于城市的文本

---

① 傅崇兰，白晨曦，等. 中国城市发展史 [M]. 北京：中国社会科学文献出版社，2009：35.

② 汪晖. 现代中国思想的兴起（上卷·第一部）[M]. 北京：生活·读书·新知三联书店，2004：4.

一定是关于城市的经验（包括形象性经验），而城市经验转化为文学文本其实也是现代性想象的过程。刘索拉的《你别无选择》用戏谑的叙述语言和闹剧式的情节来非线性地展示城市生存状态，给人以陌生化的感性认识和真实性的精神体验。徐星的《无主题变奏》以迷茫反讽的基调来展示城市生存的玩世不恭和真实痛苦，在消解精神丰富性、复杂性的同时实现了现代哲思的直觉化、情感化和人生化，尽管这种城市人生显得那么厌烦、冷酷、沉闷和疏离，但是又那么真实、深刻和穿越。

第四节　文学现代性的纷争：从现代到后现代

20 世纪 90 年代关于现代性的纷争其实在 80 年代就已经开始，或者说是继承和延续了 80 年代关于现代性讨论的思想成果，实质上已经发生了根本性的转变。从严格的意义上，所谓"现代性断裂""重写现代性"等纷争，与 80 年代就开始的"重写文学史""重估现代性"等相呼应，在方法论上都是西方现代理论的又一次上演。

有人用"幽灵"比喻现代性的复杂性和神秘性，仿佛是在指称一种熟悉而陌生的存在。如果说 80 年代的文学现代性存在更多的共识（共同的现代化目的），那么 90 年代的文学现代性趋向更多的分歧（不同的思维方式）。汪晖对现代性进行了知识考古学的分析①，在梳理西方现代性理论的基础上提出了中国现代性的研究思路，希望通过提炼中国社会和中国文化的"关键词"来探究中国现代性的形成过程。与汪

---

① 汪晖. 韦伯与中国的现代性问题 [M] //汪晖自选集. 桂林：广西师范大学出版社，1997：1－35.

晖不同，倡导后现代的学者提出了"现代性终结"的命题，认为中国社会、中国文学要走出现代性，其依据是中国社会结构发生重要转型——市场化、消费化，再加上西方后现代主义思想的传播，现代性逐步将被后现代取代。我们不得不追问："当我们在谈论现代性或后现代的时候，我们究竟在谈论什么？"或者说，我们的文学中有没有现代主义、后现代主义？我们如何面对文学的现代性或后现代？

首先，中国文学从20世纪80年代以来确实产生了很多变化和新的因素，现实主义文学复苏与现代主义创作实验频出，不断翻新的文学潮流和新的文化立场让文学的现代性变得复杂和多元。尤其是1987年以后，很多作家开始在作品中流露出对既有意识形态的反讽和对传统价值信仰的否定，以各种方式来表现躲避崇高、对抗现实的消解意义，从文字游戏到游戏人生，喧嚣中弥漫着一种刻意为之的审美倾向。但是，反叛现代性不等于后现代，文学的表面新气象不一定带来文学内在的新质。

其次，对于文学是否现代性或后现代的判断，出发点和观察角度很重要，从概念出发，还是从文学出发，也许会得到不同的结论。如果从文学创作出发，20世纪90年代的先锋文学与西方后现代主义文学有着千丝万缕的联系，不管是形式的模仿，还是精神的因袭，都流露出或多或少的痕迹。但是我们不能因此断定先锋文学就是后现代文学，更不能以西方后现代主义来衡量中国先锋文学的价值和意义。如果从概念出发，用西方后现代主义的理论体系来套中国的先锋文学，可能会失望地发现其中掺杂了现代性的因素，或者会惊喜地发现先锋文学丰富了后现代的视域。我们需要注意的是，中国之所以引进和吸收西方后现代文学，肯定有其内在的审美需求和文学自觉，其中既有现代性诉求，也有对后现代主义的好奇，不能简单而论。甚至可以说，先锋文学在最初时可以看成是现代派，而后才被视为后现代文学；文学语境的不同可能带来相左的文学观念。

再次，要分清楚文学的现代与后现代，与中国社会现实的现代与后现代，两者存在联系，但是不能等同。根据人类历史的发展规律，以及西方现代主义、后现代主义的历史经验，中国远没有达到后工业社会的阶段，甚至有些地区还处于前现代社会。再者，就算是经济发展到一定程度，也不意味着在文学、文化和思想上就能产生与西方同步的后现代主义。同理，即使中国在经济社会层面远未达到西方后现代主义的水平，也不等于中国不能产生后现代主义文学因素。就如魔幻现实主义产生于经济社会相对落后的拉丁美洲，而中国第一个获得诺贝尔文学奖的莫言也被认为在作品中体现了类似风格，但判断文学的标准绝不仅限于某种风格。

最后，与其辨析现代性与后现代的复杂关系，不如将其看成具体文学问题的语境和方法，立足中国文学实际比跟风西方潮流更为重要。20世纪90年代晚期的"文学终结论"虽然与世纪末的悲观情绪有关，但也在某种程度上凸显了文学边缘化的现实。在后现代的视域下，对于文学边缘化的认识更为明晰——从艺术中心走向边缘、从文化中心走向边缘，艺术领域中影视占据了中心地位，文化领域中以科技、创意、传媒、资金等为纽带的文化产业成为中心。现代科技的迅猛发展改变了社会面貌和人们的生活方式，依赖技术进步的综合媒介艺术迅速崛起，文学昔日的优势和光环不再。人们的价值观念和文化观念都发生了改变，已经不再遵从审美现代性所制定的规则，尼采美学所宣示的精神虚无也影响到中国，早在"五四"时期中国现代性初建时就伴随着尼采批判的声音，"尼采反对的是西方的现代，鲁迅怀疑的则是正在建构的中国的现代"①。现代性与后现代的纷争扩展了文学研究的领域，在一定程

---

① 郜元宝. 编选者序［M］//尼采在中国. 上海：上海三联书店，2001：1.

度上改变了文学观念和审美认识，其中就包括对 20 世纪 90 年代文学的判断，从中西比较（中国文学现代性与西方后现代主义）和内外对比（文学内外、文化内外）的多维视野，为中国文学打开了更为立体的审美空间。

第三章

"寻根"：回到文明自身

"寻根"思潮作为 20 世纪 80 年代非常重要的文学文化思潮，其持续的时间并不长，主要集中在 1984—1985 年，在引起轰动和广泛关注之后随即偃旗息鼓、风流云散。但这一思潮生发的问题一直延续到 90 年代直至 21 世纪。因此，"寻根"思潮并不是表面上那样短暂的"历史"的现象，而是具有当下性、衍生性、延展性的话语平台和思想空间，有持续追寻和思辨的理论价值和现实意义。

"寻根"思潮结束 20 多年后，其代表人物韩少功表示："什么是'寻根'？寻什么'根'？怎样去'寻'？""二十多年前谈不清楚，二十多年后肯定还是谈不清楚。"① 这番话道出了"寻根"思潮的复杂性和评判的困难。但在"寻根"之始，韩少功的想法是明晰而又自信的："文学有'根'，文学之'根'应深植于民族传统文化的土壤里，根不深，则叶难茂"；"寻根""是一种对民族的重新认识、一种审美意识中潜在历史因素的苏醒，一种追求和把握人世无限感和永恒感的对象化表现。"② 其间为什么会有这么大的认识落差呢？正因为连"当事人"也觉得至今还"谈不清楚"，才确有"谈"的必要。

---

① 韩少功. 寻根群体的条件 [J]. 上海文化，2009 (5).
② 韩少功. 文学的"根"[J]. 作家，1985 (4).

本章从寻根文学的三位代表作家的代表作品——韩少功的《爸爸爸》、王安忆的《小鲍庄》、阿城的《棋王》——入手，探寻他们创作的踪迹与嬗变，在反思话语中探讨"寻根"思潮的连续性和持久性，意在申明一种"中国叙事"的执着立场，其间蕴含着中国文化的张扬和中华文明的确认。

第一节　韩少功：从文化批判到抵抗现代性

韩少功的《爸爸爸》营造了一个虚实相间、扑朔迷离、混沌不明的意境。它以一个丑陋的傻子兼侏儒丙崽为主要人物来表现一个村庄的兴衰变迁和种族的退化衰落，其反讽性是显而易见的。小说描绘了放蛊、"花咒"、打冤、坐桩、打卦、殉古、"过山"等带有巫术色彩的风俗，诡异的幻觉和异象，灵异的当地传说，人物怪异的观念思维和行为方式，这是一个由古老巫术文化统摄起来的世界，是一个迥异于现代文明的生活空间。《爸爸爸》在亦庄亦谐的叙述中隐含了"文明与愚昧的冲突"。因此，《爸爸爸》是一种"民族寓言"式的文本，其寓言性是由文本内在的诸如落后与先进、愚昧与文明两种不兼容的话语系统的错位及组合构成的，它是一种关于中国文化价值判断及裁定的文学叙事。一般认为，小说隐喻了"阿Q"式的国民性批判话语，丙崽/鸡头寨接续上了阿Q/未庄的隐喻系统，丙崽就是一个巨大的文化隐喻符号，韩少功的寻根意识承继了鲁迅的国民劣根性批判。作者从所谓现代意识出发，反观、审视民族文化的积习和弊端，虽然艺术上属上乘之作，但思想上并非十分高明。

90年代之后，中国更深地卷入全球化的同时也遭到西方大国的围堵和打压，与之相应，国内民族主义思潮兴起，韩少功80年代朦胧的民族文化意识成为更明晰的反思现代性的思想意识。他思考的结晶就是1996年出版的辞典体长篇小说《马桥词典》。同样是巫术、灵异之类的风俗，在《爸爸爸》中是愚昧落后的表征，而在《马桥词典》中则被赋予了正面含义，是抵抗现代性，追寻另一种生活可能性的表征。

与《爸爸爸》的过于惨淡、灰色、悲观不同，《马桥词典》呈现出一抹亮色，一团温情，作者流露出一种发自内心的深情。《爸爸爸》感性占上风，混沌一团，晦暗不明；而《马桥词典》则由清明的理性和睿智的思辨主导叙述。

《马桥词典》意在探究一个"方言共同体"的生命形态和价值观念。现代性蕴含着进步主义和发展主义的内在逻辑，在《马桥词典》中，马桥人恰恰是反现代、反科学、反理性的，他们对城市生活、现代化本能地拒斥；他们对知识、科学有抵触心理。他们自祖辈起就形成了一个稳定的精神价值体系，一个相对自足的"伦理世界"。现代社会是一个高度世俗化的社会，它越来越均质化，拒绝另类，排斥异己，现代性的无边界扩展意味着一体化、单极化力量的无比强大、无远弗届。马桥村里，村民们的种种禁忌、习俗、思维是神秘的、原始的、灵异的，这是一个异质性文化"飞地"，抗衡着现代文明的侵蚀。先进与落后、文明与愚昧的二元对立思维是现代性认识论，往往成为人们评判社会、国族、共同体的准绳。而这种认识论恰恰是需要反思、反省的，文明的标尺到底是什么？这种认识论其实染上了西方历史上殖民主义、帝国主义的浓重色彩。在全球一体化加速的时代，倡导文化多样性，张扬文化独特性，是抵挡趋同化的唯一途径。

以马鸣为代表的马桥人固守着自己的生活方式，抱朴守静，无利欲之心，过着隐士般的生活，是一种人与自然和谐相融的生活状态。这样的生活方式无疑是和现代性所开创的现代生活方式扞格不入，后者意味着享受社会发展所带来的物质生活的富足、舒适、安逸，物欲的不止追求，这是高消耗资源以破坏环境为代价的消费意识形态主导下的生活。这样的所谓现代的生活方式不能带来人与自然的和谐，也不能带来现代人内心的安宁，相反，在"铁笼"（马克斯·韦伯）的禁锢下，在"巨型怪兽"（安东尼·吉登斯）的碾压下，无数人不由自主地被卷入"大漩涡"（马歇尔·伯曼）里，内心遭受着孤独无助和焦虑不安的煎熬。

因此，"马鸣们"的生活就具有了抵抗现代性的寓意。现代性犹如洪流一般滚滚向前，与传统告别；而"马鸣们"却回归传统，本真、原初、简朴，内心安宁，拒绝成为被裹挟而去的现代性洪水中的一分子。他们的生活态度是一种文化权利的伸张，一种逆现代性而行的价值观。马桥村坐落在现代性维度之外，它为文化霸权的反抗提供了想象空间。

《马桥词典》延续性地表现了中国近代以来关于"变"与"常"的历史大命题。它是一部抵抗现代性的寓言，它反宏大叙事，反普遍主义，反"普世价值"。它敞开一个被遮蔽、被压制、被遗忘的异质性空间和文化系统。

当韩少功这样质询"绚丽的楚文化到哪里去了？"[①]，他的寻根力作《爸爸爸》恰恰不是对"绚丽的楚文化"的再现，而是表现楚文化为代表的中国文化的愚昧落后的一面，表达理性主体一种强烈的文化批判意识。他的《文学的"根"》一文所宣扬的文化抱负与《爸爸爸》之间是存在着抵牾之处的。十年之后，作者的文化立场发生了显著变化，他开始真正在"寻根"，追寻"绚丽的楚文化"，发掘文化正能量。《马桥词典》令我们思索：马桥这个小村落的存在意味着什么？现代性遮蔽了什么？不发展就一定不好吗？普遍性与特殊性、全球化与本土性是怎样的关系？什么样的生活是幸福美好的生活？90年代至今，它们逐渐

---

① 韩少功. 文学的"根"[J]. 作家，1985（4）.

成为我们国家非常重要的问题，因为这关乎文化政治立场和精神价值建构，关乎中国如何在世界立足、如何发展的问题。而《马桥词典》对这些问题进行了文学化应答，以它的敏锐性、深刻性和迥异于主流社会思潮的独特性。

第二节　王安忆：从小鲍庄到大上海

王安忆的《小鲍庄》发表之初被看作一种关于儒家"仁义"文化的文学叙事，它也是一种"民族寓言"。它具有一种地老天荒的神话特征：大洪水、家族起源、罪与救赎的故事。小鲍庄的村民们用一套祖辈传下来的伦理观念来解释他们的生活形态，诸如生老病死、天灾人祸、善恶美丑等。这些构成了作者心目中"文化中国"的想象和叙事，然而，它却借助了《圣经》创世纪神话的"外衣"，这不能不说是一种文化悖论或错置。小说主人公叫捞渣，他是"仁义"神话的象征，他的死改变了村里很多人的不幸命运和困境。事实上，"不是捞渣的死，而是对捞渣的死的'当代'叙述"使他们时来运转。① 这种"叙述"就是小说中出现的一套有关"阶级""革命"等"当代神话"话语，这似乎昭示了当代神话及其权力运作机制超越、取代了传统"仁义"神话。《小鲍庄》文本自身蕴含着话语构成的复杂性，有着明显的内在张力，存在着彼此消解或冲突的多种话语：西方文化源头的创世纪神话、儒家"仁义"神话、"当代神话"、民间话语体系（日常言行方式、唱曲野史）的多重交织、纠缠，因而也造成文本的多重指向、裂隙和

---

① 黄子平. 语言洪水中的坝与碑——重读《小鲍庄》[M]//王晓明. 二十世纪中国文学史论：第三卷. 上海：东方出版中心，1997：296.

碎片。

　　王安忆有过插队的经历和农村生活体验，作为知青作家，她写出寻根文学的代表作《小鲍庄》是很自然的事情。她说："我向往我拥有一个村庄，哪怕只是暂时。村庄给我一种根源的感觉，村庄还使我有一种家园的感觉。"① 但农村生活只是她生命中的短暂插曲，城市才是她安身之所立命之地。当很多人以为"寻根运动"只有短暂的两年，到90年代早已烟消云散的时候，王安忆却并不这样认为。"这场寻根运动是由前后两个部分组成，一是文化传统上的，一是家族史上的。前者是抽象的，意图不明显的；后者则是具体的，意象较为明确的。"② 那么，她的家族史小说《纪实与虚构》其实就是对接《小鲍庄》，继续踏上"寻根"的旅程。她认为家族小说"是一种寻求根源的具体化、个人化的表现，它是'寻根'从外走向内的表现"；"它不像前一类寻根小说那样，带有荒蛮时代天地混沌人神合一史诗般的恢弘气势，它看上去格局要缩小许多，更具有现实的气息。这一类小说是要比前一类更吸引我……尽管大多数人并没有将这类家族小说归进寻根运动，人们都说寻根运动已经过去，一去不回"。③ 作为寻根文学的主要参与者，王安忆对寻根小说和寻根运动的感受和认知是独特的，也是最贴心的，她以一位优秀小说家的敏锐和直觉深入内在肌理捕捉它。"前一类的寻根小说更像是个童话，而后一类的家族小说则是一部纪实。这就是寻根的大潮！我盲动地随了大潮，起伏追逐，我只是觉得内心受了巨大的感动，我觉得新的故事世界透露出晨曦般的光芒。"④ 这就是长篇小说《纪实与虚构》。

---

① 王安忆. 纪实与虚构 [M]. 北京：人民文学出版社，1993：217.
② 王安忆. 纪实与虚构 [M]. 北京：人民文学出版社，1993：406.
③ 王安忆. 纪实与虚构 [M]. 北京：人民文学出版社，1993：408.
④ 王安忆. 纪实与虚构 [M]. 北京：人民文学出版社，1993：409.

　　在这部小说中，作者以坐标的形式将个体生命分成纵向和横向两个向度，叙述在相离又相交的两个方向上展开。横向上看，叙述人"我"在个人成长史、生命史中，在上海这座独特城市体验到种种孤独，与各色人等的关系纠葛，这是"我"在社会中的位置，即"空间坐标"。另一条情节线索是梳理母系家族的血脉传递脉络，捕捉祖先的蛛丝马迹，以模拟考古学和推理的方式进行虚构，建构一部母系家族神话，这是纵向的关系，"我"在历史长河中的位置，即"时间坐标"。这是个人生命史上的寻根。这是一个不折不扣的"上海故事"，从故事时间溯流而上，它其实预示了王安忆此后的《长恨歌》《天香》等小说。

　　王安忆对她生长于斯的上海一往情深，长期投注观照，俨然成为上海叙事的代言人。她说："在 1980 年（代），寻根的浪潮底下，我也想寻寻我们上海的根。"① 一部《长恨歌》（1995 年）写尽上海从 20 世纪 40 年代到 80 年代的浮华沧桑。小说主人公王琦瑶是上海这座城市的精灵，她的形象和上海这座城市的形象相互纠缠在一起，无法分离，她一生的命运与上海的沧桑沉浮相始终。小说细腻描绘了上海私密的内部风景、精致的世俗日常生活及浮华梦幻，再现"海上繁华梦"，写出了"现代上海史诗"。在老上海怀旧热氛围中，小说在失落、忧郁、感伤的气息中做着拯救与救赎这座城市的努力。王琦瑶是"老上海"或"旧上海"的遗物或纪念碑。

　　而王安忆 2011 年发表的《天香》写的则是"古上海"，小说上溯到了上海的"史前"时代——晚明，即上海浮出"现代"地表之前的一段历史时期。她意图展现海派文明的原初历史图像，这是她个人的上海"考古学"。她叙述上海士绅家族的兴衰命运，记述申家园林兴废始

---

① 王安忆当时就到资料室查阅"顾绣"等上海掌故性的资料，记在笔记本里，30 年后，她据此及后来搜集的大量资料写出了长篇小说《天香》。《光明日报》2015 年 9 月 10 日。

末。作者有意识地对接了古代上海和当代上海，这座城市的前世和今生，源头和源流，为今天的上海重构了起源神话，在想象层面发掘出上海这座中国最大、最繁华城市之"根"，它不是开埠神话，不是十里洋场传奇，它有一个"中国芯"，这是上海之所以成为上海的精魂，是新上海精神的源泉。《天香》其实是一种"世情小说"，以描摹世态人情见长，而它在写法上回到中国古典小说传统，有红楼笔法和韵致存焉，这又是文体层面上的寻根了。

王安忆的"上海叙事"一路上溯，从当代到现代再到古代，追根溯源，描绘出海派文明的"谱系学"。

第三节　阿城：知识结构与文化构成

阿城的《棋王》一写"棋"，二写"吃"。通过二者表达两层思想意蕴：一是表现中国文化，这又分道家和禅宗；一是生存线上的以"吃"为目标的世俗人生。文本中二者之间存在着游移、摇摆，与之相应，作者对《棋王》前后阐释也存在着摇摆不定或否定之否定。

《棋王》发表 20 年之后，阿城在接受访谈时说："我只是对知识构成和文化结构有兴趣"；"寻不寻根，不是重要的，重要的就是要改变你的知识结构"。① 60 年代是阿城人生中最重要的时期，他此时形成的知识结构决定了他 80 年代写出《棋王》这部"标新立异"的小说。

阿城的创作观及对《棋王》的阐释有一个变化不定、莫衷一是的过程。阿城关于《棋王》最早的创作自述出现在一封私人通信中，大

---

① 查建英. 八十年代访谈录 [M]. 北京：生活·读书·新知三联书店，2006：33，42.

意是说，他的创作是对普通人很贴近的关注。《棋王》一是想写俗人的乐趣，二是想写衣食足方知荣辱，三是想写王一生这样的痴人也有历史的演进。① 这是 1984 年底以前，是原初的想法，较自我，真实可信。

1984 年底，阿城参加那场著名的杭州会议，韩少功是会上的核心人物，宣扬文化寻根，阿城也在会上表现不俗，俨然是令人刮目相看的世外高人。② 儒释道之间的关系，传统文化心理结构是他所关注的，其小说《棋王》的文化意蕴当然也是他所要阐发的。他随后在《文汇报》上一段《话不在多》的短文中说道："以我陋见，《棋王》尚未入流，因其还未完全浸入笔者所感知的中国文化，仍属于半文化小说。若使中国能与世界文化对话，非要能浸出丰厚的中国文化。"③ 这已和他最初的说法不同，他申明自己在追求一种高雅的"文化小说"，大谈"中国文化"与"世界文化"对话，话题很"高大上"，不再说写"俗人"了。

《棋王》最热的 1984—1985 年，评论家纷纷解读它所蕴含的道家思想，所谓"无为无不为"。这也似乎得到作者的认可。但到了 1986 年，阿城喜欢谈禅，他认为对《棋王》的各种评论都是扯淡。"其实我写的都是公案。"④

阿城的确喜欢谈禅，从最早的《文化制约着人类》一文到随笔集

---

① 仲呈祥. 阿城之谜 [J]. 现代作家，1985（6）. 阿城在创作谈《一些话》表达了相近的意思，载《中篇小说选刊》1984 年第 6 期。

② 据王安忆回忆，她因接到会议通知较晚，没买到火车票，无法与会，深以为憾。"后来，许多与会者向我转达那次会议的情形，最集中描绘的是阿城发言。他讲了三个故事……给我一种禅机的印象。那时候，听阿城说话，就是像参禅，而我们又都缺乏慧根，只感到有光明透来，却觉悟不得。"王安忆. "寻根"二十年忆 [J]. 上海文学，2006（8）.

③ 《文汇报》1985 年 4 月 22 日刊登"83—84 年全国中篇小说奖获奖作家感言"。

④ 朱伟. 接近阿城 [M] //王晓明. 二十世纪中国文学史论：第三卷. 上海：东方出版中心，1997：314.

《闲话闲说》《威尼斯日记》，再到后来的学术随笔集《洛书河图》都有涉及。禅宗在中国从最初的佛门净土后来进入士大夫门庭，演变为中国古代文人士子传统的一脉，是一种精致的士人文化、贵族文化（《棋王》里倪斌父亲是近代的流风遗绪），是封闭的小圈子化的，在历史上影响也不大。这又和《棋王》中刻意张扬的贫苦阶层以"吃"为主的世俗生活相抵牾，草根庶民的民间文化和士大夫阶级的参禅悟道是两套价值体系和话语系统。

有人从《棋王》中看出，"寻根"的终极意义是回到人的基本生存面，回到日常的经验世界。① 这似乎和中国文化扯不上关系，但是，如果说中国文化的特质，在认识论层面，更强调"常识"，在存在论层面，更强调"日常"，近似于周作人所谓的"人情物理"，那么，从这层意义上讲，《棋王》写"吃"是大有文化，近乎"道"焉。

阿城10余年后再看寻根文学，认为它撞开了一扇门，即世俗之门。而世俗文化是中国文化的基本构成；五四以前的小说，"总而言之，世俗情态溢于言表"②。

他认为他的《棋王》接续了中国古典世俗小说传统：

从世俗小说的样貌来说，比如《棋王》里有"英雄传奇""现实演义"，"言情"因为较隐晦，评论家们对世俗不熟悉，所以至今还没解读出来，大概总要二三十年吧。不少人的评论里都提到《棋王》里的"吃"，几乎叫他们看出"世俗"平实本义，只是被自己用惯的大话引开了。③

① 李庆西. 寻根：回到事物本身［J］. 文学评论，1988（4）.
② 阿城. 闲话闲说——中国世俗与中国小说［M］. 北京：作家出版社，1997：169，25，90，179.
③ 阿城. 闲话闲说——中国世俗与中国小说［M］. 北京：作家出版社，1997：178-179.

由此看出他前后说法自相矛盾，从最初说是写俗人、普通人到后来说是写中国文化精神的文化小说，再到晚近的说法写"世俗"，经历了一个否定之否定的过程。其实，阿城的《棋王》和文化寻根扯上关系是他事先没有想到的，别人说是文化寻根小说，他也就乐得顺水推舟并推波助澜，大谈文化。后来的所谓道家与禅学，是他故弄玄虚，放"烟幕弹"。但这也证明其小说文本的多义性。

阿城在《棋王》《树王》《孩子王》之后的《遍地风流》系列小说中，有一些描绘了边地少数民族风情和生活习俗，但它们的文体价值更突出，它们其实是一种新笔记小说，接续的是中国古代笔记小说传统及文脉，算是一种文类、文体意义上的"寻根"。他在 90 年代出版的随笔集《常识与通识》中，用生物学等科学知识解释人类情感与文艺现象，令人耳目一新，其实还是意在言明知识结构的重要性。

阿城现在的文明文化观在 20 世纪 80 年代已初露端倪。韩少功在文章中这样提到阿城：他"谈了对苗族服装的精辟见解，最后说：'一个民族自己的过去，是很容易被忘记的，也是不那么容易被忘记的。'"①阿城在杭州会议上对一众作家、评论家讲的对苗族服饰图案的看法还只是他的文明观的思想萌芽，还不成熟，还拘囿于少数民族民间艺术范畴，但可以看出他的知识结构比其他人高出一筹，他 20 多年来的持续研究、探索，接续了 80 年代的"文化寻根"。

80 年代初、中期，阿城开始关注中国青铜器及相关考古知识，其知识结构的又一次重组、改变已经为后来的继续"寻根"埋下了伏笔。②

---

① 韩少功. 文学的"根"[J]. 作家, 1985 (4).
② 1982 年，阿城读了北京三联书店出版的哈佛大学教授张光直先生的《中国青铜时代》，1985 年阿城到美国哈佛大学结识他，请益问学，受益匪浅。《八十年代访谈录》中第 54 - 55 页有较详细介绍。

阿城 2014 年出版的学术随笔集《洛书河图》应看作他近期"寻根"的实绩。

阿城转向造型艺术研究是"寻根"的再出发，或者说，当当年的同道半途而废、迷路或转向的时候，他一直在坚韧不拔、锲而不舍地"寻根"，悟性极高的阿城终于有了惊人的发现：苗族服饰图案完好保存了河图、洛书的原型符号及天极的形象，自新石器时代传承而来，乃一种罕见的上古文明活化石。他指出："对我关键性的启示，是苗族刺绣图案，它们几乎与良渚文化中琮上的神徽一一对应。""这意味着苗族对上古符形的保存，超乎想象地顽强？自称传承中华文明的汉族，反而迷失了，异化了，尤其于今为烈？苗族文化是罕见的活化石，我们绝对应该'子子孙孙永宝之'。"① 阿城的"寻根"寻到他自认为真正的源头："对西南少数民族的文化保护，我认为应该从文明的发生这样的重要性来重新认识。从艺术上来说，它们不应该被视为民间艺术，而是高度文明的遗存，是活化石，是东亚新石器文明的活化石，是中国文明之源的活化石。"② 阿城从中国古代天象系统也就是宇宙观入手，理出中华文明一路而下的脉络。

在中华文明的主流叙述中，黄河文明中心论曾经是长期的主流叙述，通过一些历史学者的努力，它被颠覆了。关于中华文明的脉络，阿城在《洛书河图》的《重印后记》中写道："我个人一直对这个文脉有最大的兴趣，视它为中国的根本资源，如果不梳理它，甚至切断它，结果一定是崔健唱的'一无所有'，既悲壮又滑稽。所谓的现当代，一定是文脉不断的现当代。只有文脉不断的现当代中国，才能与文脉不断的

---

① 阿城. 洛书河图——文明的造型探源（修订本）［M］. 北京：中华书局，2015：51、176.

② 阿城. 洛书河图——文明的造型探源（修订本）［M］. 北京：中华书局，2015：167.

普世现当代交谈与融合。"① 这番话明白无误地告诉我们，阿城是多么痴情地、执着地"寻根"——追寻中华文明之"根"。

韩少功作为80年代寻根文学的领军人物，其思想文化立场从《爸爸爸》中的国民性批判到《马桥词典》中的现代性批判，其中的转折是耐人寻味的。前者是以因深感中国的落后而起的变革的渴望为动因，背后矗立着现代西方的对比、参照和80年代语境熏染；后者是在全球化加速、现代性全方位渗透中国的语境中凸显一种文化独特性和本土文化立场，这恰恰是他要寻的绚烂的文化之"根"，是他的寻根宣言《文学的"根"》一文所宣扬的理念的文学实践及虚构文本，褒贬之间看出他文化自信心的增强和思考深度的掘进。王安忆的小说创作从小村落到个人家族史再到城市文明史，貌似题材跨度很大，相互之间毫不相干，但内里有一个"寻根"的理路和脉络一以贯之，这是不可不察的，就此言之，作为小说家的王安忆的寻根意识是最强烈的，寻根情结是最浓重的，其"寻根小说"创作的时间跨度也是最长的。阿城从苗族服饰图案和青铜器图案中发现了古代中国文明体系里的宇宙观、天下观和人生观，这是我们祖先的中华文明观。阿城的这一"发现"很文学，自是一家之言，但其寻根意识可嘉，他在寻根之路上走得最远，这是一个人的孤旅，他捡拾已被现代人遗弃、遗忘的"文明的碎片"，拼接、黏合，他另辟蹊径，沿迹而上一路走向远古时代中华文明的源头，发现了中华文明的一条脉络。这正和80年代的寻根文化思潮的非正统、反规范、去中心相契合。

"寻根"思潮提出一个如何认识和利用本土文化资源的根本性问题。寻根小说是现代性询唤下的文学实践。"寻根"的指向是"中国"

---

① 阿城. 洛书河图——文明的造型探源（修订本）［M］. 北京：中华书局，2015：175.

和"文化"，它对文学本土性的追求充满文化民族主义色彩，它以文学的方式重构民族文化资源，重新确立中国文化的主体位置，跨越"文化断裂带"，接续文化传统，形成新的文化主体认同。

寻根文学是"文化苏醒"的表征，是文化民族主义意识觉醒的表征，其中存在着一种文化想象在全球化语境中自我投射、显影的机制。当中国不可避免地卷入全球化的历史进程之中，"寻根"思潮的民族性表述及寻根小说的本土化叙事有着不可替代的重要性。如果说80年代的寻根文学"通过对'非规范'民族文化传统的重新挖掘，来建构新的文化共同体想象"；"而这种重叙无疑又是70—80年代转型时期的中国在世界格局中的主体位置变动的直接投影"。① 那么，20世纪90年代至21世纪的韩少功、王安忆、阿城的上述"寻根"文本进一步表现了在"全球化的成年期"，"中国在世界格局中的主体位置"的变迁和位移。这样，"寻根"思潮势必在一个相对长期的历史时段处在复杂、矛盾的多重对话关系当中。正如韩少功所言："所谓'寻根'本身有不同指向，事后也可有多种反思角度，但就其要点而言，它是全球化压强大增时的产物，体现了一种不同文明之间的对话，构成了全球性与本土性之间的充分紧张，通常以焦灼、沉重、错杂、夸张、文化敏感、永恒关切等为精神气质特征。"② 它是外力作用下的文化本能反应，但它超越了伤痕文学、反思文学、改革文学的社会问题层面和政治意识形态，寻根文学关于文化中国的叙事立意高远，苍茫辽阔，具有独特的精神气质和艺术魅力。

在全球化与本土性之间存在着一种"刺激—反应"模式。"本土化是全球化激发出来的，异质化是同质化的必然反应——表面上的两极趋

---

① 贺桂梅."新启蒙"知识档案［M］.北京：北京大学出版社，2010：218.
② 韩少功.寻根群体的条件［J］.上海文化，2009（5）.

势，实际上有着互渗互补和相克相生的复杂关系，而且在全球化的成年期愈益明显。"在这个意义上，韩少功表示："'寻根'是非西方世界一个幽灵，还可能在有些人那里附体。"① 这就是说，"寻根"是全球化的产物，是西方世界的对立物，存在于东西方文明的结构关系之中，只要对方存在，它就不会终止和消失。

随着中国崛起、国际地缘政治格局重组和国际环境的变化，以下问题日益浮出水面：何谓中国？如何"言说中国"？如何建构中国人形象？"中国道路"意味着什么？它能够为全人类的文明和福祉做出什么样的独特贡献？这些问题在很长时间里激发着我们去思考、寻找答案。这是我们自我认同和归属的问题，其背后必然需要强大的文化理念和精神意志作支撑。

这也正是韩少功当年《文学的"根"》一文所流露出的雄心大志："去揭示一些决定民族发展和人类生存的谜"；"万端变化中，中国还是中国，尤其是在文学艺术方面，在民族的深层精神和文化物质方面，我们有民族的自我。我们的责任是释放现代观念的热能，来重铸和镀亮这种自我。"②

因此，"寻根"是一个关于中国故事和中国叙述的问题，是想象和讲述自身意义和意义生产的谱系及源流的问题，其意义是"在价值领域里表述和构建自身历史经验的连续性与合法性"，③ 是建构当代中国文化思想主体性的自觉实践，这样的文学创作表现了中国的价值生产和意义阐释上的创造性和自我肯定的意愿及能力，体现出价值上的远景。从 80 年代起步的"寻根"思潮直到新世纪，这条文化脉络时明时暗、若隐若现，始终没有中断，它已融汇到思想界关于中国认同、中国价值

① 韩少功. 寻根群体的条件 [J]. 上海文化，2009（5）.
② 韩少功. 文学的"根"[J]. 作家，1985（4）.
③ 张旭东. 文化政治与中国道路 [M]. 上海：上海人民出版社，2015：1.

的思考和讨论中去，愈发表现出一种"文化自信"。它对中国经验及历史的叙述、描写、想象及意义阐释，印证了中国文化传统的刚健生命力和当代文学的强劲创造力，这样的文学既是接续传统的文学，又是关注现实的文学，更是面向未来的文学，是一种关于"中国梦"的大文学，它存在于一个文明大国的话语表述和价值系统之中，彰显着、张扬着中国文明、中国文化、中国传统和中国价值。

第四章

先锋小说：嬗变中的延续

中国社会进入 20 世纪 90 年代之后，开启了新的社会转型期，先锋小说在新的社会语境下呈现出有别于 80 年代的风貌和质素，有人据此认为先锋文学发生转向，甚至有人认为作为一种潮流的先锋文学已经终结。文学评论界也纷纷用"终结""溃散"等悲观的词语来判定先锋文学。其实，断言先锋文学走向"死亡"未免言过其实，它只是不再风光无限，不再像 80 年代那样扛着文学解放的大旗，以惹人瞩目的声势浩大的方式对传统的现实主义文学进行解构与颠覆，形成一种阵势和潮流，而是进入一个相对平实的"调适期""盘整期"。

90 年代初，在北京召开的三场与先锋文学有关的学术会议显然有着盘点、回顾、总结和展望的意味，分别是：1990 年 7 月，北京大学比较文学研究所举办的"后现代主义与中国当代先锋文学"国际学术会议；1992 年 9 月 9 日，中国社科院文学所召开的"后现代：台湾与大陆的文学形势"国际学术会议；1993 年 3 月 10 日—13 日，北京大学、中国社科院文学所、中国比较文学学会等多家单位联合召开的"后现代文化与中国当代文学"国际研讨会。

80 年代末 90 年代初，一批先锋小说选集、文集集中面市，也同样具有展示成果的总结意味。主要有：《收获》杂志社编辑程永新编选的

《中国新潮小说选》。① 《人民文学》杂志社编辑朱伟编选的《中国先锋小说》。② 中国社科院文学所研究员陈晓明编选的《中国先锋小说精选》。③ 1992 年，长江文艺出版社出版《跨世纪文丛》，其中有格非《唿哨》、余华《河边的错误》、苏童《红粉》等先锋小说集。花城出版社出版"先锋长篇小说丛书"，收入余华、苏童、格非、孙甘露、吕新、北村等作家的长篇先锋小说代表作。1993 年，孙甘露的《访问梦境》、马原的《虚构》、吕新的《夜晚的秩序》出版。

这一时期对世纪末的先锋文学而言是一个关键的时间节点。一方面，先锋文学思潮凭借其营造起来的声势沿着其发展态势和轨迹顺势前行，文学生产的各个环节：创作、出版、传播、接受似乎一切如常。杨扬教授就此评论道："事实上，只要对中国当代文学的历史状况稍有理解的话，便不难发现，在中国大陆，先锋文学、先锋批评几乎从未遭受禁锢的厄运。④

经过了 80 年代中期的滥觞和勃发，中后期的稳健成长，先锋小说在 80 年代末进入"鼎盛期""收获期"。其表现是数量多，质量优，引人注目，评论文章大批涌现。先锋小说家在当时文坛上呼风唤雨，独领

---

① 上海社会科学院出版社，1989 年出版。收入小说：马原《虚构》、史铁生《命若琴弦》、格非《迷舟》、苏童《1934 年的逃亡》、刘索拉《多余的故事》、莫言《球状闪电》、余华《四月三日事件》、扎西达娃《系在皮绳扣上的魂》、孙甘露《信使之函》、洪峰《极地之侧》、残雪《我在那个世界里的事情》、皮皮《光明的前途》、张献《屋里的猫头鹰》等。

② 花城出版社，1990 年版。选入小说：余华《世事如烟》《此文献给少女杨柳》，格非《青黄》《蚌壳》《背景》，苏童《妻妾成群》《死无葬身之地》，叶兆言《枣树的故事》等。

③ 甘肃人民出版社 1993 年版。选入小说有：苏童《妻妾成群》、格非《褐色鸟群》、余华《难逃劫数》、孙甘露《请女人猜谜》、北村《聒噪者说》、叶兆言《枣树的故事》、潘军《南方的情绪》、扎西达娃《野猫走过漫漫岁月》、吕新《葵花》、黄石《蚱蜢之歌》等。

④ 杨扬. 月光下的追忆 [M]. 济南：山东友谊出版社，1997：19.

风骚，成为时代弄潮儿。几大文学名刊也在推出先锋小说新作方面不遗余力、集中发力，吸引了较大关注，在文学圈内引起"轰动效应"。

　　另一方面，90年代市场经济改革的全面启动是当代中国一个重大的历史事件，它不仅仅是经济领域的一场革命，而且是具有广泛影响的、深远的社会变革，因为，与市场经济相伴而生，出现了新意识形态和新的价值观、新的生活方式、新的文化体系、新的社会思潮和新的大众心理。先锋文学的创作环境、创作主体因之发生了微妙的变化，导致文本构成、形态也随之一变，在外部环境的变迁和自身规律演进的双重作用下，先锋小说的嬗变是必然的。先锋小说在90年代失去了80年代的耀眼光环和冲击力，无法轻易地融入新的文化场域和文学秩序中去，成为分散的、碎片化的、不合时宜的然而又是坚硬的、顽固的存在。90年代大众文化的勃兴使曲高和寡、阳春白雪的先锋小说遇到了猝不及防的、难以匹敌的强大对手，在以市场份额、销量论英雄的90年代，先锋小说显然不是市场的宠儿，显出了疲态和落寞，80年代对它貌似忠诚的一大批读者已经移情别恋，成为通俗大众文化的粉丝和拥趸。90年代初，现实主义小说重整旗鼓，掀起一股"冲击波"，也在文学场域内部在风头上对先锋小说形成了挑战和一种"遮蔽"。先锋小说处于一种多重困境之中，内外交困，显得软弱乏力，逐渐滑向边缘位置，似乎淡出人们关注的视野。

　　但是，真正的先锋依然在奋然前行，在孤寂沉默中坚守，坚持自我的文化空间和价值体系，与世俗化浪潮保持一种疏远的姿态，为90年代文化与文学增添一种不可或缺的色调、色彩，一种异质性，为它的多元、丰富、复杂增加一个维度，这是90年代先锋小说的价值所在。余华、格非、苏童、孙甘露、北村、叶兆言等一批80年代的代表性先锋小说家在进入90年代之后，依然有不俗的先锋佳作，一批新一代先锋新军也登场亮相，尽管他们中的一些人已不年轻，如：韩东、鲁羊、潘军、西飏、吕新、东西、刁斗、毕飞宇、述平、须兰、李洱、李冯、王小波，等等。90年代先锋小说在叙事实验、语言游戏、元小说、戏仿、反讽等形式探索方面依然可圈可点，成绩斐然。

当许多评论家认为，余华自发表《活着》《许三观卖血记》《呼喊与细语》后开始向现实主义转型，从文学观念和文学创作的各个层面向先锋小说告别、退场时，余华在不同场合的访谈中始终坚决地否认了这一点。尽管余华的小说前后风貌呈现出较大不同，而对于他早期的离经叛道的先锋实验小说，借鉴欧美现代主义、后现代主义叙事技巧，他认为是必须的，是创作的必然阶段，自有其存在价值。而因此有人认为他现在背离了先锋文学，回归现实主义，他并不认可："他们对我的评价太高了，我觉得我还没有那么大的能力去反叛先锋文学，同时也没有能力去反叛我自己。""起码对我来说，我并没有否认我以前使用的叙述语言，而且，很可能还会继续用下去。"① 余华对自己创作上一路走来，激进的叙事探索和实验是自我肯定的，对前后创作的联系和延续的认识是清醒的，他指出："像《许三观卖血记》这样的小说，首先应该认真把它读完，读完后就会发现像我这样一位小说家的优势在什么地方，我的写作训练已经达到了什么样的程度。一些人希望我不要抛弃的东西我并没有抛弃，至少应该说我精通了现代叙述最精华的那部分。"②

余华对其80年代的先锋小说评价甚高，同时又意识到难以为继："是从各个方面——状态、才华、身体状况都达到顶峰的作品。后来我感觉我用这种方式，再也难写出这样好的作品了，我就必须要改变我自己，我要否定我自己，这时候我就是另一个意义上的先锋派了"，而"先锋文学就是要不断地否定自己，否定文学现实。对我来说，我往前

---

① 余华，杨绍斌. 我只要写作，就是回家 [J]. 当代文学评论，1999 (1).
② 余华，潘凯雄. 新年第一天的文学对话 [J]. 作家，1996 (2).

走了一步"。他认为自己仍然是先锋小说家,他说:"我认为我现在还是先锋作家的一个重要原因是,我们还是走在中国文学的最前面,这个最前面是指,我们这些作家始终能够发现我们的问题在哪里,我们需要前进的方向又在什么地方,在这个意义上,我觉得我还是一个先锋派作家。"① 余华的谈话重要之处在于,他重新诠释了先锋文学和先锋派作家,其实是驱散了评论界认识上的迷雾,直抵"先锋"一词的意义本源,令人有拨云见日之感,但余华的话在文坛的喧闹错杂声中并没有多少人认真聆听,并没有引起足够的重视。

在《呼喊与细雨》中,余华以少年视角观察世界,运用大量的抒情语言,反复书写关于时间、记忆、生命、死亡等具有生存本质意味的主题。他致力于描绘一个敏感心灵和感情丰富的主体对幸福生活的向往和渴求,以及残酷现实对这种幸福追求的扼杀,二者之间的矛盾冲突成为小说的主要情节线索。它的先锋意识和先锋主题延续了其 80 年代的文本。

格非 90 年代的小说创作与 80 年代的相比表面上有一些变化,但文本内在肌理体现出一种延续性。

首先,小说主题的延续。

综观格非从 1986 年发表处女作到后来声名鹊起的《迷舟》《褐色鸟群》,历史、记忆、命运、人的存在是他小说的关键词。格非似乎深信时间的迷乱、历史的虚无、记忆的虚假、命运的无常,而上述观念贯穿了格非小说创作始终,是格非小说的基本主题。扑朔迷离的情节、套盒的叙述结构的文本是这些哲学思索的外衣。

90 年代以后,格非的创作现实生活的气息加重,关注现实生活中

① 余华. 我永远是一个先锋派 [M]//许晓煜. 谈话即道路. 长沙:湖南美术出版社,1999:246.

的知识分子群体，表现他们在历史转型期里的沉浮命运、感情纠葛及精神蜕变。例如，他1993年、1995年分别发表的短篇小说《湮灭》和短篇小说《初恋》，男主人公爱情波折不断，经常节外生枝，有着偶发性和不确定性，表达了人的命运的无常和莫测。他们促使读者思考，知识分子在面对巨大的社会变迁时，个体命运会怎样？何去何从？人与社会的关系、人的存在境遇这个哲学命题，仍然是作者密切关注的，只是现实气息较浓，少了80年代那种不食人间烟火的凌空蹈虚的艺术气质，其实，其小说主题一脉相承地延续下来。

再者，叙事策略、方法方面的延续。

有一种观点认为格非的90年代小说与80年代的相比，比较明显的变化是形式上由过去的先锋回归传统。但是，格非80年代小说形式方面的先锋性，像叙述延宕、叙述空缺、叙述悬置，情节相互拆解，结构循环往复，等等，在他的90年代的小说中依然存在。在他1987年的小说《迷舟》中，萧旅长的警卫员貌似忠心耿耿，言听计从，但在文本末尾，他声明按照出发前师长的密令要将萧打死，理由是他私自去了榆关送情报，是一个内奸、叛徒，随即枪毙了他，萧旅长偷偷去榆关是私会情人还是送情报成为一个谜。而发表于1993年的《湮灭》中，名字叫金子的女主人公，尽管出嫁成婚，有了一个新家庭，但时常很自由地单独行动，来去自由，后来她干脆给丈夫树生留下一封信，没缘由地、出人意料地不知所踪，更令人意想不到的是，她有一天突然回家了，她出走这段时间到底去了哪里是个谜，她与丈夫的关系也不合常情常理，令人不可思议这些叙事空缺的方法和中篇小说《迷舟》相似。小说每一小节以不同的人物的名字为题，围绕他（她）展开叙述，形成一个相互辐射的场，构成更高一级的故事网络，这种叙述方法在1989年发表的《风琴》就使用过。而叙事空缺手法在格非的小说中其实是一以贯之的，像上述的《迷舟》，而他在1988年发表的《褐色鸟群》这部中篇小说，主人公"我"是个"时间迷乱症"患者，丧失了对时间的感知，导致和他生命中相遇的几个女人的关系像一团乱麻，充满了未解之谜。而他1995年发表的《去罕达之路》这部小说，在"我"和妻子的婚礼上，有个身份不明的男人和妻子的关系似乎暧昧，后来"我"妻子离家出走，去了一个地方罕达，去那里干什么？什么原因？不得而知。这显然也是老套路。再如，1996年的小说《谜语》中的速加，他的感情同样扑朔迷离，最后连他本人都不知所踪，这依然是"叙事空缺"的老把戏。叙事空缺斩断了事物发展的逻辑链条，导致人物之间的相互关系和事物之间的逻辑因果关系捉摸不定、扑朔迷离，表现了充满神秘感的人生况味，命运的偶然性，事件的突发性，以及将来的未知性。

格非长篇小说《敌人》貌似一部家族小说，其实通篇是一个寓言，昭示了赵氏家族一代代生命意志的委顿，并逐渐迈入衰落的过程。小说主人公赵少忠遭受了一系列现实窘境和精神炼狱。小说中的人物一个个在精神上处于逃亡状态，在精神困境中咀嚼、体味无尽的孤独、寂寞。"敌人"究竟是谁？又在哪里？种种"空缺"里充满了神秘莫测的氛围和阴影，扑朔迷离，恍惚莫辨。

综上所述，格非90年代小说中的情节、人物有了变化，现实感增强，但是，其小说的主题、情节结构模式和底色是相对稳定的，因此，说格非创作发生转型失之偏颇，因为，变中有未变，变的是表面，不变的是内里。

孙甘露的第一部长篇小说《呼吸》于1993年出版。孙甘露在80年代发表了一批先锋实验小说如《访问梦境》《请女人猜谜》等，以无人物、无情节、无主题著称，引起较大关注，《呼吸》这部小说还是有些变化。它有一个主人公名叫罗克，他是一位"都市梦游症"患者，他身上体现出一种"拾荒者"的精神状态，一种波希米亚精神气质，一种大都市的时代病。但他并不着力于塑造人物形象、人物性格以及曲折生动、引人入胜的情节故事。他的创作受到波德莱尔《恶之花》以及本雅明《发达资本主义时代的抒情诗人》《拱廊街》等理论著作的影响。这是因为作者面对 90 年代改革开放以来上海都市化进程日益加速而采取的创作上的调整和应对，但他的叙述语言仍然是华丽、晦涩、空洞、铺张的，呈现了语言的巨大可能性、衍生性、多义性和能指的漂游及所指的不确定性。因此，写于 1990 年代的《呼吸》仍是孙甘露 1980年代先锋探索的一种延续。

孙甘露的短篇小说《夜晚的语言》，被收入"九十年代文学书系"先锋小说卷时，名列榜首，并且这一卷的书名就以它命名，它的价值、分量和地位不言自明。它仍然延续了孙甘露 80 年代实验小说的手法。它仍然是梦境走入现实的仿梦之作：在一个年代不明而遥远的朝代，叙述人的身份是一名史官，但这也是可疑的，有一个丞相名叫惠，叙述人依次记录了丞相的三个梦境，而不是他的丰功伟业或经国大事，这三个梦互相交织缠绕在一起，互相生成互相牵扯，这是一个说梦和梦说的语言游戏。丞相似乎睡时多醒时少，他梦中有梦，梦中回忆梦，绵延不绝。当他终于穿过无尽之梦境醒来时，数十年的物是人非、宦海沉浮、朝代更迭已随风而去，随梦而逝。显然，90 年代的孙甘露还没有从 80 年代醒来，还沉溺在他的追逐梦境里，小说的"仿梦体"和"套盒结构"，仍延续他 80 年代的《访问梦境》《请女人猜谜》之类的小说。

王小波是 90 年代的文坛新人，但他的创作准备期很长，他在不惑之年一鸣惊人随即撒手人寰，他的创作在 90 年代文学中有着特殊的意义，"王小波热"成为重要的 90 年代文学现象，其长篇小说《万寿寺》是 90 年代先锋小说的重要收获，它是理解王小波叙事艺术的典型小说。

这部小说犹如迷宫一般。没有通常意义上的情节线索、因果联系，没有人物行为的逻辑关系。"时间"消失了，被延宕被悬置了，即时间空间化了。在叙述结构方面它是三维立体的：手稿中的故事、叙述者本人的故事、叙述者一次次不断重写的故事，它们交织缠绕在一起。它具有随机性、偶然性和不确定性的特征。作者在情节发展和人物关系处理中综合运用了间断、增殖、复制、裂变、再生等后现代艺术手法。《万寿寺》的叙述人是个失忆者，这也决定了他的叙述不可能清晰明了，而是颠三倒四、一团乱麻，这决定了他不对自己的叙述负责，他迷失了自己的身份，记忆错乱，其故事的真实性无法令人相信，他事实上是文本的颠覆者和破坏者。《万寿寺》的艺术价值在于它是怎样叙述的，在于叙述的方法，在于叙述行为本身，而不在于它叙述的内容，叙述的动力和激情来自叙述本身，它标榜叙述之上。

当然，运用元小说的创作理念，颠覆虚构文本的拟真性，彰显叙述本身，暴露叙述人身份，运用叙事人分身术、障眼法和"叙事圈套"等叙述手法，80 年代的先锋小说中已有文本实验，但是，王小波的长篇小说《万寿寺》把这些试验和探索推向极致，向着极限推进，成为集大成者。

相较于王小波，须兰是真正意义上的后起之秀，一位孤芳自赏、心高气傲的新生代女作家。她的小说主要有《石头记》《千里走单骑》《少年英雄史》《捕快》《宋朝故事》《闲情》等。《少年英雄史》是一篇具有元小说特色的小说，它有着扑朔迷离的迷宫般的情节，作者运用了后现代手法。她的《千里走单骑》的叙事策略是，叙述视角不断切换，叙述者自得其乐，它考验着读者的耐心。《千里走单骑》里的人物充满了种种不确定性，人物关系错综复杂，虚虚实实，真假莫辨，读者从文本中隐约看出的史实仅是：陈桥兵变，宋朝建国。小说中的赵大郎很容易令读者联想到宋朝开国皇帝赵匡胤，但这同样无法确定，也许是我们的一厢情愿的猜测。

从须兰小说的叙事特征看，她的创作是 80 年代先锋小说的延续。

古典、唯美、神秘和实验，是须兰小说的四个关键词。须兰在"古典的阳光下"，建构了一个唯美、神秘、多义性的文学王国。

90年代的新生代先锋小说家主要有韩东、西飏、鲁羊等。韩东发表在《收获》上的短篇小说《反标》运用了"叙事空缺"的叙事策略，到底谁写了反面标语？成了一个谜，小说最后也没有揭开谜底，很显然这吸收借鉴了格非的创作手法；鲁羊的小说《蚕纸》中叙述人跳出来现身说法，介入故事，并且经常令叙事暂停、拖延，产生一种间离效果，可以看作是对马原实验小说的致敬之作；西飏的短篇小说《季节之旅》中两个文本交织、缠绕在一起，形成一种互文性，叙述在语言的能指层面上扩散，而故事一再延宕，这些叙事技法、策略，很可能得益于孙甘露。上述小说承袭、借鉴、吸收了"前辈"先锋小说家的文本，呈现出一种"代际"特征和值得嘉许的传承关系。

真正的先锋是精神的先锋，真正的先锋小说家，他的思想深处有着与现实生活不妥协不屈服的对抗的力量，他的审美意识和发现具有开拓性、超前性，对世界和生命有着高远的认知，在艰难困苦甚至不被理解的存在境遇中保持强大的精神力量。在这层意义上，只要余华、格非等小说家不自我重复、故步自封，不断地实验、开拓、创新，自我超越，他们就始终是先锋派，永远的先锋派。

作为一种精神和意识，任何时代都需要先锋精神。先锋的探索、叛逆是一种永不衰败的精神。总有人"不识时务"、不计得失，殚精竭虑地进行各种文学实验，先锋小说家的宿命就是不断地、无止境地进行艺术实验和探索，这是他们的写作伦理和文学理想，是对叙事艺术更高境界和理想形态的不竭追求。正是他们的这种探索精神在推动文学的进步和发展。先锋文学必将如同一个"幽灵"，在中国当代文学上空飘荡，游荡，时时附体。

先锋不死，先锋永存！

第五章

跨越 80 和 90 年代的新写实小说

　　新写实小说跨越传统的文学史断代分期的"年代学"和二元对立思维的阐释范式的价值意义是有目共睹的,它打破了"断代史"按照自然的物理时序强行划分文学发展阶段的僵化模式,使得不顾文学自身的审美发展规律而刻意地强调八九十年代文学的断裂性和异质性的文学史分期,陷入了难以自圆其说的尴尬现状。以激情理想、集体性昂扬的"大写的人"的时代与平庸凡俗、个体性凸显的"小写的人"的时代作为徽标和表征,对八九十年代的文学的表现对象、形象刻画、人物心态的概括都是在对立的思维意识的支配下挂一漏万的描绘。只看到不同的文学现象和文学思潮在时间的指挥棒下"各领风骚三五年"之后登场与谢幕,而看不到异质性的思潮在交替演变背后潜在的有机联系,就不可能对文学发展的现状和规律做出符合事物本身特点的归纳。从这方面来说,新写实小说的兴起、发展和衰落的演变历程,就是对那些死守断代分期而看不到文学发展连续性的有关研究学者的一次"受戒"和范式转型。

　　可喜的是,有的学者在 21 世纪的语境下拉开与新写实小说的审美距离之后,从研究对象"横看成岭侧成峰"的多元混融状态中抽绎出内在的审美和价值关联,看到了新写实小说在八九十年代文学的审美嬗变中所具有的过渡性和连续性的价值意义。这种连续性从文学生长的生态环境和自身发展的内外条件的制约方面来看，"从来没有一种文学是自然长成的，肯定是有其血脉相承的'前身'，并有意无意地受到80年代的话语陈述方式和那个时代的价值标准的无形控制"①。也就是说，文学作为审美的有机体所具有的整体性、生机性和融合性，意味着每一种文学思潮、流派和现象的转型都有其不以人的意志为转移的客观规律，采取人为的断裂方式将有内在关联的八九十年代文学的异质性加以放大与提出，隔断前后关联的血脉承续的孤立研究是不能揭示文学发展的本真面貌的。要真正尊重文学发展的内在规律，还原文学的存在现场，采取客观的、辩证的态度，实事求是地研究新写实小说的"中介性"和桥梁作用的话，"所有被我们称之为90年代文学的新质因素，在80年代中后期的文学中，几乎都可以找到它的滥觞和端倪"②。这不仅体现在新写实小说作为一种文学思潮跨越八九十年代的文学所具有的得天独厚的参照意义，在文学的转型中出现的主题意旨、美学风格、形式探索、话语范式等方面的嬗变都可以在它的身上找到变化的依据，与此同时，更重要的是它本身作为文学发展链条中不可缺少的一环就是八九十年文学审美嬗变的最好样本。它感应社会政治、经济、文化思潮的脉搏跳动而出现的美学样态就是文学断裂与连续的辩证关系的鲜明体现，"断裂"中的"连续"或者是"连续"中的"断裂"就如量变与质变的关系一样，非常奇妙地融合在新写实小说的发展历程中。

　　除了连续性的共识之外，就目前的研究现状来说，无论是比较守成持重的文学史还是锐意探索、标新立异的个人专著和学术论文，对新写实小说作为一种文学现象和思潮流派的内涵、外延，始终处在一种众说纷纭的争议之中。就作家而言，除了刘震云、刘恒、池莉、方方四位新

---

①　陈小碧. 面向"1990年代"——重读"新写实"小说兼论九十年代文学的转型［J］. 文艺争鸣，2010（4）：121.

②　於可训. 建构与阐释［M］. 武汉：武汉大学出版社，2005：113.

写实的代表性作家被文学史和评论家公认之外，还有哪些作家可以囊括在内？以作品而论，新写实作品的"零度状态""原生态还原""面向生存""低调叙述"等模糊性的评价标准，将会使概念成为一个承载异质性审美因素的硕大的筐子。除了几篇典型性的小说之外，新写实作家的哪些作品游离了思潮的基本特征而不属于新写实小说的范畴，非新写实作家的哪些作品由于比较典型地体现了新写实小说的思潮特点和审美观念可以划入其中？以思潮而论，新写实思潮所包含的价值观念、审美诉求、表现形态、叙事风格等涉及思潮本体特征的概括与归纳，至今也没有尘埃落定。目前唯一可以确定的是，新写实小说对时代转折所形成的历史语境的必要呼应，这种开放的现实主义式的"反映论"是由形态各异的作品呈现出来的。既然如此，就不妨采取和而不同的方式，将比较符合新写实小说审美特征和价值观念的文本，按照发生学和谱系学的方式探寻年代的变化引起的小说思想意蕴和艺术形态的发展演变，更为符合文学形态的本体特征。为此，本着宏观研究和微观研究相结合、理论阐释和文本分析相统一、论点寻绎与对象材料相接榫、资料挖掘的原始性和分析切入的创新性相统筹的原则，从"新写"（怎么写）、"新实"（写什么）、"新义"（价值意义）三个方面考察新写实小说演变的"历史连续性"，会有别有洞天的发现。

第一节　新写：叙事策略的谱系寻踪

新写实小说在八九十年代的文化语境中融合的现实主义、自然主义、现代主义、后现代主义等文学思潮和小说流派的审美特征的结果，显然使它在更具开放性和包容性的同时，也形成了自己独特的风貌。对传统的现实主义在"怎么写"服务于"写什么"的工具和附属地位的反叛创新精神，让新写实整合传统和现代的异质成分达到为我所用的目的的时候，新的叙事策略也确实将形式技巧方面的艺术探索深入到了"有意味的形式"的混融境地。这种混融性体现在吸收现实主义对细节的精细刻画、现代主义"先锋派"文学亦真亦假的"叙事圈套"、后现代主义带有解构色彩的平面化书写的技巧，在动态的平衡发展中又不断吸取最新的文学流派的长处，自然就形成了新写实小说"不同于历史上已有的现实主义，也不同于现代主义'先锋派'文学，……仍以写实为主要特征，但特别注重现代生活原生态的还原，真诚直面现实，直面人生。虽然从总体的文学精神来看新写实小说仍可划归为现实主义的大范畴，但无疑具有了一种新的开放性和包容性，善于吸收、借鉴现代主义各流派的艺术上的长处"①。

当然，《钟山》杂志出于办刊方针和宣传策略的考虑，对新写实小说所做出的艺术特征的归纳和概括，显然有一种名不副实的偏执成分。"原生态的还原"从语义学的角度来说就是一个典型的"伪命题"，现代生活的现场感、瞬间性、一次性、时空性都意味着"原生态的还原"具有海市蜃楼般的虚妄性，何况语言的模糊性、朦胧性、歧义性本身就意味着传达信息的媒介载体绝不是一种客观中立的透明性工具，用这种本身就负载有价值观念和主观色彩的媒介怎能如实地对生活进行还原呢？为还原生活采取"零度写作"的叙事策略同样是把作家写作的主体性、情感性和创造性压制到极端的一偏之见，作为活生生的有血有肉的创作主体只能是尽量地加括号悬置先入为主的成见和标准，对进入写作视野中的表现对象尽量减少自己的主观色彩的投入和干扰而已。退一步说，即使是作家做到了用最客观的语言对表现对象的不动任何感情色彩的描绘，"写什么"（敞亮）和"不写什么"（遮蔽）的价值判断和

---

① 钟山编辑部. 新写实小说大联展卷首语 [J]. 钟山，1989 (3).

审美选择就是一种带有比较浓郁的主观色彩的"介入"式写作,要想真正达到"零度写作"就只能是彻底解构写作本体地位的"反写作"。因此,连最先提出"零度写作"概念的西方文论家巴尔特先生也认为真正的零度写作只能是一种纯然理想状态的"乌托邦",后来自己也对这种极端的写作方式采取了修正和批判的态度:"写作则是一种功能,写作是存于创造性与社会之间的那种关系,写作是被其社会性目标所转变了的文学语言,它是束缚于人的意志中的形式,从而也是与历史的重大危机联系在一起的形式。"①

由此可见,站在新世纪的今天,与当时的新写实小说的发生现场拉开一定的审美距离之后,不但要对当时为了标新立异的宣传策略和事物表象的蒙蔽出现的理论术语的含义进行谱系学和考古学式的还原,还要在对新写实小说的"新写"的叙事策略的谱系寻踪中探寻其发生和嬗变的连续性。这样可以从两个方面对新写实小说的叙事策略进行追根溯源,即"'新写'和'新实'。如果从'新写'的角度讲,它具有新潮小说所有的手段。但同时它又是写实的,它又是'新实',它把我们日常经验中的一些所谓原生态、生活的容貌作为对象,把原来所有过的处理加括号悬置起来,然后自己重新来开辟一片处女地"②。也就是说,要将新写实小说的"新写"的形式探索和"新实"的叙事策略两方面的审美表征都放到"连续性"的整体框架中予以考察,打破内容与形式、传统与现代、理论与对象之间壁垒森严的界限,对"以传统的躯壳负载着现代的灵魂"③ 的新写实小说,既要看到与传统的现实主义具有血缘联系的生活流和小叙事的技巧策略的发展流脉,是对传统现实主

---

① [法]罗兰·巴尔特. 符号学原理——结构主义文学理论文选 [M]. 李幼蒸,译. 北京:生活·读书·新知三联书店,1988:70.

② 王干. 新写实小说的位置 [J]. 钟山,1990(4).

③ 姜智芹,范维山. 论新写实小说的整合特征 [J]. 山东社会科学,2001(3).

义的宏大叙事和典型化表征的反拨以及在新的时代语境下的新变，在外层的审美表征反差较大的表象背后，也有里层的寓意和象征含义的追求之类的深度叙事的探索诉求；又要审视新写实小说在先锋文学元叙事的"假定性"形式借鉴方面所具有的现代主义色彩，打破现实主义"仿真性"的叙事成规所显示的开放性，达到形式探索和寓意建构的有机融合。这样，对生活流、元叙事的谱系寻踪就可以将新写实小说"新写"的审美表征的发展连续性和内在有机性展示无余。

一、生活流的"庸常化"建构

新写实小说的"生活流"的叙事风格是与传统的现实主义的"典型化"的审美追求相对比，才显示出"新写"的风采的。作为异质的、对立的参照标准，传统的现实主义作家按照当时语境中的审美要求进行观察、剪裁、谋篇和布局的时候，实际上作为创作主体的独创性和能动性也没有多少发挥的余地，导致的概念化和模式化的书写方式就是刻板僵化的"典型化"的教条演绎限制的必然结果。所以，在新写实小说思潮发展兴起以前的当代现实主义风格的流变中，现实主义在表面的真实性风格的追求下，实际掩盖的是背离现实精神的"伪书写"。"当写什么与如何写已经被巨细无遗地规定好了之后，实际上也就规定了作家如何面对现实的问题，他们的眼睛已经无须用来'观察生活'，而只被赋予了'寻找'的功能，即寻找、搜集能说明政策、印证结论的材料而已。"① 这种"典型化"让作家构思之前就要考虑到书写客体的客观真实性和主观倾向性的教化作用的有机融合，确实是"戴着镣铐跳舞"的宏大叙事所不可避免的矛盾纠葛。当时代的发展提供给作家创作的自由空间进一步扩大之后，渴望在自由的语境中展示自己的敏锐发现和艺

---

① 张德祥. 现实主义当代流变史［M］. 北京：社会科学文献出版社，1997：39.

术创新的新写实作家，当然要用自己的眼睛去发现、自己的耳朵去聆听、自己的心灵去感悟时代的精神底蕴。启蒙精神的遇挫和市民务实精神的崛起自然在作家的叙事策略中得到了鲜明的体现，从"化大众"到"大众化"的延续变迁，最突出的审美表征是对生活的"原生态的还原"，见之于小说的叙事方式是"不去精心地构造完整的情节和生活故事，以避免将生活的过分戏剧化，而是遵从生活的原生状态，通过大量琐屑的、平凡、充满偶然性和随机性的生活事物表达对于生活的感受和看法"①。也就是说，新写实小说抛弃了虚幻的彼岸的理想和宏大的价值观念的引导，对生活不再按照事物价值观念的评价标准分为三六九等。庸常的、琐碎的、凡俗的生活素材都是体现生活面貌和人物精神状态的不可缺少的组成部分，其所具有的价值并不比所谓体现生活本质真实的典型材料低下，相反，当新写实作家将关注的目光和兴趣点对准民众世俗的日常生活景观的时候，以还原的心态对"毛茸茸"的生活常态不再采取典型化的方法进行人为的剪裁，就无形之中消解了现象与本质的二元对立。在八九十年代的文化语境中，面对着知识分子的人文精神和精英意识的失落、市场经济的实利精神对市民意识的影响进一步加强的文化氛围，新写实小说生活流的叙事方式对日常景观和人物心态的庸常化建构始终如一，成为延续八九十年代文学的最鲜明的标志。

新写实小说生活流的叙事风格的形成首先与作家的创作观念的变化有密切的关系，作为文学生产者的主体性的充分张扬换来的文学审美风格的转型，是观念与实践的因果逻辑的必然结果。作家对现实主义的观念认识的变化、新的社会生活价值观念的转型、创作视角和心态的下移等方面的转变，自然迫使原来的思维方式和美学观念随之改变。这在众多的新写实小说作家的创作谈和作品中都有鲜明的表现。正如赵本夫所

---

① 於可训. 论作为实践形态的新写实主义 [J]. 当代作家评论, 1990 (5).

说："我过去的创作基本上是现实主义的。我在创作中不愁没有故事，也没有生活枯竭的感受。但上了鲁迅文学院之后，也渐渐感到按原来的路子写下去不行了，倒不是为了赶时髦，只是觉得原来的思维方式、表达方法已不适应我们要反映的生活，即使写出来了也不是自己想的，所以憋了十个月没有写东西。后来写了《涸辙》，自己感到跟过去的作品有变化，写出了生活的'原滋原味'。新写实小说的提出，我是很快接受的，特别是表现生活的原生态这一点是一致的，一方面可以细到毛茸茸，一方面又很大很朦胧，把生活本身丰富的原生态再现出来。"① 他的《涸辙》（1987）、《走出蓝水河》（1989）等新写实作品对"活着"的生活流式的叙述、生存本相的本真意义上的还原，将粗糙鄙陋的黄泛区人们在自然环境和社会环境中的艰难挣扎淋漓尽致地描绘出来。

面对着生存意义上的生活样态和难以改变的体制环境，作家感同身受地体会到小人物在最扰人、最烦俗、最庸常的日常生活中年复一年、日复一日地挨过每一个生命的瞬间，重复性、琐碎性和单调性将最富有诗意的生活切割得七零八落。这种比上刀山下火海还严峻的考验触动着新写实作家的心灵，灵魂的震颤也深深地体现在作家体恤世俗人生、悬置善恶是非的简单判断的博大悲悯的民间情怀上，"尊重喜欢和敬畏在人们身上正发生的一切和存在的一切。这一切皆是生命的挣扎与奋斗，它们看起来是我们熟悉的日常生活，是生老病死，但它们的本质惊心动魄，引人共鸣和令人感动"②。日常生活的琐碎、生命意识的觉醒、生存艰辛的感悟在池莉弃医从文的人生阅历中别有一番滋味在心头，所以她才以一个女作家、母亲、妻子的多重身份切入生活的深处，用生活流的叙事技巧把生活的自然流程表现得如此细腻逼真，以至于成名作

---

① 赵本夫. 新写实小说漫谈［J］. 文艺自由谈，1990（1）.
② 池莉. 我［J］. 花城，1997（5）：27.

《烦恼人生》中的主人公印加厚被武钢的工人当作知己，彻底混淆了文学虚构和现实生活的界限。这样不以情节的曲折动人、人物的传奇经历、结构的巧妙布局见长的叙事策略，却因与生活的同构性而备受读者欢迎，池莉成为新写实小说中最受读者喜爱的作家，并且作品与影视联姻带来的畅销效应，也充分地说明小说的"生活流"结构迎合了读者的阅读期待视野。所以池莉的新写实小说一以贯之的永恒旋律就是以读者为中心的日常生活的建构。如果对她八九十年代的新写实小说按照历时态的发展顺序进行比照的话，"怎么写"的内在连续性就会在追踪时代的生活情绪和价值观念的演变中暴露无遗，通过对她的 80 年代的《烦恼人生》《不谈爱情》到 90 年代的《太阳出世》《冷也好热也好活着就好》《预谋杀人》《凝眸》《你以为你是谁》《云破处》《来来往往》《一夜盛开如玫瑰》《乌鸦之歌》《惊世之作》等代表性的新写实小说的发展嬗变进行现场还原和谱系寻踪的话，不难发现，尽管她感应时代的脉搏和社会精神的敏锐力有目共睹，但她取得成功的制胜法宝仍然是以不变应万变的生活流叙事。正如她的自述："我对生活细节非常敏感，我喜欢用密集的细节构成小说，我不想在小说里一唱三叹说废话，因为我觉得自己远没有生活本身高明。"① 所以她备受好评的人生三部曲（《烦恼人生》《不谈爱情》《太阳出世》）正好跨越八九十年代文学的界标，就具有了某种象征意义，它意味着池莉直面凡俗的现实生活而不失望的乐观心态、以平民视角来打量并体验当下生活的酸甜苦辣的民间情怀，来重建抚慰疲惫的灵魂的想象空间。当然，由于新写实作家的生活阅历不同、人生经验有异、性别身份之别，他们也会用不同的书写策略对严峻无奈的现实生活采取客观冷静的审视，不动声色地展示出生

---

① 池莉. 敬畏个体生命的存在状态——池莉访谈录 [J]. 小说评论，2003（1）：40 - 42.

活灰色暗淡的一面，而不是用苦恼的宣泄和情感的抚慰来平衡读者的心理状态。特别是新写实小说的代表作家刘震云，他根据男性在经济大潮兴起的社会环境中所面临的工作、家庭、生活等方面的压力，认为"生活是严峻的，那严峻不是要你去上刀山下火海，上刀山下火海并不严峻。严峻的是那个日复一日、年复一年的日常生活琐事。单位、家庭，上班下班，洗衣做饭弄孩子……"① 因此，政治的微观权力对日常生活的渗透和影响，小人物在单位和家庭的双重改造下主体性的磨损与丧失等习焉不察的庸常风景，成为他展示人性异化的永恒旋律。特别是他的《塔铺》《新兵连》《单位》《官场》《一地鸡毛》等新写实小说，作者以照相机式的镜头对准粗鄙琐碎、单调无聊、庸俗乏味的现实生活，尽量悬置主体的价值选择和是非判断，这样的"原生态"的生活流式的叙述才将复读生、新兵、小林等芸芸众生的庸常的一面暴露无遗。其实，持有这种对日常生活客观冷静的叙事以隐匿作家的思想观念、情感意蕴、价值判断的新写实作家比比皆是，在新写实小说思潮中不太为人注意的作家范小青曾说过："我对生活也没什么新的见解，没能力没有欲望干预生活，所以干脆放弃思想，写生活本身，写存在，不批判、不歌颂，让读者自己去思考、评价。"② 这样，众多的新写实小说家在八九十年代的经济转型中，始终对准下层市民阶层的家长里短、婆媳纷争、鸡毛蒜皮的小事大做文章，不再采取启蒙的心态、认同凡俗的价值观念、静观卑微的风景，就使得生活流式的叙事策略在跨越时代的文学潮流中风行一时。

生活流式的叙事策略不仅是作家有意识的叙事观念在文学思潮转型的时代语境中的应激变化，还在作品的细节和情节的具体描摹中得到了

---

① 刘震云. 磨损与丧失 [J]. 中篇小说选刊, 1991 (2)：89.
② 丁永强. 新写实作家、评论家谈新写实 [J]. 小说评论, 1991 (3).

有力的反映。在这方面，作家的创作观念和具体的创作实践得到了比较完美的融合。当然，也可以看作是作家在具体的生活语境中感悟到时代大潮的涌动而主动或被动反映的结果。经济大潮从80年代党的十二届三中全会提出发展有计划的商品经济到1992年十四大为市场经济正名，经历了暗潮涌动到名正言顺的嬗变历程。文学作为宏观政治和微观政治的晴雨表，也在政治、经济和文化的转型中表现出时代价值观念和审美意识的变化。这样，最能体现这种时代变化的新写实小说就通过最能表现生活本真面貌的生活流式的结构，贯彻自己的叙事策略和审美诉求。最突出的表现特征就是"不重情节结构的过分戏剧化，而重叙事方式的完全生活化；不重情节间的因果逻辑关系，而重生活的'纯态事实'的原生美；不重故事情节的跌宕曲折，而重生活细节的真实主动"①。由此可见，生活流取代典型化的叙事方法，换来的是中心情节和鲜明主题的消解、因果逻辑关系的松动和现象本质界限的模糊，呈现的是生活的"毛茸茸"的原生态的感觉。生活的小摩擦小插曲、夫妻之间的恩恩怨怨、婆媳之间的钩心斗角都在新写实作家的工笔细描下得到了鲜活的展示。甚至为了展示生活流的逼真景观而采取省略掉事件参与者的呈现策略，谌容的新写实小说《懒得离婚》（1988）中夫妻二人买衣服的过程中出现的不愉快的小插曲，就是一个庸常化景观的典型例证：

　　衣服没买成，两人出来了。

　　"没有？别以为谁傻；瞧你那样儿，爱理不理的，骗得了谁？"

　　"我骗谁啦？你要我陪你出来买衣服，我来了。你问我这件好那件好，我都表了态了，你还要我怎么样？"

　　"谁要你怎么样啦？我干吗要你怎么样？你自己心里怎么想的，你

---

　　① 王铁仙，等. 新时期文学二十年［M］. 上海：上海教育出版社，2001：296.

自己知道！"

"我问心无愧。"

"问心无愧？哼！我问你，结婚五年了，哪一次是你主动提出来要给我买衣服的？"

"你衣服那么多，我没感觉到你缺少衣服，所以我没提过要给你买衣服。"

没有任何实际意义的生活片段就是在俗态的"茶杯中的风波"中最日常不过的情境，作家对见怪不怪的生活片段的逼真模拟丝毫没有嘲弄和贬低的意思，认同凡俗的风景不做形而上的价值提升和彼岸玄想的务实精神，才对生活流的叙事风格情有独钟。所以，采用客观的呈现方式对生活中发生的事件的描绘就没有了主观上的重要与次要、前台与背景、主角与配角的价值判断，生活中的一切非连贯的、非逻辑的事件也就按照生活的流程呈现在小说的叙事过程中："他帮助妻子料理家务，不时说几个轻松的笑话，逗全家乐一乐。他指点儿子的功课，拍着他的小脑袋鼓励他。他坐在沙发上和女儿讨论问题，女儿多么不讲道理，他也只是自嘲地笑笑，始终和言细语。他是这个家庭爱的核心。等大家去看电视了，他就坐到书桌前静静地读书，给医学杂志撰写论文，或者分析研究课题的细节。妻子把咖啡放在桌角上，他习惯地拍拍她的手。"刘恒的《白涡》（1988）中的这几个生活片段并没有必然的逻辑关系，琐碎庸常却在不动声色的客观展示中留给人十分温馨的一幕。当然生活中不如意的事情占据了人生的绝大部分，"不如意事占十之八九"的粗略概括在刘震云的《单位》（1989）中得到了形象的体现："回到家里也不轻松。宿舍下水道又堵塞了，合居的那一家女的在另一间屋里发脾气，他这边屋子，女儿'哄哄'在哭，母亲患了感冒，妻子坐在床边落泪。"所以也只能用生活流式的叙述策略才能将急不得也躁不得的日常生活还原到位，这就是世俗中的每一个人都要遇到的本真的生活风貌，"柴、米、油、盐、酱、醋、茶；生孩子、洗尿布、絮棉袄，上儿童医院，贮存大白菜。家家如此。年年如此。这就是结婚，这就是家庭，这就是生活，平平常常，实实在在"。(《懒得离婚》(1988)，任凭岁月的水磨工夫带走了恋情、蜜月、恩爱、美好，带不走的仍然是琐碎单调、刻板机械、毫无诗意的日常生活。

面对着庸常的日常生活对人的煎熬和考验，新写实小说家在90年代的作品中仍然延续着80年代开辟的不同叙事策略的路向。第一种是《懒得离婚》中对机械单调的生活的重复性、轮回性、循环性的刻意呈现，如赵本夫《仇恨的魅力》(1990)中的描述："种芝麻、间芝麻、锄芝麻、收芝麻、杀芝麻；种棉花、间棉花、锄棉花、拾棉花、晒棉花。"程式化带来的单调色彩也是生活的原色的组成部分，所以就按照生活流的叙事策略不加掩饰地予以呈现。第二种是《单位》中对厕所中大尾巴蛆虫的刻意描绘展示的生活中凡俗丑陋的一面，如池莉的《太阳出世》(1990)中对产妇分娩的流程描写："司空见惯的医护人员对痛不欲生的惨叫充耳不闻，她们用熟练工种的职业表情操作一台台生育机器，扒下她们的裤子，量骨盆，摸宫口，剃阴毛……"苏童的《离婚指南》(1991)对粗鄙的生活场景不雅状态的细致描摹："朱芸的身体压在杨泊身上，从床下抓到了那只便盆，然后朱芸坐在被窝里给孩子把尿，便盆就贴着杨泊的脸，冰凉而光滑。他听见朱芸嘴里模拟着孩子撒尿的声音，她嘴里的气息温热地喷到杨泊脸上，类似咸鱼的腥味。"这都是生活中最司空见惯的粗鄙的一面，以往的作家用高雅而富有诗意的语言描绘，将这些形而下的低俗的一面进行了遮蔽与压制，如今新写实小说作家还原日常生活的时候，丑陋的、俗不可耐的日常的一面就在生活流的叙事方式中得到了凸显。第三种延续的是《白涡》中展示生活比较温馨和情趣的一面，如池莉的《冷也好热也好活着就好》

（1991）对武汉市民在酷暑中怡然自得、优哉乐哉的生活态度的描摹："酷暑中他们依旧忙忙碌碌、插科打诨；夕阳西下，他们依旧在露天的街道里晚餐和夜宿；热归热，人们依旧喝'黄鹤楼'、看电视、摸麻将；热也丝毫不影响燕华和猫子走进众人逃避的蒸笼般的房间里去亲热；他们吃不起山珍海味，然而生活得十分悠然自得。"应该说，新写实小说在灰色的人生图案上抹上的鲜艳的酡红更符合生活原生态的辩证色彩，酸甜苦辣的五味人生才是真正的接地气的生活常态。新写实小说用生活流的叙事方式建构的庸常景观是针对以往宏大虚幻的高调理想而言的，其"中性"的判断标准贯穿于转型期文学的人物塑造、细节描摹、结构安排、情节组织等审美性方面。

生活流的叙事方式不仅在八九十年代文学的延续性方面体现在局部的、片段的相似环节的比较上，而且对新写实小说的整体结构和叙事策略的比较来说也同样如此。拿当时最有影响力、最具有代表性的两篇作品池莉的《烦恼人生》（1987）和刘恒的《贫嘴张大民的幸福生活》（1997）做一下比较，可以看到尽管在"现实主义冲击波"之后的文学语境中增添了工人下岗的无奈心酸和峰回路转的杂色调，但作者有意采取生活流的叙事策略不加删节地表现生活的原生态的企图还是昭然若揭的。这当然与作家的创作心态、身份定位和改革大潮中感悟到的生活哲理有密切的关系，对池莉来说，为人妻和人母的家庭角色和职业女性的社会角色的矛盾冲突使其更加感悟到现实的残酷："现实是无情的，它不允许一个人带着过多的幻想色彩……那现实琐碎、浩繁、无边无际，差不多能够淹没销蚀一切。在它面前，你几乎不能说你想干这，或者干那，你很难和它讲清道理。"① 所以，面对着扯不断理还乱的纷纭复杂的现实生活，池莉在《烦恼人生》中采取的是和生活融为一体的全息

---

① 池莉. 我写《烦恼人生》[J]. 小说选刊，1988（2）：124.

的叙事理念："我不篡改现实。所以我做的是拼版工作，而不是剪辑，不动剪刀，不添油加醋。"① 也就是用生活流的叙事策略，流水账般记录了主人公印加厚一天的生命流程：从凌晨3：50分孩子跌下床引发的夫妻口角到深夜11：36分上床睡觉为止，上厕所、洗漱、挤公交、吃早点、跑轮渡、上班、争奖金、朋友来信、初恋回忆、拒绝情人、吃午饭、被募捐、派任务、接孩子、下班、坐轮渡、吃晚饭。冗长、枯燥、循环、无意义的刻板生活之所以在池莉的笔下引起了读者强烈的共鸣（很多武钢工人读后都觉得自己就是印加厚），是因为生活流的叙事策略将毫不相关的生活事件按照自然的发展顺序排列起来，不用集中和提炼的典型化策略实际上达到了典型化所起不到的理想效果，那就是生活的庸常化的揭示和暴露，给众多的有相似经历的产业工人的疲惫心灵予以抚慰。这种文学的"无用之用"的抚慰功能在十年之后的中篇小说《贫嘴张大民的幸福生活》中再一次得到了呈现，印加厚和张大民同是产业工人的身份、人到中年的生理年龄、坎坷的生活经历、韧性的执着追求、自我安慰的阿Q精神，但90年代下岗再就业或者自谋生路的生活环境的压力，显然比乐观昂扬的80年代产业工人的要大很多。生存的压力和生活的严峻性，只要是采取生活流的叙事方式逼真地展示出来，同样能赢得在生活中摸爬滚打的民众的热烈欢迎，这就是刘恒的这篇小说能在90年代疲软的文坛上引起轰动效应，并被改编为影视，风行一时的重要原因。作者曾说："我给张大民赋予了很高的段位，我让他就这么忍耐，寻找机会。自己给自己找乐子，同情自己同时更同情别人，为自己寻找生活出路，同时也照顾到周围的亲人。这个人物是我非常疼爱的，他就像我的兄弟一样。我的目的是探讨生命的意义，并为此

---

① 丁永强. 新写实作家、评论家谈新写实 [J]. 小说评论, 1991 (3).

喜悦或哀伤。"① 可见，在90年代"活着"作为一个无所依傍的、具有本体论意义的关键词流行的时候，刘恒对张大民在恋爱、婚姻、照顾老人、帮助姊妹、抚慰弟弟、养育孩子、自建房屋、自调工种、处理家庭矛盾、安排婚丧后事、下岗后的自求出路、挣钱后的香山旅游等乱七八糟的事情，都在他的"没事偷着乐"（改编的电影名）的油滑心态中得到了一一化解。生命的流程中凸显为活着而活着的价值意义，才在不加剪裁的生活流叙事中得以充分展示。可以说，这两部作品对庸常人生的表现方面呈现的亮色调不再是不接地气的空中楼阁，给读者以踏实地过日子的感觉，最重要的原因就是叙事策略的选择和表现对象之间达到了有机的契合。由此可见，生活流叙事在八九十年代文学转型中所具有的强大生命力。

既然探寻生存本相的带有自然主义和存在主义色彩的本体，性质上并没有一个先验的预设赋予形而上的价值和意义，那么生活的玫瑰诱人的色彩褪去之后还原的粗鄙的生命景观，确实会让人的主体性逐渐消失："生活就是种种无聊小事的任意集合，它以无休无止的纠缠使每个现实中人都挣脱不得，并以巨大的销蚀性磨损掉他们个性中的一切棱角，使他们在昏昏欲睡的状态中丧失了精神上的自觉。"② 价值的多元性和无名状态的时代语境，也就让新写实作家的生活流的叙写方式找到了存在的依据，当然这种无奈的选择不是迎合"存在的就是合理的"黑格尔哲学与犬儒主义的态度和评判方式。应该说，创作者选择以"对于生活过程的琐屑叙述和对生活现象的冗长描写，取代了典型化的艺术方法和典型性格刻画"③，确实是依据反映对象的时代特点而做出的写作方式上的改变，在跨越八九十年代的文学转型中所取得的突出成

---

① 张明. 刘恒：从装配工到作协主席［J］. 法律与生活，2003（21）.

② 陈思和. 中国当代文学史教程［M］. 上海：复旦大学出版社，1999：314.

③ 尚文. 关于新写实主义［J］. 文艺理论与批评，1992（4）：54.

绩，凸显了生活流叙事方式作为新写实小说的徽标所具有的文学史意义。

二、现代叙事的"形式性"探索

新写实小说对生活原生态的还原、故事连续性的追求、情节逻辑性的强调，并不意味着就是对"85新潮"之后的先锋小说极端形式实验的断裂性反叛。相反，经过现代主义文学思潮洗礼之后的新写实小说敞开兼容并包的开阔胸襟，形成了一种开放式的现实主义。正如在《新写实小说大联展卷首语》中所归纳的那样："虽然从总体的文学精神来看新写实小说仍可划归为现实主义的大范畴，但无疑具有了一种新的开放性和包容性，善于吸收、借鉴现代主义各流派的艺术上的长处。"①这种在新写实小说中虽然是局部的、片段的、偶尔的借鉴和吸收带有先锋色彩的艺术形式，但在借鉴的广度和融合创新的深度上还是形成了一股不可小觑的艺术探索潮流。在让读者的审美习惯和期待视野稍稍受挫的同时，更会为熟悉的陌生化带来的新奇感觉，增强参与文本的主体性兴趣。所以作为吸引读者的一种叙事策略和激发读者的创造性思维的形式技巧，新写实小说总是在读者心理预期特定的接受语境的基础上，遵循"跳一跳，摘桃子"的普及—提高的原则进行审美赋型。如方方的《白雾》（1987）中描绘田平被他爸有理有据地训导之后，虽不服气却也无可奈何的精神状态和行为反应："便只好佯装工作辛苦疲劳之极拖长音调打着呵欠迅速上床将脑袋埋在被子里然后大骂老头子乃天下头号势利眼。"故意省去标点符号的生活流叙事，显然因非规范的语法因素的融入导致的语调节奏的变异，产生了艺术探索中想要达到的陌生化效果。刘恒的《伏羲伏羲》（1988）中对杨天青和菊豆发生关系之后，伦

---

① 钟山编辑部. 新写实小说大联展卷首语 [J]. 钟山, 1989 (3).

理道德和感性欲望的勃发相互纠结产生的复杂的感觉："眼里悬着的是颗正在爆炸的太阳，颜色发黑，像个埋在火烬里的烧焦了的山药蛋，像一张晾在屋檐上的刚刚剥下来不久的母猪的毛皮。一切都是黑的了。"显然与肖洛霍夫的《静静的顿河》中的主人公格里高利失去恋人的巨大悲痛中感觉到的黑色的太阳有异曲同工之处，他们都设置了特殊的语境，对主人公的反常感觉做了合理的铺垫，才会在悖逆的生命感觉中更加凸显了感觉化书写的艺术魅力。这种感觉化的书写方式还原了被理性压制的"毛茸茸"的本真状态，所以在 90 年代的新写实小说中一直作为不太遥远的回响飘荡在文学的天空。最典型的当属余华的新写实小说《活着》（1993）中对福贵在儿子死后月光下的生命感觉的描摹："我看着那条弯曲着通向城里的小路，听不到我儿子赤脚跑来的声音，月光照在路上，像是撒满了盐。"对没有经过现代文化熏陶的福贵来说，月光下的盐的意象正是"以我观物，故物皆著我之色彩"（王国维语）的"有我之境"对苦涩生活的逼真反映，用感觉化的书写方式代替无法用语言表述的内心悲苦，正是余华贴着人物的感觉书写不受惯性的思维和逻辑拘束的神来之笔。

对于新写实小说来说，不仅在局部的语法修辞和感觉化书写方面借鉴先锋文学的艺术探索的成果，还在整体上对叙事视角的选择、元叙事的"假定性"的汲取、叙事时间的变形等方面体现出"开放"的形式探索精神。这种艺术探索是文学语境和时代思潮求新求变的精神在新写实小说中的反映，在先锋文学将形式的探索放到本体的位置进行极端实验之后，所谓花样翻新的艺术技巧就潜移默化地渗透到各种文学流派和思潮的审美风格之中。作为跨越八九十年代的文化语境的新写实小说，平和稳健的写作风格一直将大家普遍接受的探索形式发展和继承下去。所以，无论从局部的技巧借鉴还是整体上的继承创新，新写实小说在艺术形式上的探索轨迹始终在连续性的基础上平稳发展。

　　这种现代叙事的形式借鉴首先体现在叙事视角的变化上，文艺理论家托多洛夫曾经非常清楚地指出叙述视角的重要性："构成故事环境的各种事实从来不是'以它们自身'出现，而总是根据某种眼光、某个观察点呈现在我们面前……从两个不同的视点观察同一个事实就会写出两种截然不同的事实。"① 也就是说，"谁看""看什么""怎么看"的观察者从来就不是以纯然客观的眼光打量视野内的客体，新写实小说为了达到原生态的还原的"真相"效果，借鉴罗布·格里耶的新小说物本主义的叙事方式，以叙事者的视角打量现实生活中的一切事物和现象的时候，采取不动声色的冷漠叙事，以尽量还原被过去叙事者的主观心态和情感所遮蔽的事物的本真面目，从而成为一个贯穿十年之久的新写实思潮最为醒目的根基和标记。在这方面，最为人称道的是刘震云在对小人物的生活状态描绘时，刻意达到的"无我"的冷峻笔触——"二楼的厕所坏了""女老乔的丈夫到单位来了""老张家在局长楼已经住了一个月了"（《单位》1989），"小林家的一块豆腐变馊了"（《一地鸡毛》1991）。气氛的渲染和心理的刻画、情感的流露和理智的评判、伦理的站位和价值的选择，都在客观冷漠的叙述语调中被排除在外，叙述者就像一架沉默的摄影机，只将镜头对准日常生活流程中发生的恩恩怨怨、悲欢离合的庸常景观。即使是采取小说中人物的视角描绘和感受事情的发展变化引起的心灵感应，也要采取叙述者小于人物的外聚焦叙事描绘人物所观察到的客观物象，对人物的情感波澜引起的心理上的变化，宁可采取平面化的叙述让外在的行为动作来代替，这样传统的心理描绘和现代的内心独白、意识流动、自我剖析等深度叙事，都在悬置和终止判断的新写实小说中受到冷落。在这方面，最具有典型性的是刘恒在原欲奥秘的探寻中，通过人物的视角，直感和直觉到外在欲望的诱惑

---

　　① 张寅德. 叙述学研究［M］. 北京：中国社会科学出版社，1989：65.

之后引起的心理变化的变形描绘。在《白涡》（1988）中按照历时态的发展顺序表现高级知识分子周兆路偷腥的心路历程就非常耐人寻味：从初次约会"一个灿烂的微笑正朝他飞来。那是一颗致命的子弹"到偷情的感觉"他想开灯，又怕自己面对的果真是个狰狞的魔鬼"，再到结束时面对华乃倩的无声啜泣，"更加专注地看着这个各方面都令人迷惑的女人"。在诱惑、试探、媾合、拒绝的完整的交往过程中感受到的"致命的子弹""狰狞的魔鬼""迷惑的女人"，显然都是以周兆路的男性视角对交往的另一半的欲望客体的心理反应，作为一个感情细腻、经验老到、魅力四射的学者型的官员，他在婚外情中掀起的巨大心理波澜只是在不动声色的外在行为的描述中偶露端倪，确实是在主观性向客观性的倾斜中实现了对心理分析的个性化改造。这在他的新写实小说《伏羲伏羲》（1988）中也有表现，特别是在杨天青第一次窥视到成熟女性（他的婶子菊豆）的隐私之处引发的心理的滔天巨浪，作者并没有用长篇大论的方式对杨天青的喜悦感、满足感、犯罪感、自责感、恐惧感、压抑感进行细致的心理刻画，而是贴着人物的感觉和行动将内在的心态予以外化："天青的感觉是饮了一缸烈酒，薄脸皮紫了足有十天。他见人耷拉脑袋，不爱说话，出门进门像飘着一条影子。做活比往日更狠，也更有耐性。金山两口子拾掇一天秋菜的工夫，他一个人去落马岭刨净了小一亩的山药，还把干秧子全数背到猪圈沤了冬肥。"

由此可见，视角在新写实小说中还原生活的本相、展示原色的魅力、表现人物的审美心理等方面所具有的重要价值，只要这涉及"谁看""看谁"的主客体之间的关系问题就离不开视角的作用和功能。因此，"视角问题是小说叙述的核心问题之一，它涉及的是叙述者通过谁的眼睛来看的问题"①。在无所不知、无所不晓的上帝视角对事物的发

---

① 陶东风. 文体演变及其文化意味［M］. 昆明：云南人民出版社，1994：204.

展脉络和人物的隐秘心理的随意介入遭到先锋作家唾弃之后，新写实小说也对人物视角的选择采取了多元化的方式，从 80 年代的《厚土》(1986)、《狗日的粮食》（1986）、《烦恼人生》（1987）、《新兵连》(1988)、《闲粮》（1988）、《伏羲伏羲》（1988）、《不谈爱情》(1989)、《艳歌》(1989)、《单位》(1989) 到 90 年代的《太阳出世》(1990)、《冷也好热也好活着就好》(1991)、《一地鸡毛》(1991)、《苍河白日梦》(1993)、《暗示》(1996)、《来来往往》(1997)、《贫嘴张大民的幸福生活》(1997)、《小姐你好》(1998)、《在我的开始是我的结束》(1999) 等新写实小说，无论是叙述者还是小说中的人物都是采取外聚焦或内聚焦的方式审视事件的发展演变，这种个人化的叙事视角的流行，实际上是在跨时代的文学语境中，作家对个人的主体性的尊重和重视的表征。相比于传统的全知叙事中"叙事人主动出场对于对象加以道德评价，自信有一种普遍的道德评价标准，好坏、美丑可以分辨清楚"①。新写实小说的个性化叙事的限制视角，更能体现出思潮的审美风格，就是尽量展示原生态的风貌，甚至是为了取得最佳的客观效果而不惜采纳某些变形的异端的形式，最富有代表性的当属方方的《风景》(1987)，它采用只活了半个月的死者小八子的视角来对生活在河南棚子中最底层的一家人的肮脏龌龊、粗鄙凄惶的原始风景作了触目惊心的描述。只有带有荒诞意味的死者的眼光，才能真正不动声色地冷漠叙述兄弟姊妹之间钩心斗角的庸常人生："宁静地看着我的哥哥姐姐们生活和成长，在困厄中挣扎和在彼此间殴斗。""以十分冷静的目光一滴不漏地看着他们劳碌奔波，看着他们的艰辛和凄惶。"《风景》成为最能体现新写实小说潮流的风格特色和审美蕴含的代表性作品，视角选择的特殊性引起的陌生化效果无疑起到了比较重要的作用。"由死者

---

① 潘知常. 反美学［M］. 上海：学林出版社，1995：248.

的视角来讲述生存的故事，显然是一种机智的安排，这使得作品中的生存景观看来异常冷漠和残酷。"①

其次，对先锋文学元叙事的"假定性"艺术手法的成功借鉴和探索。新写实小说不仅借鉴现代小说流派的主体的角色退隐和情感的"零度叙述"之类的艺术技巧，还对先锋小说暴露虚构过程的元叙事表示认同和赞赏。所谓元叙事，"又称为自我意识的评论，是指叙述者在文本中对叙事话语本身的评论……如果一个故事述诸别的故事，如果故事中出现对于叙述者与接受者的评论，如果它讨论叙述行为，总之，如果一部虚构的叙述作品述诸叙事行为本身及其构成要素，那么它就可以称为元叙事"②。这样，表面上看起来，新写实小说对叙事的情节结构的过度介入与叙事主体的评判立场和角色意识的退隐构成了矛盾冲突，实际上元叙事手法的局部采用所起到的点缀作用，是为了更好地达到解构和还原的目的。它的偶尔借鉴不仅丰富了新写实小说的艺术表现手法，而且也尊重了个性意识凸显的时代，读者的参与能力和审美意识。

纵观新写实小说对先在的元叙事的借鉴以及在八九十年代的文化语境中的发展流变，可以看出从80年代的无意识的偶尔为之到90年代的有意识的灵活运用，其嬗变的连续性轨迹还是比较清晰地凸显了出来。最早的是池莉的《雨中的太阳》，在对小乔、老妇人、年轻歌手之间貌似有一种若有若无的关系描绘之后，在小说的结尾又颠覆了传统小说的结构模式："他们之间并不存在什么联系。可笑的是我，竟暗自编排了一段生活，自以为编得很有意思，自以为料事如神——这多半是受文学书籍影响的结果，看来靠别人的经验对待眼前发生的一切是不行的。我们得接受今天的事实。"这无疑是对以往传统的现实主义小说编排富有

---

① 陈思和. 中国当代文学史教程 [M]. 上海：复旦大学出版社，2005：311.
② 罗钢. 叙事学导论 [M]. 昆明：云南人民出版社，1999：230.

逻辑的生活片段的消解，新写实小说只将原生态的现实生活暴露出来，哪怕其中有许多不合逻辑或非逻辑的互不相关的生活片段，所以在叙述的过程中，也对所叙述的情节借助人物之口进行自嘲。如刘恒的《伏羲伏羲》（1988）在结尾《无关语录三则》（代跋兼对一个名字的考证）中，通过杜撰的波兰胡梭巴道夫斯基院士（胡说八道）、清朝嘉庆丙辰举人吴友吾（无有无）和日本新口侃一郎博士（信口侃）的三则语录对性的力量的困惑和考证，显然带有太多的戏谑成分，在小说结尾杨天青死后好大好大的本儿也就成为从未谋面的孩子们的传奇："他们没有见过活着的天青，也没有见过死时的天青，但是他们知道一个不朽的传奇。那传奇的内容有时会打乱他们年幼的梦境，使他们自己跟着冲动或悲哀起来。"传奇、传说、故事、讲古就是边远的民间代代流传的信息传播方式，传奇的虚构性无疑具有亦真亦假的元叙事的色彩。叶兆言的《五月的黄昏》（1987）中对叔叔生前和死后的生活状态的叙述尽量采取客观冷静的态度，同时，也对听起来千真万确、事实上似是而非的叔叔和婶婶之间关系的细节做了暴露："我可以找出一打的证据来证明叔叔和婶婶感情甚笃，同样也可以找出另一打证据，说明一个截然相反的东西。这些工作干起来毫不费力，易如反掌。"由此对按照先入为主的意图，铺排富有逻辑性的情节达到天衣无缝的有机整体的叙事风格显然表示了一种虚妄性，对情节和细节的商榷实际上是为了达到更为真实地还原生活真相的目的。进入 90 年代之后，叶兆言对元叙事手法的运用更加娴熟和多样，他的《采红菱》（1991）不仅在小说本文中对《采红菱》的创作过程、叙事风格、小说的结局、精彩的情节做了多方面的暴露和评价："我在《采红菱》上投入了全部辎重，心不在焉地干这干那，脑子里的情节人物整天打架。""我在《采红菱》中大发议论"，"我对结局究竟应该怎么写，没任何信心。有好几种结局，有无数种可能性。""《采红菱》中最精彩的一段情节，应该是在男女主角分手以后。";还在小说的结尾通过"想《采红菱》的结尾"给予了读者一个开放性的结尾:"我们的故事彻底结束,我们的故事重新开始。"还原了一段林林与张英之间复杂纠葛的恋情和生活片段之后,给人的既是结束又是开始的周而复始、循环往复的生活感觉,确实是诠释了新写实小说还原生活的本真感受的真谛。

在 90 年代更加宽容开放的语境中,新写实作家在创作的过程中有时也不再满足于局部的借鉴与整合,而是在"原生态的还原"生活的真实状貌的方针和精神指引下,对元叙事拆解虚幻的意识形态观念、裸露荒芜与丑陋的世俗生活欲望和生存景观的价值功能情有独钟。当然这些变化也是 90 年代"大写的人"解体之后,作家面对茫然无措、纷纭芜杂的严峻现实勉为其难地进行世界观重建的精英意识的个人化反思。所以作为对以往的追求逼真性的传统写法所建构的"仿真性"的反拨,新写实作家在"假定性"原则的指引下,有时也进行极端化的实验,从小说的开篇到结尾都采取了元叙事的手法,"使叙述本身成为意义生成的过程,并具有内容与艺术上的双重魅力"①。最具有典型性的是王安忆的《叔叔的故事》和池莉的《绿水长流》两部中篇小说对传统的叙事结构的解构。《叔叔的故事》(1990)叙事上的最新颖之处,"主要表现为它所内含的一个双层叙事文本,即这篇小说中的'故事'不仅仅是叔叔的故事,还应包括叙述者讲述这个故事的全过程"②。在叙事观念上,小说的开篇就告诉读者,叔叔的故事是"一个拼凑的故事,有许多空白的地方需要想象和推理,否则就难以通顺",打破了读者想按照惯性的逻辑思维追求一个仿真性或似真性故事的企图;在材料的来源上,告诉读者"所掌握的讲故事的材料不多且还真伪难辨","必须

---

① 孔范今. 二十世纪中国文学史(下册)[M]. 济南:山东文艺出版社,1997:1473.
② 陈思和. 中国当代文学史教程[M]. 上海:复旦大学出版社,2005:343.

使用这个也许是无中生有的材料"，对材料的传闻性带有的恶意诽谤成分、叔叔本人的叙述所具有的掩饰美化成分、自己的分析性虚构导致的无中生有的成分的一一坦露，无疑是对传统小说家总是强调材料来源的真实性的强有力的反叛；在情节的安排上，"关于叔叔和妻子的关系，我已进入了主观臆想的歧路"，"关于叔叔和大宝见面的情节，是由我根据后来发生的事情，想像而成的。"材料的空缺只能靠作者自己的主观想象去填补的情节安排，显然是具有比较大的随意性的，也就使得故事的发展向度具有了多维的可能性，小说的复数性叙述也由此而来；在结构的组织上，"假如要编一个叔叔的夜晚，大风雪是少不了的，驿道是少不了的，如再要讲一个童话，那就只能是鹰和乌鸦的童话了"，"从现实出发，我只选用'快乐'这一个稍稍低级的题目，使我不致彻底失败。这是我第二次在叙述故事的起源，以后还将有第三次的叙述。"这样，通过对神圣高大的精神领袖叔叔的苦难经历和辉煌业绩的解构，还原出来的是叔叔世俗性的本能欲望和贪婪自私的、卑污的灵魂，对新写实小说精神视角的探寻，显然具有转型期文学的开拓性和过渡性意义。池莉的《绿水长流》（1993）也是在此意义上具有与《叔叔的故事》的异曲同工之处，不过它解构的不是表面上信仰坚定、精神昂扬的领袖人物的内在虚妄性，而是被传统作家作为创作的永恒母题的爱情神话。"以下的故事必定是与爱情有关的故事了。""我编这个故事仅仅是为了让我对爱情的看法有个展开的依托。""动人的爱情故事总是在神话中，在唱本里，在以往某个遥远的时代。"对爱情的浪漫性、朦胧性和永恒性主题的解构与元小说的形式探索有机地融合起来，达到了内容的形式化和形式的内容化的辩证统一。由此可见，90年代新写实小说的形式演变是建立在80年代文学创新求变的时代氛围的基础之上的，有一根挣不断的红丝线将二者之间潜隐的内在关系连接起来。当然，这种审美流变的形成一方面得益于新写实小说本身所具有的开放性和包容性的艺术品格，另一方面也受益于一些先锋作家和新锐作家的纷纷转型带来的生机和活力。

最后，叙事时间的扭曲变形所具有的形式性意味。在小说的叙事学中，叙事时间与故事时间的纠结关系构成了小说时间的复杂的审美形态和表现特征："叙事作品中时间的特征是它的二元性：一个是本文时间，即阅读作品本文所需要的实际时间；另一个是故事时间，即在故事中虚构的时间关系。"① 对新写实小说来说，要原生态地还原生活的本真样貌，而将叙事者的主体性压到最低限度的讨巧方式，就是采取本文时间（叙事时间）和故事时间相等的戏剧化的形式，特别是在人物对话的过程中，不要对话语主体的身份特征、表情动作、面貌情感作主观性的描绘与评价。所以这样一种比较方便的处理时间的方式为新写实小说家所欢迎，在80年代新写实小说初露端倪的时候，谌容的《懒得离婚》（1988）就将日常生活中夫妻口角的双方信息置放到背景的位置，刘恒的《伏羲伏羲》（1988）在描绘婶侄二人在原欲的煎熬和折磨下死去活来的情感交流时也是如此："死了也无用。""你说咋办哩？""咋办也无用。""敞开儿生养，让人嚼去！""只嚼嚼也罢了……"没有任何修饰性的词语、只具有传达信息功能的质朴的话语却将二人苦熬纠结的矛盾心态暴露无遗，在这里用自然状态下的人物对话方式，即使是省略掉话语的主体也能非常方便地识别出来，所取得的震撼人心的审美效果显然与叙事时间的表意策略有密切的关系。90年代苏童的新写实小说《已婚男人》（1990）和《离婚指南》（1991）对世俗生活进行描绘的时候，借鉴先锋小说人物对话的风格，省略掉了人物说话的标记双引号，更加突出生活未加剪裁的原生态的一面：

---

① 童庆炳. 文学理论教程（修订版）[M]. 北京：高等教育出版社，1998：218.

去哪儿？

深圳。我想去维奇的公司干几年。

怎么回事？

维奇给我写过信，让我当合伙人。

维奇很能干，他是个天才。他让你当他的合伙人？

你的意思是说我是个蠢才，我当不了他的合伙人？

我没这么说，你别自己作践自己。

用不着掩饰，我明白你的意思。

随便你怎么想好了，反正我不会让你去的。

你不是老在埋怨没钱吗？我去了深圳，即使做不成生意，卖血卖肾脏也给你寄钱。

《已婚男人》中的杨泊对妻子冯敏提出想去深圳打工，以逃避无爱的婚姻的意图被妻子识破后引起的冲突，就是日常生活中深陷婚姻围城困境中的男女最常见的一幕。叙述时间的变形带来的戏剧化效果，可以明显地感受到八九十年代文学的延续与变异的审美风貌。

当然，新写实小说也不总是按照自然的发展顺序，按照事物开端、发展、结局的逻辑序列保证叙述时间和故事时间的协调一致，相反，有时候为了突出叙事的审美效果也采取逆时序的方式表现生活的本然形态。如王安忆的《叔叔的故事》（1990）首先把叔叔的一个警句"原先我以为自己是幸运者，如今却发现不是"，与我的一个近似的思想"我一直以为自己是快乐的孩子，却忽然明白其实不是"，做比较之后才引出要讲述的故事，抽丝剥茧的真相探索遵循的也不完全是顺时态的逻辑序列。池莉的《你是一条河》（1991）对四清呱呱坠地情境的描绘："婴儿白白胖胖，五官生得和他父亲一样是个虎像。日后性情也与父亲一样看上去似乎平庸，可忽地闹出了个天大的奇迹。这是后话了。"对四清后来独闯北京的生活奇迹的提及显然是对襁褓中的婴儿的逆时叙述："谁导致孩子们这样？我想这是一个故事。我想我得从头说起。"池莉的《城市包装》（1993）对叛逆女孩肖景的生活状态和出格的行为方式的描述，采用的是打破时空顺序的插叙技巧。

如果说以上的新写实小说的叙述时间的变形，只是出现在情节结构的某一个环节的话，那么受加西亚·马尔克斯的《百年孤独》中的句子的影响："许多年后，面对行刑队，奥雷里亚诺·布恩迪亚上校将会想起父亲带他见识冰块的那个遥远的下午"，以现在为基点将过去与未来融合为一个整体的叙事时间的扭曲，也成为新写实作家改变句子的时间结构的一个制胜法宝。在叶兆言的中篇小说《枣树的故事》（1988）中就多次运用这种叙事时间的技巧："选择这样的洞窟作为藏匿逃避之处，尔勇多少年以后回想起来，都觉得曾经辉煌一时的白脸，实在愚不可及。""多少年来，岫云一直觉得当年她和尔汉一起返回乡下，是个最大的错误。""多少年以后，尔勇在对南京做保姆的岫云拜访的时候，实际上她已经和老乔那个上了。"在90年代池莉的《城市包装》（1993）中依然如此："六月十八号的副食商店，肖老师在红黄紫绿的饮料罐头的背景中朝我微笑，他决不知道自己的死期就在三个月以后。"这种时间的循环、短路或者分叉的现代时间意识正如博尔赫斯的《交叉小径的花园》一样，对新写实小说情节的演进所具有的历史意识和现代意识的相互交融功能发挥了重要作用："在情节演进时以'现在'为逻辑起点的时序的相互交织，在强化小说的历史意识的同时，则突出了作品的'现实'意义。"① 因此，如果对新写实小说叙事时间的变形进行历时态的梳理的话，不难发现，继承和变化中的创新就体现

---

① 朱维之，赵澧. 外国文学史：欧美卷［修订本］［M］. 天津：南开大学出版社，1994：625.

出文学发展的流脉具有不以人的意识为转移的客观连续性。

第二节　新实：主题意蕴的范式转型

新写实小说在"写什么"上所聚焦的"新实"并不是脱离传统现实主义的"另起炉灶"，只不过是打破了传统的现实主义在现象与本质的二元对立之下，按照本质的等级观念和分类标准将生活的表象中无关紧要的琐屑细节删除的典型化做法。也可以说，在新写实思潮的形成与发展中产生的审视对象的变化，实际上是潜在的以传统现实主义为反题范式的审美对照。传统的现实主义重点描绘典型环境和典型人物，而新写实小说以平视的生活流的眼光打量庸俗烦琐、单调乏味的日常生活的时候，不再有对生活的主体性的干预精神和人为地划分生活等级的生命冲动。作家主体性的退隐、世界观的重建、价值观念的改变、思想意识的转型自然导致新写实作品的主题意蕴也发生了巨大变化，以往作为人类良心和精神导师的桂冠总是如紧箍咒一样，让作家在对现实生活中的事件进行描绘时，首先要拿着放大镜观察哪些情节和细节体现了生活的本质并有益于世道人心，一定要把生活的本质性和倾向性、真实性和主体性、典型性和教化性等异质性的因素调和起来。当作家对现实生活的如实描摹超出了先入为主的评价标准的时候，评论家总是握着民众主体性的权力话语对描述的事物和现象做理直气壮的质疑："生活是这样的吗？""事件能这样发生吗？""人物会这样表现吗？"这种以必然的逻辑判断压制生活中纷纭复杂的偶然现象、以所谓的本质标准过滤生活中形态各异的鲜活现象的僵化做法，当然成为新写实作家解构的对象。正如池莉所说："其实现象和本质是相通的，只要有现象真实便能触及本质，而所谓本质真实如果篡改了现象便是不真实的，所以我完全是写实的。"① 所以她的新写实小说关注的是印加厚、猫子、燕华、李小兰、赵胜天、辣辣等普通民众周而复始的世俗生活景观——吃喝拉撒睡、婆媳妯娌斗、夫妻口角争、鸡毛蒜皮吵之类的庸常风景，并且作家是以温情的眼光打量和感受到转型期市民生活的艰难和苦涩中的温馨。不只是池莉，作为一个影响深远、持续十年之久的文学思潮之所以引起众多评论家、学者和读者的关注，是因为新写实作家在大致相同的语境下，不约而同地将描述的对象集中到琐碎平凡的日常情境中，秉承对生活进行原生态还原的价值观念和审美诉求，自然使得新写实小说的主题意蕴整体上发生转型。

新写实小说主题意蕴的转型不仅是在与传统的现实主义相比照的过程中体现出来的，更重要的是对现实生活中的经济转型带来的价值观念和思想意识的变化所导致的结果。从市场经济的确立所带来的义利之辨不再成为市民难以选择的价值立场来看，一种新的文化和历史语境必然使得跨越八九十年代的新写实思潮对这种历史转折的召唤做出及时的呼应："事实上，一种强大的号召通常出现在重大的历史转折之后，一种新的历史语境形成，文学肯定会做出必要的呼应。这时，文学不仅作为某种文化成分参与历史语境的建构，另一方面，文学又将进入这种历史语境指定的位置。二者之间的循环致使文学出现了显而易见的历史特征。"② 新写实小说成为反映八九十年代人们的日常生活、行为方式、处世态度、价值观念的一面镜子，这正是与转型期的历史语境相互融合交流的结果。文学作为时代的晴雨表，最先敏锐地感受到时代发展的潜流所包蕴的思想文化、经济模式和道德意识的范式转型，所以对"毛

---

① 丁永强. 新写实作家、评论家谈新写实 [J]. 小说评论，1991（3）.
② 南帆. 双重的解读——八九十年代中国文学的一种描述 [J]. 文学评论，1998（5）：36.

茸茸"的生活本相的情有独钟是与时代环境、读者反映、作家心态等因素综合作用的结果。面对着物价上涨、通货膨胀所带来的生活和生存压力，面对着让一部分人先富起来的经济政策所带来的富人的标杆对照下的相对贫困感和绝对贫困感的日益加剧，"人们往往不再关注政治历史的伟大推动者和伟大主题，而只关心生活和身边的'小型叙事'；人们不再关注哲学文化的形而上终极探寻和未来世界的'辉煌远景'，转而关注自己、关注当下，关注所谓的'生活质量'。'新写实'作家一改对外部世界本质的追寻，对现象背后的本质采取搁置、存而不论的态度，只是把最贴近现实的生活呈现给读者"①。作家不再把自己放到高于民众的主体位置上，而是看到了自己和芸芸众生一样要受到政治、经济和文化的合力组成的网状的生存处境的制约；不再把自己无法把握的海市蜃楼式的幻象当作真理的美丽项圈到处炫耀，而是以谦卑的姿态对复杂的、千言万语难以说清的现实生活只做摄像机式的客观描绘。面对着市场经济的转型和市民文化的鹊起，作家心态的平和和下移自然使得新写实小说的主题意蕴真正在范式意义上落到了实处："现代城市文化的动力是提供一系列可变空洞的形式，内容却必然的被淡化抽空了。因此日常生活，柴米油盐，家长里短的'过日子'本身才正式成为一个意义范畴。"② 因此考虑新写实小说主题意蕴的转型就必须考虑城市文化的可变性、流动性和新异性对作家创作观念的影响，看到在变与不变的辩证关系中潜藏的内在连续性和可持续发展性。

"范式是'考察世界的方式'，是有关某些领域的现象应该如何解

---

① 金元浦，陶东风. 阐释中国的焦虑——转型时代的文化解读 [M]. 北京：中国国际广播出版社，1999：17.

② 唐小兵. 蝶魂花影惜分飞 [J]. 读书，1993（9）：107.

释的普遍的形而上学的洞见或预感。"① 新写实小说作为一种文学思潮在主题意蕴方面的范式转型，意味着作家对现实生活的阐释方式发生了深刻的变化。反"英雄的高大上"、反"文化的雅洁精"、反"伦理的真善美"，以及叙述的零碎化、平面化、冷漠化的审美风格的转型，都说明作家对生活材料的价值内涵做出了新的判断。作家更多地采取"作为小市民"而不是"为小市民"而写作的平民化心态，正如池莉对自我的身份表白和定位："在如今的社会主义初级阶段，大家全是普通劳动者。我自称为小市民，丝毫没自嘲的意思。今天这个'小市民'不是从前概念中的'市井小民'之流，而是普通一市民，就像我许多小说中的人物一样。"② 既然如此，作家将自己的身份定位为小市民，就再也不需要外在的观察与体验去描绘肤浅的生活景观，而是深入生活的芯子里切实地体会到生存的艰辛和无奈。这样，柴米油盐酱醋茶这些世俗的须臾离不开的生活物件成为原生态还原所表现的对象，"食"的世俗化、"色"的本源状就成为新写实小说贯穿八九十年代文学的主题意蕴的突出特征。

一、"食"的世俗化还原

"一般来说，新写实小说给人最深刻的印象是日常生活叙事开始大量出现，关注的视野从以往的国家、民族之大事逐渐转向了百姓切身的生活状况和个体内在心理。"③ 而对于切身的生活状况感触最深的是人为了满足个体和群体生存的食物需求，在马斯洛的需要层次说之中，最

---

① ［美］拉里·劳丹. 进步及其问题［M］. 方在庆，译. 上海：上海译文出版社，1991：72.

② 池莉. 我坦率说［M］//池莉文集：第四卷. 南京：江苏文艺出版社，1995：223.

③ 陈小碧. "生活政治"和"微观权力"的浮现——论日常生活与新写实小说的政治性［J］. 文学评论，2010（5）：48.

基本、最重要的生理需要首先就是食的需要，所以新写实小说家关注人的生存状态和生命欲求的原生态，就把镜头聚焦于柴米油盐、吃喝拉撒等世俗性的原始风景。这意味着文学的主题由表现神圣崇高的社会生活现象回到了世俗化的日常生活风景。"世俗化是与神圣化、经典化相对的概念，粗略地说，世俗化具有这样一些特性：一是以理性精神解除宗教迷狂，二是以现世态度悬置终极理想，三是以大众欲求濡化精英意识，四是以物质功利取代禁欲主义。"① 所以，当新写实作家把"食"的世俗化从精英意识的神圣化和精神化的遮蔽中解脱出来之后，"食"的粗疏性、本体性、压制性也得到了进一步的凸显。对"食"的爱恨交织的情感、对人性的异化揭示、对幸福生活的表征等各种世俗性功能的展示，成为跨越八九十年代文学的主题意蕴的连续性的有力明证。

食物能满足口腹之欲，一桌丰盛的晚餐或者是滋滋作响的炒菜声组成的锅碗瓢盆交响乐正是世俗的人间最温馨的风景。这种对食物精雕细刻的描绘和气氛的渲染，典型地体现了居家过日子的小市民自得其乐的性格特征。作家不再站在启蒙的立场上看待处境艰难、生活烦恼的民众对待生存的知足常乐的阿Q精神，比上不足比下有余的小顺即安、小福即享、小酒即乐的食欲从《烦恼人生》（1987）到《冷也好热也好活着就好》（1991）再到《一地鸡毛》（1991）中都有比较突出的表现。《烦恼人生》中的印加厚经过一天的奔波和不如意的事情折磨之后回到家中，目睹妻子做饭的浓郁的生活气息："炉火正红，油在锅里嗤拉拉响，乱七八糟的小房间里葱香肉香扑面，暖暖的蒸汽从高压锅中悦耳地喷出"，所有的疲惫和烦恼就被幸福的感受驱散净尽；"饭桌上是红烧豆腐和氽元汤；还有一盘绿油油的白菜和一碟橙红透明的五香萝卜条。

---

① 王又平. 新时期文学转型中的小说创作潮流 ［M］. 武汉：华中师范大学出版社，2001：223.

儿子单独吃一碗鸡蛋蒸瘦肉"，再加上老婆贤惠真诚的话"吃啊，吃菜哪！"，让印加厚对憔悴、粗糙、泼辣、爱扯皮的老婆的种种缺点都视而不见，卿卿我我的爱情、心灵上的微妙沟通等精神层面的高级享受对饥饿困顿的人来说，都太过于奢侈。小市民满足的就是在家常小菜中寻求难得的生活乐趣，在自己的经济能力能达到量入为出的情况之下，在有限的生活资源中尽量把它过得有滋有味："竹床中央摆的是四菜一汤。别以为家常小菜上不了谱，这可是最当令的武汉市人最爱的菜了：一是鲜红的辣椒凉拌雪白的藕片，二是细细的瘦肉丝炒翠绿的苦瓜，三是筷子长的鲦鱼煎得两面金黄又烹了葱姜酱醋，四是卤出了花骨朵朵的猪耳朵薄薄切了一小碟子。汤呢，清淡，丝瓜蛋花汤。汤上飘一层小磨麻香油。"（《冷也好热也好活着就好》）即使是受过大学教育接受现代文明熏陶的大学生小林夫妇，在市民精打细算的世俗文化和切实的物质享受的诱惑之下，个人的价值观念和生活方式也就自然地发生了转型：在小林一家三口"叹溜叹溜"地品尝微波炉烤的香甜可口的白薯，畅想还可以用微波炉"烤蛋糕，烤馍片，烤鸡烤鸭"的时候，其乐融融的家庭氛围显示出市民精神的强大魅力和对精英文化的改塑能力："在生活中要紧的是吃喝拉撒睡，唯有物质要求牵动着人的一举一动，其余诸如师生之情、龃龉之感、脸皮面子甚至个人爱好等所有精神层面上的内容都可抛开不顾；是一切烦琐小事造就了人生，而不是任何浪漫的理想或精神的追求。"① 所以个人精神空间的进一步萎缩和个体人格的磨损与丧失，让小林彻底陷入世俗化的汪洋大海之中："小林又想，如果收拾完大白菜，老婆能用微波炉再给他烤点鸡，让他喝瓶啤酒，他就没有什么不满足的了。"

在这里，新写实小说原生态还原的叙事策略确实凸显出不同的主题

---

① 陈思和. 中国当代文学史教程［M］. 上海：复旦大学出版社，1999：315.

意蕴，在"食"的显影剂下人物的卑微又极易满足的庸俗的生活状态显而易见："这里所有的人都空虚无聊又有滋有味地活着，在黯淡乏味的生活中找乐子，什么都能引起他们的兴趣，什么又都没有意思，没话找话，没事找事，精神是疲惫的，神经是兴奋的，没有了胸怀祖国放眼世界，有的只是热也好冷也好活着就好。活着就是目的，就是一切。"①无论是工人、店员、厨师、司机等普通市民还是接受过大学教育的文化精英，都在"食"的诱惑与腐蚀之下丧失了个人的精神空间，同时又获得了世俗性的补偿和满足。这种"食"的主题意蕴的转型放到整个八九十年代的文学的发展谱系中进行考察和比较会看得比较清楚，80年代的作家也写过从粗糙的食物和饮食环境中得到生活乐趣的作品，从素材的选择和表现的世俗性的享受方面来看有表面的类似之处，但实际上要表现的主题意蕴和审美观念、价值倾向有较大差别。比如阿城的《棋王》中写到对知青王一生"吃"的执着与坚韧（特别是对从衣服上往下掉的干饭粒的描绘堪称经典），干硬的饭粒到嘴里咀嚼时的舒心和满足，吃完饭一定用开水涮餐具并呷着飘散的零星油花时的惬意与安乐都在审美形态上与新写实小说有相似之处，但后者作为寻根小说，通过王一生"吃"的精神状态，反映的是淡泊、无我、无为的道家文化的主题意蕴，而新写实小说对"食"的细节的精细描绘，表达的是去除形而上的文化追求的世俗享乐，因此主题意蕴的审美转型是显而易见的。对同属于新写实小说思潮范畴的八九十年代的作品，尽管随着市场经济的确立和强大，对生活其间的市民的价值观念产生的影响范围有大小、程度有深浅之差，但主题意蕴的内在连续性还是比较明显的。

"食"的品味并不是像催眠的小夜曲一样总是给人以情感的抚慰，

---

① 李铭. 灰色人生的写照——读池莉《热也好冷也好活着就好》 [J]. 小说评论，1991（3）：71.

更不用说能达到品味境界的首先是建立在温饱无虞的物质基础之上的（当然像王一生那样具有道家人格的人例外）。作为以还原生活的本真状态为己任的新写实作家来说，"食"的最原始的风景、最本真的含义、最乏味的节奏才是他们还原生活的本真感受的首选对象。也许是新写实作家的农裔身份对饥饿的刻骨铭心的感受形成的挥之不去的苦难情结，"食物的匮乏，或者说饥饿是'新写实小说'对乡土生活的基本认识。……对乡村贫困的这种基本认识是有着其感性的生活基础的。这种关注最低层次需求的态度，表现出了'新写实'作家的对于中国乡土现实的基本理解，对于现代化理想的深刻怀疑"①。由于深刻地认识到饥荒年代，人在本能欲求的驱使之下所发生的人性向兽性的退化状况，所以在他们的笔触下对食物功能的原生态还原呈现出的人性异化的现象就格外触目惊心。对"食"的构成成分和感受的细致描摹从《塔铺》（1987）到《贫嘴张大民的幸福生活》（1997）贯穿了整个新写实文学思潮的始终。刘震云在新写实小说刚刚兴起的思潮中写的《塔铺》，就以客观冷静的笔触描绘了高考复习班的同学可怜的生活状况："学校伙食极差。同学们家庭都不富裕，从家里带些冷窝窝头，在伙上买块咸菜，买一碗糊糊就着吃。舍得花五分钱买一碗白菜汤，算是改善生活。"在温饱问题都难以解决的情况之下，生理的需求也使得味蕾的感觉发生了变异：嫩柳叶蒸做的菜团子对班长来说竟感觉如吃山珍海味一般，"磨桌"用几张破纸烧得半生不熟的幼蝉竟咀嚼得满有兴味；班长送给李爱莲改善生活的肉菜，她"舍不得吃，又端来给病中的父亲。床头前的几个小弟妹，眼巴巴地盯着碗中那几片肉"。半碗肉菜作为突出的意象折射出让人倍感无奈的辛酸，粗鄙生活的原始风景给人以窒息

---

① 许志英，丁帆. 中国新时期小说主潮：上卷［M］. 北京：人民文学出版社，2002：517.

的欲哭无泪的生命感受。面对着"肚子饿是最大的真理"的最朴素、也是最扰人的生理感觉，所有的道德、文化、禁忌、习俗等一切文明意味的说教都黯然失色，要么就采取自我了断的方式结束生理的需求对精神的折磨，就像朱晓平的《闲粮》（1988）中的金来那样，面对着无闲粮可吃的时候对天长叹："天爷哟，好个煎熬的营生哟！"，然后上吊死去。无论是超越"虎毒不食子"的伦理界限，显得比动物还凶残的异化的人性，还是"易子而食、易妻而食"的间接残杀沦为"菜人"的可悲境况，都是对千百年来人性进化的最大挑战。刘震云在运用大量的文献资料揭示在非人的环境中人性变异的可怕时，通过"食"的窗口窥视到了宏大的主流历史的冰冷性、虚妄性和粗疏性，所以通过小写的历史、细部的历史、偶然性的历史还原出民间最原始的风采。应该说，在死的边缘线上设置的非此即彼的二难选择，使得人性向兽性的退化具有超出伦理规范的合理性，刘震云秉承着一贯的不动声色的零度叙事风格并没有对非人性的行为作义愤填膺的指责，相反，客观中立的叙述才将历史事实还原出来，花生皮、榆树皮、树叶、柴火、稻草、野草等"食"的范围的扩大和向食草动物回归的残酷事实，让新写实小说"食"的主题具有了此时无声胜有声的复杂意蕴。

乡村在农耕文明的浸润下形成的礼仪道德，比不上天灾人祸导致的食物匮乏对人性的约束力和影响力大；同样在乡村向城市的转型、计划经济向市场经济转变的过程中进一步发展壮大的市民阶层也在为"食"的问题精打细算。从《烦恼人生》中的印加厚一直盘算着如何用奖金请一家人吃一顿大餐而不能如愿以偿，到十年之后的《贫嘴张大民的幸福生活》中的张大民为买必需的食材而斤斤计较，借助"食"展示的贫困叙事在新写实小说中风行一时。池莉的《你是一条河》（1991）中的寡妇辣辣人生的主旋律就是吃的问题，怎样使得一家七八口人在丈夫去世之后能够生存下来，成为她日夜焦虑的核心所在。可以说，辣辣作为小市民中的底层妇女的聪明才智都用在了如何生存上。在生存的原始意义（保存生命）上，压制辣辣作为女性和人性的正常欲求的伦理道德显然已不具有太大的约束力。面对着生存的艰难，"最让人操心的事还是怎么活下去，怎么才能活好一些。具体点说就是吃什么？是否能隔上一段时间弄点肉汤喝。一个正发育的大姑娘闲在家里，蓦地又添上一个正发育的大小伙子。尤其得屋，饭量惊人，辣辣减少了自己的分量也挡不住一个严峻事实的降临：家里就要断炊了"。为此，辣辣带领一家老小无法通过勤劳的双手获得基本的生存条件之后，和粮站的老李通奸、疏通关系卖血、与血头暧昧等有违社会习俗的行为都紧紧围绕着"食"而展开，是无法用善恶、是非的伦理道德标准来判断和衡量的。池莉以"食"为切入点向生存本相的勘探和最低限度的生存状态的还原，指向了一个为以往文坛所忽视的贫困问题。无论是相对贫困还是绝对贫困，小市民在暂时还不能增加收入的情况之下，只能节流。《贫嘴张大民的幸福生活》中的张大民尽管像磁石一样牢牢地吸住每一分钱，但面对为孩子小树买奶粉的钱还是一筹莫展。为了让妻子李云芳下奶，他买了"五条鲫鱼，五个猪蹄儿，炖啊炖啊，灌哟灌哟"，还是不起作用，逼得他花大价钱（就是要他的命）狠心拎回来一个王八，"摔在菜墩子上，举刀就剁，大卸了八块也不住手，接着剁，咚咚咚咚，就像什么也没剁，只是砍菜墩子，砍一个怎么砍也砍不动的菜墩子"。行为举止的反常将张大民抠门的性格、愤懑和委屈的情绪表现得淋漓尽致。为了省钱，他只能为母亲买比表带宽点儿的臭带鱼来尽孝心。传统的孝道观念、家庭亲情、兄妹情谊都在生存的精打细算中黯然失色，底层的市民文化精神在新写实作家的主题意蕴中得到了凸显。

由此可见，新写实小说对"食"的片段性的原始形态的描绘，已将主题意蕴的转型表现了出来。为了更清楚地审视新写实小说在整体的主题意蕴上的范式所具有的不同于以往的文学思潮之处，不妨将刘恒的

《狗日的粮食》与张贤亮的《绿化树》做一下对比。两篇小说都是写
"食"的主题,都是写在恶劣的生存环境中,人千方百计、不择手段地
求食以满足生存的基本需要,在求生的本能驱使下做了许多损人利己、
有违社会公德的事情,并且在生存成为人的第一要务的情况之下人性的
异化也得到了充分的展示。尽管在素材和主题上有某些共同之处,但是
由于叙事策略和表现的价值观念的不同,就导致在"食"的主题之下,
审美意蕴却有巨大的差距。作为前者,刘恒开篇对洪水峪的光棍汉杨天
宽"背了二百斤谷子"到集市换媳妇的反复叙写,已将贫困偏远地区
为传宗接代以物易人的荒寒景观触目惊心地揭示了出来,紧接着围绕六
个孩子的吃饭问题展示了瘿袋婆娘的劳碌奔波和人性的异化:为了一家
人能沾点粮食味儿,她抱着孩子从骡粪里淘洗两小把碎玉米粒儿拌上杏
叶下锅;每日餐后哪个孩子吃完饭之后的碗里留下渣子,都逃不脱她粗
俗的骂和揍;上工时间忙里偷闲寻找能挡饥的野菜麻麻棵儿,收工进家
手里也不干净,"嫩棒子、谷穗子、梨子、李子……总能揪一样出来";
为了孩子能吃得惬意、改善生活,盘算着邻居家长到自己墙这边的葫芦
搋俩茄子已够吃一天,就不顾邻里关系的地域情分和交际原则干脆麻利
地据为己有;最后购粮证的丢失要了她的命,临终遗言"狗日的……
粮食!"包含的对粮食爱恨交加的复杂情感就是代代相传的种田人最原
始的情愫流露。可以说,始自粮食终自粮食的循环怪圈,就是刘恒对农
民命运的最朴素、最本真的认识,所以他才剥离掉强加到"食"上面
的政治、文化和精神的含义,使得原始的"食"的本真意义得到敞亮。
而对于张贤亮而言,《绿化树》中的章永璘与饥饿的本能作生死抗争的
小聪明和坑蒙拐骗的行为不是他主题表现的重点,无论是他利用老乡算
账不清采用空手套白狼的蒙骗方式赚得两元钱的便宜,还是他利用
"圆形容器的容量最大"的物理学知识作依据,用罐头瓶子代替饭盒打
饭每次可多得100CC的外在表现,都不是作家阐释反思主题的关键环

节。作家要表现的是人物在自私行为的背后所体现出来的自责、忏悔、痛恨之后，又在觅食本能的驱使之下明知故犯、难以走出的埃舍尔怪圈。突出表现的是他忏悔好像是为下一次再犯寻求借口的灵魂分裂和激烈冲突之后找不到精神出路的困兽犹斗的焦虑境况："白天，我被求生本能所驱使，我谄媚，我讨好，我妒忌，我要各式各样的小聪明，……但在黑夜，白天的种种卑贱和邪恶念头却使自己吃惊，……我审视这一天的生活，带着对自己的深深的厌恶。我颤栗，我诅咒自己。"作为知识分子在世俗的卑鄙欲望与形而上的价值理念之间难以割舍的纠结状况，小说表现的欲望的沉沦与精神的救赎的博弈才是历史反思的永恒主题："张贤亮对历史的反思是通过主人公自我的内省和潜意识活动展开的，他小说中的主人公往往要在灵与肉的搏斗中'超越自己'，通过对自身卑贱和邪恶的痛苦反省，质询和审判自己平庸而卑微的灵魂，寻求'比活着更高的东西'，最终完成人格的蜕变和升华。"① 这样的深度模式的写作风格与宏大的价值理念的审美追求，自然与平面化、世俗化、原始化的新写实小说拉开了审美的距离，也是新写实小说主题意蕴在八九十年代转型并延续下去，对受后现代主义浸染的 90 年代其他小说思潮产生影响的原因所在。

"食"的主题意蕴的转型还体现在市民文化的崛起之后，新写实作家感悟到小人物改善生活处境的辛酸和经济的拮据，又要遵循交往的实利原则和礼仪原则送礼的尴尬处境。这样在新写实作品中就形成了"食"的意蕴的第三个方面的表征：作为市民精打细算又左右支绌的道具而具有的范式意义。作为对八九十年代经济转型导致的通货膨胀、收入低、支出紧张的市民生活状况的逼真反映，新写实小说在刻画小人物送礼的情节中体现的文化观念和主题意蕴具有内在的连续性。《烦恼人

---

① 徐文斗. 中国当代小说发展史［M］. 济南：山东文艺出版社，1993：185.

生》(1987) 中的印加厚要为岳父大人的六十大寿准备贺礼，这是中华民族的传统孝道观念和习俗礼仪在现实生活中的渗透和影响。小说中围绕如何给老爷子送礼、买什么、如何买、价格怎样等最具体和烦人的问题展开的描绘，非常形象地体现出"食"的主题的范式转型，确定买酒之后的精细盘算就是对小市民心态的文化和价值观念的形象写照："光是价钱昂贵包装不中看的，老婆说不买，买了是吃哑巴亏的，老头子们会误以为是什么破烂酒呢；装潢华丽价钱一般的，他们也不愿意买，这又有点哄老头子们了，良心上过不去；价钱和装潢都还相当，但出产地是个未见经传的乡下酒厂，又怕是假酒。"当印加厚听到售货员说道茅台酒的黑市价格四块八角钱一两时的心理反应和默默盘算："一斤就是四十八块钱。得买两斤。九十六块整。一个月的工资包括奖金全没有了。牛奶和水果又涨价了，儿子却是没有一日能缺这两样东西的；还有鸡蛋和瘦肉。万一又来了其他的应酬，比如朋友同事的婚丧嫁娶，那又是脸面上的事，赖不过去的。"就将"食"的主体功能暴露无遗，在这里，"食"脱离了宏大的政治意识形态和精英的文化价值观念对它的本源状态的遮蔽，是它自身的富有生命力的价值功能带动着主人公的性格和情节的发展。此外，江灏的《纸床》(1988)，刘震云的《单位》(1989)、《一地鸡毛》(1991) 都涉及了给领导送礼的问题，通过"食"的敲门砖达到改善卑微的生活欲望的目的，已没有对"损不足以奉有余"的"人道"（与天道相对）进行强有力的控诉的欲望，新写实小说只是客观冷静地认同世俗的交易潜规则，并不以自己的好恶为标准进行主观的价值判断。正因为如此，"食"的主题意蕴的转型才得到了充分的凸显：模范教师向小米买的对虾（60元）和丈夫买的海参（100元）因礼物太轻而遭到拒收，改善住房条件、满足患白血病的女儿拥有个人的一张床的卑微愿望也就化作泡影（《纸床》）；为了早日入党让孩子有更好的生活条件，小林在单位放假的时候带了"两袋果脯和一瓶香油（母亲从老家带来的），一袋核桃（孩子满月时同学送的），几瓶冷饮"到党小组组长女老乔家拜访去了（《单位》）；为了解决老婆的工作问题，小林夫妇给"前三门单位管人事的头头"送去了一箱减价的"可口可乐"，同样因为太经济实惠而被领导拒之门外，妻子的调动问题也就遥遥无期（《一地鸡毛》）。在这里，新写实小说家非常集中地使转型期不正之风的现象，借助"食"的交际功能得到了凸显，作家秉承着原生态的还原理念只是将生活中自然态的现象如实地描摹，这就与此前小说中以"食"为题材安排过多的巧合情节所形成的先入为主的集中化和典型化的主题意蕴拉开了距离。

从文学思潮的发展嬗变来说，新写实小说以"食"为主题的审美意蕴和价值观念的形成对其他的小说、作家、流派和思潮同样有着比较深远的影响。在八九十年代文学发展的共时态的语境中，新写实小说与其他的思潮流派一起形成了你中有我、我中有你的胶合关系，在相互借鉴、相互影响的过程中一起迈向了新的时代。比如新写实小说对"食"的政治意识形态的解构和疏离就与王朔的谐谑小说《千万别把我当人》有密切的渊源关系，后者描写赵航宇等人打着冠冕堂皇的民族旗号，事实上为了满足自己公款吃喝的私欲目的的一套吃的理论："'宝味堂'的菜有个特点，那就是寓教于吃。每道菜都渗透着中国文化的博大精深，吃罢令人沉思，不妨称之为'文化菜'，在这里吃一次饭就相当于上了一堂生动活泼的中国文化集锦课。综观世界历史，一个民族的文化传统通过吃世代相传地保存下来，我们还独此一家。这也是我们民族数千年绵延不绝、始终屹立于世界民族之林的一个根本原因。"显然在貌似振振有词煞有介事的背后，隐藏的是颠覆解构宏大的主流文化对"食"的本真意义的遮蔽，在反讽的叙事语言中显而易见地要求达到还原名实合一的目的。由此可见，在"食"的审美意蕴的范式转型上，八九十年代文学的相互关联性和潜在连续性是无法用年代学的方式割舍清楚的。

二、"性"的本源状凸显

"饮食男女，人之大欲存焉，"（《礼记·礼运篇》），意味着人最基本、最难以撼动的生存欲望就是食欲和性欲，新写实小说对生活的认同多于批判的态度，就是为了尽量还原生活的本真状态，而作为生活中的主体的人自然也要受最基本的生存法则的制约，所以新写实小说家们将笔触伸向了受物欲和性欲等最原始的生理欲望支配的人，就是为了还原被精神文化所遮蔽的本真部分。对聚焦于生理成熟的男女之间不可避免地要发生的性爱关系，新写实小说在日常生活的情爱叙事模式中剥离的主要是高高在上的精神性的追求，尽管在颠覆解构的过程中不可能把"性"的原生态、"肉"的本真欲望充分地展示出来，但还是在当时的历史语境和文化价值观念所许可的范围内，尽力使力比多的强大力量得以凸显。世俗的生活以功利的精打细算对爱情的玫瑰色的梦想报以冷冰冰的嘲讽态度，他们"不谈爱情"，正如池莉的自述："我的基本态度同否定精神贵族一样否定古典爱情，因为在现代社会里，古典爱情是不存在的。爱情只是人与人之间的一种关系，与物质基础有很大的关系。以前有些姑娘纷纷找工农兵，找党员，后来的结果是纷纷离婚。这说明靠精神是不行的，必须要有物质基础。"[1] 关键是新写实小说对日常生活忧烦苦累的琐碎描述放逐了爱情的精神层面，即使是偶尔写到，也是为了凸显和陪衬情爱的物质性和欲望性的一面，"冷也好热也好活着就好"的活命哲学，寻求的是最原始的本能欲望的满足。"食色，性也"的古训在新写实小说中成了描绘和表现的永恒主题，作为转型期过渡性

---

[1] 李骞，曾军. 浩瀚时空和卑微生命的对照性书写——池莉访谈录 [J]. 长江文艺，1998（2）：75.

的小说主题意蕴，在凡俗情爱的展示中凸显的性的原始风景，在探究具有原欲意味的本源状态、展示世俗生活中性的调适功能和情感色调，性的本源折射的人性的扭曲和异化等方面显示的性的本体性，确实耐人寻味。

性的原欲色彩首先在刘恒的新写实小说中得到了比较鲜明的表现。原欲的力比多的冲动与压抑、原欲的生存欲望和繁殖欲望与世俗文化环境的矛盾性的冲突形成的张力，原欲的无意识的本能需求与有意识的疏离之间欲罢不能深陷其中的本真状态，都成为他探究性的审美主题的切入点。他看到了性的原始风景在原罪意识、传统伦理、道德规范、文化理念的制约下所具有的永恒的艺术魅力，原欲的扩张与遏制形成的生存意志的摇曳多姿的审美景观，成为他审视人性的窗口。"人类所有的一切欲望之内，生存欲和食欲之外，性欲最为强烈，要繁衍种族的欲望是'生存意志'最强烈的表现。这种冲动在正常发育的人类人人都有，到了成熟之后，满足这种冲动是生理和精神健康的根本。"① 所以，他在发表于1988年的小说《伏羲伏羲》《白涡》《虚证》中，对性的主题意蕴进行了集中探索。小说《伏羲伏羲》的题名实际上就隐喻了作者探索性的本源意义的意图和目的，他借助伏羲和女娲的远古神话传说来探究性突破乱伦的禁忌之后的本源状态，可以说小说的题名所蕴含的神话内蕴与小说中婶侄二人的偷情构成了互文本叙事，揭示的主题意蕴就是原欲的强大力量是任何文明禁忌、文化道德、宗法礼俗所不能压制的。正如他在小说的尾声"无关语录三则"（代跋兼对一个名词的考证）中所说："它是源泉，流布欢乐与痛苦。它繁衍人类，它使人类为之困惑。在原始与现实的不朽根基上，它巍然撑起了一角。即便在它摇摇欲

---

① ［德］倍倍尔. 妇女与社会主义［M］. 北京：生活·读书·新知三联书店，1995：96－97.

坠的时刻,人类仍旧无法怀疑它无处不在的有效性及其永恒的力度。"所以,他不厌其烦地描绘了二人突破男女防线之后的本能欢乐:"在充满幸福与罪恶的阴谋中,杨天青根据他牢固不变的想像力无数次地重申了这句宣言,女人便也无数次地毫无厌倦地承接了这个吼叫和呻吟,并衷心地为之陶醉。"刘恒详细地叙说他们为了逃避世俗的舆论所采取的避孕措施,用从尼姑那里求来的拌有辣椒面的灰、肥皂水、醋等各种方法来说明原欲力量的强大;杨天青死后刻意凸显的"那块破抹布似的东西和那条腌萝卜似的东西悬垂于应在的部位"显示了他的男根之大,小孩子对天青伯好大的本儿的艳羡,也充分展示了原欲的薪火传承是不以人的意志和理性为转移的道理。他的目的是探究"性"的张扬性与生命力的旺盛、"性"的退缩性与生命力的枯竭之间的辩证关系,随着杨天青的谢幕和下一代的粉墨登场暗示着生命原欲的宿命轮回。当然,在不同的小说中刘恒所要展示的原欲的主题意蕴是不一样的,在《白涡》(性诱惑)中凸显的是性欲的张扬性和冲击性在生命本体立场上所具有的矛盾张力,作为高级知识分子周兆路在单纯的原欲冲动下与美丽的少妇华乃倩偷情,无疑显示了原欲力量的强大。人的原始性和兽性的欲望使得温文尔雅的研究员变得像条疯狗一样进行着生理发泄,在北戴河的郊外没有廉耻的野合、在回去之后华乃倩同学家里的疯狂,都呈现出性本能的主动攻击性。在《虚证》中表达的是儒家文化的性观念和性禁忌导致的性的退缩意识,在郭普云死无对证(《虚证》的本真含义)的情况之下,对他的死因追根溯源的过程中强调的"那玩意儿不利索""生理缺陷"无疑就是阳痿的代名词。由此可见,刘恒的三部新写实小说从性的本源性、性的扩张性、性的退缩性等方面深入挖掘了性的原欲意味,遵循了新写实小说原生态还原的审美风格和叙事原则。

沿着刘恒80年代开拓的带有原欲主义色彩的主题意蕴,90年代的新写实小说同样对性的本源意义、本真状态和生命感受的逼真描绘延续着还原"性"的真实样貌的主题。在以往的小说创作中表现的性"从来不是一种正常的生命状态，它要么与性的生殖目的（传宗接代）挂钩，要么成为男人的娱乐消遣，'性'的本质是被歪曲的"①。两相对照，新写实小说对"性"的本质的探索和还原很显然就具有了主题意蕴转型的范式意义。当然，性的本源性意义在不同的作家和作品中都有不同程度的表现，按照 90 年代新写实小说发展的历时态的顺序挑选出具有代表性的文本，对具有编年意味的样本的剖析无疑可以达到窥一斑而见全豹的切片效果。赵本夫《仇恨的魅力》（1990）中的"狼"狂热地迷恋"三月"，在彼此抚慰中的性感受通过女当事人的视角进行了原生态的描摹："我只知道自己内心汹涌的是那种祖先遗传的自然人本能的震颤和袒露的喜悦。我忽然有一种从什么束缚中解脱的畅快，我感到自己又重新回到赤裸的童年，无拘无束，天真烂漫，尽情沐浴着一个清凉世界……我和你都陶醉了。"这种在朦胧的幻觉中产生的两情相悦的美妙意境显示的是生命的健康状态下"性"的最本质的功能，所以无论叙说的是女性对男人的感激还是男人撼人心魄的、发自肺腑的低声哽咽，都是为了衬托在性的最正常的状态下彼此双方最刻骨铭心的感受。而这种难以忘怀的感受，如果采取辩证的态度还原出彼此相互冲突的异质成分，那么呈现出的性的感受的原始风景就带有多色调的驳杂色彩："这就是享受，这就是淫荡；这是人类最高尚而又最污浊、最美丽而又最丑恶、最亲密而又最遥远的时刻；是每个人最公开也最秘密、最渴望也最鄙夷、最真实也最虚幻的事。"方方的《桃花灿烂》（1991）中对亦文和星子初次性爱时的真切感受，就是去除文化色彩和文明意味的男人和女人最原始的生命感受。在这方面，号称痞子的王朔在他的新写实

---

① 许志英，丁帆. 中国新时期小说主潮：上卷［M］. 北京：人民文学出版社，2002：391.

小说《过把瘾就死》（1992）中选择了性爱的真诚时刻，作为支撑他的生命价值观念的阿基米德支点，将主人公在灵与肉的完美融合中体会到的从未有过的激情，作为性的本真状态下的浸入心扉的生命感受确实很耐人寻味："那处巨大的、澎湃的、无可比拟的、难以形容的、过去我从来不相信会发生在人类之间的激情！这情感的力量击垮了我，摧毁了我，使我彻底崩溃了。我不要柔情，不要暖意，我只要一把锋利的、飞快的、重的东西把我切碎，剁成肉酱，让我痛入骨髓！"而这种在王朔笔下死去活来的两性关系在池莉的《绿水长流》（1993）中又轻描淡写地还原为"男女两性情窦开启，相互好奇，神秘，新鲜，探索，接着合为一体"的自然过程，是男女之间本能的新奇感和神秘感由上天安排的一种相互认识的程序。显而易见，贯穿八九十年代的新写实小说一直在积极地探索"性"的最本真的意义，尽管不同的作家探索的方向和思路、表现的"性"的本源性不尽相同，但把这些"性"的不同侧面合起来就构成了不同于以往的小说主题风格的整体风貌。

其次，新写实小说通过对爱情和婚姻中的"情"的祛魅和"性"的还原，展示世俗生活中"性"的调适功能和情感色调。新写实小说对传统的情爱叙事模式中表现的那种地老天荒、不食人间烟火的永恒爱情进行了颠覆和消解，消解和批判的武器即是世俗性的日常生活中"性"的本真面目的裸露。"在这种日常化的情爱生活模式中，情感主体承受着生活日复一日的冲击，爱情逐渐进入了婚姻层面，生活显露出平淡的真面目，但在这平淡中也不时有激情的复苏和爱的闪烁，情感主体承受着生活之痛，也体验着生活的温馨和快乐。"① 所以，新写实小说从精神之爱向肉身之爱的倾斜中所表现出的主题意蕴，与传统的现实

---

① 陈小碧."新写实小说"情爱叙事新论［J］.中国现代文学研究丛刊，2011（10）：50.

主义爱情小说有了比较大的距离。从小说的叙事观念的转型和审美意蕴的变化来说，最突出的表征就是在对爱情的精神性向物质性还原的过程中，强调世俗性因素对爱情的制约和性的原始欲望对婚姻的重要意义。《不谈爱情》（1989）中的年轻医生庄建非对结婚之后的切身体验是："揭去层层轻纱，不就是性的饥渴加上人工创造，一个婚姻就这么诞生了。"方方在《随意表白》（1992）中曾借助"我"对雨吟的爱情所发出的质疑，显然代表了世俗化的价值观念对自由爱情的解构："我很难说爱情这两个字对现代的人尚存有多大的意义。在每一段惊天动地的爱情故事之后又有多少不包括外在因素的东西呢？钱、地位、名声、职业、户口、背景，诸如此类，看重这些实际当是聪明人所为。我想很多很多以一种古典的浪漫主义精神追求爱情而又业已成家的人会如是说：给我下一次机会选择，我会把这些物质的东西放在首位。因为，人都终于明白，离开了那些，此一生将会活得多么尴尬。"《绿水长流》（1993）中，姨母对不谙世事的我关于爱情的解答是"傻孩子，我们不谈爱情"；《你以为你是谁》（1995）中，女主人公丁曼在历经爱情和生活的坎坷之后得出的结论是：爱情"是女人的终生之狱"；直到池莉在世纪末写的《小姐你早》（1999）中仍然借他人之酒杯所发的议论是"只有爱情在女人心中消失以后，女人才比较的聪明起来，可以用脑子思考问题了"。这实际上反映出新写实小说家对"死生契阔，与子成说。执子之手，与子偕老"式的浪漫爱情的反思和叩问，对爱情的虚幻性和脆弱性的颠覆和质疑正是世俗性的市民文化精神的典型表征。

对"情"的祛魅展示的是在凡俗的性爱关系中夫妻之间本源意义上的性生活风景，新写实小说对夫妻之间的"性"的场面和过程并没有进行淋漓尽致的刻画，但彼此之间的生理性需求在原生态的世俗场景中得到了充分展示。《烦恼人生》（1987）中的印加厚在灯光下的朦胧氛围中看到粗粗拉拉的老婆的脸变得洁白、光滑、娇美，心中"顿时涌出一团邪火，血液像野马一样奔腾起来"；而妻子面对着他的火气旺盛的性爱需求竟变得异常柔顺，没有因为打扰自己的睡梦而心生怨言，这里没有任何的卿卿我我的浪漫色调，有的只是彼此心照不宣的性爱的程序和感受。叶兆言《绿了芭蕉》（1988）中的老赵始终无法对自己的老婆产生刻骨铭心的仇恨，尽管在婚姻中妻子对自己冷若冰霜，原因主要是性的本能需求："情欲这玩意显然也有惯性，看电影也罢，去公园闲逛也罢，任何试图压制的手段，一搞拧了都会变成催化剂。"《不谈爱情》（1989）中的庄建非与小市民出身的吉玲因为吵架闹得满城风雨，在孤立无缘的困境中"他在对自己的婚姻做了一番新的估价之后，终于冷静地找出了自己为什么要结婚的根本原因，这就是：性欲"。正因为如此，新写实小说对日常生活中一点点处境的改变就影响到"性"的感受的世俗描绘，确实体现了原生态的叙事策略。在刘震云的《一地鸡毛》（1991）中对夫妻之间"性"的三次描写，就还原出了八九十年代工薪阶层的小市民（尽管二人都是知识分子，但行为表现是典型的小市民）性生活的现实感受。第一次因为小林帮老婆调单位有了很大的进展和门路而获得了老婆的激情回应："老婆马上抱着他在脸上乱亲。两人度过了一个愉快的夜晚"；第二次是小林在街边吃饭的时候，特意为妻子点了她爱吃的炒肝，妻子在比较实惠的物质享受后变得很温柔多情，"想不到一碗炒肝，使两人重温了过去的温暖"；第三次是老婆沾单位领导小姨子的光坐上班车从而解决了久被困扰的工作问题之后，"晚上孩子保姆入睡，两人又欢乐了一次。欢乐时两人很有激情"。由此可见代表世俗化和欲望化的"性"在新写实小说中总是受外在的形而下的生活因素所制约，还原出了"性"在转型期文学中的本真面目。

最后，性的本源折射的人性的扭曲和异化，成为贯穿八九十年代的新写实小说对人性探寻和反思叩问的表现主题。这比较突出地体现在两个方面：一是通过"性"的透视镜窥探出在代代相传的男权文化的语境中被菲勒斯中心主义所扭曲和异化的两性关系，二是透过"性"的显影剂凸显出没有被现代文明和文化意识熏陶的人性的荒寒和丑陋。从第一个方面来说，家庭伦理中的两性关系是建立在女性的独立性和个体性丧失的物化的基础上的，男性在"不孝有三，无后为大"的陈腐的伦理观念的影响下，娶妻的目的是显而易见的，因此作为另一半的女性在家庭中"几乎只能作为一个性动物存在，因为历史上的大多数妇女都被局限在动物生活的文化层次上，为男性提供性发泄渠道，发挥繁衍和抚养后代的动物性功能"①。所以《伏羲伏羲》（1988）中的小地主杨金山用二十亩换来的一个小娘儿们，只是他性欲发泄和制造孩子的工具："她是他的地，任他犁任他种；她是他的牲口，就像他的青骡子，可以随着心意骑她抽她使唤她！她还是供他吃的肉饼，什么时候饥馋了就什么时候抓过来，香甜地或者凶狠地咬上一口。"在阳痿之后的变态发泄和疯狂折磨妻子王菊豆的兽性将他人性的异化暴露无遗，特别是在他知道引以为豪的儿子杨天白是妻子和侄子偷情的结果时，竟然以自己的残废之躯拼尽全力扼杀襁褓中的婴儿的行为，就是他人性异化的最好见证。通过他对无辜的婴儿痛下毒手的反常行为，也可以折射出他卑鄙的阴暗心理，在男权文化中习焉不察的后代的功能价值和对女性性生活的严加控制都在杨金山的性行为中得到了形象的体现，他之所以在性生活中既折磨菊豆又毁掉自己的原因是显而易见的："男人们是多么迫切又无所不及地通过后嗣来表明他们的永世长存，多么殚精竭虑欲控制妇女的性生活，来确证他们播下的孩子确凿无疑出自他们的种子。"② 这样的一种控制女人的性生活以保证是自己的子嗣的焦虑意识，并不因生

① ［美］凯特·米利特. 性政治［M］. 宋文伟，译. 南京：江苏人民出版社，2000：147.
② 陆杨. 精神分析文论［M］. 济南：山东教育出版社，1998：195.

活时代、文化教养、文明程度和现代观念的改变而有所收敛，相反，在无形的男权意识和传统的宗法伦理价值观念的合谋下形成的强大的"纯种"和延续后代的思想却根深蒂固。类似的主题意蕴在90年代的新写实小说中也得到了进一步的探索和阐释，特别是池莉的《云破处》（1997）中刻画的知识分子金祥，出身于贫穷偏僻的乡村的他同杨金山的肮脏陈腐的性观念和变态的性发泄惊人的一致。由于妻子曾善美在初夜中的处女血是伪装的鸡血的欺骗行为和结婚十多年并没有为自己留下后代的无情事实，他便兽性大发实施令人发指的婚内强奸，面对妻子不顾体面的赤身裸体的挣扎流露出来的欣喜、淫邪、仇恨的表情就是他的变态性观念的最好表征。他不顾忌妻子意愿的强奸行为和无情折磨将异化的人性暴露无遗。

新写实小说家可能有感于传统的道德观念的强大和对现实中的女性命运的伤害之深所产生的正义感与悲悯心，在世俗的生活还原中更多地看到了男女两性在"性爱"中的不平等地位，借助于"性"的窗口将女性的本源状态进行发生学式的追根溯源，发现"女人并不是生就的，而宁可说是逐渐形成的。在生理、心理或经济上，没有任何命运能决定人类女性在社会的表现形象。决定这种介于男性与阉人之间的所谓具有女性气质的人的，是整个文明"①。所以，他们对女人何以成为女人的过程和环节进行了淋漓尽致的展示：在杨金山的眼里，"女人已经不是女人，没有器官也没有韵味，只是干巴巴的一团骨肉，是他下拳脚的地方"；在他的侄子杨天青生理的本能发泄中发出的吼叫和呻吟是"我那亲亲的小母鸽子哎！"。（《伏羲伏羲》1988）这种所谓的女人其实正是男性以自我为中心和标准塑造出来的，借助于母权制被推翻之后积淀下来的父权文明的支撑，女人被按照男性的标准塑造的时候，也就变成没

---

① ［法］西蒙娜·德·波伏娃. 第二性 ［M］. 北京：中国书籍出版社，1998：309.

有独立性和自由性的"他者"。因此方方在《随意表白》（1992）中通过由少女变为女人的雨吟的不幸遭遇追根溯源得出的结论是："在他寂寞之时你为之解除寂寞，在他不寂寞之时你离得远远。你像一辆出租车，挥之可去，召之可来，你又像一副工具，用之在手边，不用之在墙角。"小说中的肖石白面对漂亮高傲的雨吟鲜红的处女血时，他只是感觉在他的生命中注定有一个他永远也对不起的人。后来，雨吟在身心俱疲之后索性破罐子破摔，满足人们向她身上泼脏水的卑鄙心理，最后陷入得性病的不幸结局和悲惨的处境，就是通过"性"对非人道的男权社会的强烈控诉。这种对男性的欺骗和愤懑的情绪也蕴含在方方的小说《在我的开始是我的结束》（1999）的主题中，被称为"僵尸佳丽"（当然是男人泼的污水）的黄苏子在同学许红兵精心设计的圈套和恶意报复之下，经受着由女孩变为女人的痛楚，却没有感受到任何男性的心灵和情感的抚慰，得到的是撕心裂肺、痛彻心肠的背叛和玩弄。于是，她以性为武器的变态发泄和疯狂报复，使得她游走在白领丽人和琵琶坊的妓女之间的人格分裂之中，最后的惨死映照出男权文化的丑陋和卑劣。在这里，新写实小说在"性"的原生态还原中所展示的"女性的天空是低的"可悲处境，显示了作家在转型期的文学中一以贯之的悲悯情怀。

从第二方面来看，新写实小说对生活的底层民众在本能欲望的驱使之下做出的令人发指的事情的逼真描绘，反映出来的人性的扭曲和冷漠接续了对国民劣根性的反思和批判的主题。在现代白话文学的开山之作《狂人日记》中，鲁迅借狂人之口发出了"救救孩子"的呼唤，但实际上孩子的心灵也绝不是洛克所说的白板一块的东西，在未受现代文明浸染的荒寒恶劣的生活环境中生存的孩子也有本能的邪恶基因。在这方面，方方通过《风景》（1987）中的七哥的视角打量同是儿童的五哥六哥的兽性行为，对启蒙立场上所认为的孩子的天真性和纯洁性进行了颠覆和质疑。两个小小的孩子不顾一个小女孩的挣扎与哭泣，都赤裸着下身轮奸女孩的行为是无法用传统的理性观念和启蒙意识来衡量的。赵本夫的小说《仇恨的魅力》（1990）也延续了《风景》的主题意蕴，不过他不是通过儿童的丑陋行径去展示人性的邪恶，而是以性为窗口窥视成人深藏在人格面具下的虚伪性和阴暗性的看客心理。他们在性的生理欲望的变态压抑造成的人格缺陷在"他者"的映照下更加触目惊心，本来狼与三月之间健康的性爱关系是人性中最美好的东西的自然展现，但以他们反常的眼光为标准衡量就将"正常"的人性需求视为大逆不道的流氓行径，成为他们打发无聊的日子的兴奋剂和满足性爱欲望的替代品。"但日子实在过于贫乏。过不多久，又生出许多厌烦。就像犯了鸦片瘾，伸懒腰，打呵欠，无精打采。于是又把狼押上台子。让三月重复一遍那个永远的故事。让狼再交代一遍那个过程，仍然是越细越好。"他们出于本性的自然单纯正是对无意识、无主名的卫道士满肚子男盗女娼的阴暗心理的最好折射，由此形成的"看"与"被看"的等级格局中性窥视和性禁忌的关系反转，与王小波90年代的小说《黄金时代》中的陈清扬和王二在后革命时代不厌其烦、添油加醋叙述的性爱游戏有异曲同工之处。二者都是在众人的淫邪的眼光注视下，每次根据逼供者提供的作料不断地满足他们对性爱细节和情节的窥视欲望。"还原性爱的单纯性，正好戳穿了逼供者的潜意识。夸张、张扬、恬不知耻的叙述姿态，调戏了那时代（其实也包括现时代——引者按）集体性的窥春癖。"① 在此过程中，人性的卑污、阴暗和冷漠的一面就充分地展示了出来。由此也可以看出新写实小说与90年代其他小说思潮的继承与创新的关系，内在的连续性是无法人为割裂的。

这种"性"还原的潜在连续性不仅在上述新写实小说内部的主题

① 许志英，丁帆. 中国新时期小说主潮：上卷. 北京：人民文学出版社，2002：300.

意蕴、价值观念和评判立场等方面得到了凸显，还在八九十年代的整个文学思潮的交替嬗变中体现出"中间物"的过渡性和承续性。正如鲁迅先生所说："以为一切事物，在转变中，是总有多少中间物的。……或者简直可以说，在进化的链子上，一切都是中间物。"① 那么以此衡量新写实小说的"性"的原生态还原所具有的文学史意义，不难发现，新写实小说上承80年代张贤亮、王安忆等开启的性爱文学的大潮，下启90年代陈染、林白、海男等人的私人（个体化）写作和以韩东、朱文为代表的新（晚）生代思潮中"性"的本体性和物本化的还原倾向和书写策略。从《男人的一半是女人》《小城之恋》《荒山之恋》《锦绣谷之恋》《岗上的世纪》等受弗洛伊德的力比多理论影响的探讨性的生理欲望的文学思潮，为写实小说疏离情爱中的精神性的因素、关注世俗性的"性"在人们的日常生活中的作用提供了借鉴的资源；同时，新写实小说对"性"的生理性的过度关注和欲望化的描写为私人化写作、新生代文学思潮中的"性"的中立性和本体性的大胆直露的描摹提供了书写的依据。这种影响对私人化写作中"性"的个人话语疏离宏大的国家、政治、民族话语的主题意蕴是有目共睹的，就对新生代小说中"性"的主题表现来说，有两点表现得比较突出：一是新写实小说中对女人作为"性"的他者的物化倾向进一步得到了发扬，从"母鸽子""地"（《伏羲伏羲》）到与劣质的烟卷、饮食和工作环境并列的"劣质的女人"（《如果你注定潦倒至死》、"一朵油菜花"（《没文化的俱乐部》），都是在男性欲望主体的目光打量下的没有自己主观能动性的物，女性的个体性、主体性甚至是最基本的人性都在力比多的冲动中被物化和遮蔽了；二是新写实小说对"性"的客观化还原进一步被新

---

① 鲁迅. 坟·写在《坟》后面［M］//鲁迅全集：第1卷. 北京：人民文学出版社，1981：286.

生代小说对"性"的"中立化"和"本体化"所代替，这样的描绘构成了新生代挑战传统的伦理道德观念和价值底线的最常见的风景："性不是坏东西，也不是好东西"的还原中立，使它具有了和其他商品共有的交换和使用价值的买卖属性，"像两只快乐的牲口"（《我爱美元》）。在阳光充足的草坪上做爱的宣言，显然具有挑战传统的社会公德和文明规范的惊世骇俗的意味。可以说，没有新写实小说对世俗的性爱描绘的祛蔽化还原，就没有朱文的《我爱美元》、韩东的《障碍》、陈染的《私人生活》、林白的《一个人的战争》等90年代性爱的主体性和本体性流行的审美景观，新写实小说的性爱描写在世纪之交的华丽转身由此也可见一斑。

"新写实小说日常生活叙事，特别关乎从吃到住等一系列贫困生存问题的聚焦，实际上是作家自觉不自觉地将国家民族现代性诉求及其间现实举步的无奈与迷惘投射到日常生活中。"① 其实，当新写实小说家聚焦日常生活叙事的时候，就无法脱离吃喝拉撒睡等最基本的生存和贫困的问题。所以，借助于食、色等最庸常的生存烦恼和生活场景的原生态描绘，新写实小说完成了审美主题意蕴的范式转型。

第三节 新义：价值观念的源流嬗变

如果对"新写实"小说价值观念的嬗变进行谱系学和发生学式的还原寻踪的话，那么文学发展的外在环境的变化是引导其内在的价值观念嬗变的一个很重要的因素。从"八五"到"九五"期间的市场经济由"为辅"到"为主"的地位转变，意味着以利为主的世俗化的价值

---

① 于淑静. 试析新写实小说中的生存问题［J］. 文艺理论与批评, 2010（3）：100.

观念将成为主导人们生活方式的核心，传统的"君子喻于义，小人喻于利"的义利之辨将失去用武之地。市民阶层在知识分子的启蒙话语和意识形态的主流话语逐渐失去往日的权威和威严的时代语境中迅速崛起，作为一个在社会的政治、经济和文化的发展中应运而生的阶层，"在掌握了经济资本之后，势必要求获得文化资本和自身利益表达的空间"①。所以新写实小说在 1985 年左右的先锋小说如日中天的黄金时代开始登上文学的舞台，显然是一部分比较务实的作家在价值观念的转型中，率先敏锐地捕捉到小市民居家过日子的世俗心态的转变和对彼岸理想的疏离的状况和氛围。朱晓平的《桑树坪记事》（1985）、刘恒的《狗日的粮食》 （1986），李锐的《厚土》（1986）、池莉的《烦恼人生》（1987）、方方的《风景》（1987） 等新写实小说所表现的世俗和生存意义上的价值观念，显然与同时期的新潮小说和传统现实主义小说拉开了比较大的距离。对于当时市场经济兴起之后的不太健全的体制导致的相对贫困和绝对贫困感的加强，一部分先富裕起来的人的世俗生活享受所具有的示范和标杆作用，绝大部分暂时还找不到致富途径的小市民只好在务实的精神指引下趋向精打细算的实利价值观念，这种内外因素的相互作用构成的错综复杂的语境，凸显的是形而上的价值和意义消解之后的功利性的价值诉求。这种价值观念的转型在 80 年代的启蒙、独立、主体、国家、民族、政治等宏大话语还占主流位置的语境中确实显得比较另类和超前，特别是在 1985 年前后更是如此。但这种观念的转型确实不是空穴来风，它是对主流话语遮蔽下的市场经济的确立所带来的世俗化、欲望化、物质化的价值观念的审美反映。在当时的语境下，"1980 年代的'市场经济'更多的是人文知识分子想象中的乌托邦，人们把它当作批判计划经济与极权政治的意识形态符号，而没有对它的直

---

① 陶东风. 当代中国文艺思潮与文化热点 [M]. 北京：北京大学出版社，2008：252.

接经验，那个时期的大众文化也没有成为文化的主流，没有引起知识分子群体的认真关注"①。所以，比较同时期的其他作家创作的小说，无论是强调再现性还是表现性、仿真性还是虚构性、写实性还是元叙事都是对原生态的现实生活进行梳理、剪裁、集中、概括的结果，这样，新写实小说在 80 年代的价值观念的转型所具有的价值意义是不言而喻的。

进入 90 年代，邓小平南方讲话的精神彻底厘清了社会主义市场经济姓"社"还是姓"资"的关键性问题，从此，市场经济和经济转型带来的深刻变革不仅是经济意义上的发展模式的改变，更是与此关联的文化意义和价值观念的变化。"从某种意义上说，市场经济不仅是一种经济结构，更是一种意识形态和价值体系。作为价值体系，它与其他价值体系的差别在于：市场经济拒绝形而上的理念形态，而是以日常生活的平凡性与世俗性导引着人们的思想与行为；它所建构的价值平台是以功利性来衡量价值取舍的标准，等价交换原则成为了社会的普遍准则；其价值观的特点是感性化、欲望化和平面化，对形而上的价值体系不屑一顾。"② 因此，新写实小说在此应和的是市场经济的转型对人们的生活方式和价值观念的重塑所凸显的凡俗化、感官化和实利化的价值旨归，对于民众疏离形而上的理想的追求和国家意识形态的规划蓝图的淡漠化状态，新写实作家继续秉承为新崛起的小市民代言的姿态，或者干脆就是化身为小市民一员的写作心态接续 80 年代新写实小说的价值观念和审美标准。如新写实小说的干将刘震云所说的话："新写实真正体现写实，它不要指导人们干什么，而是给读者以感受。作家代表了时代的自我传达能力，作家就是要写生活中人们说不清的东西，作家的思想反映在对生活的独特的体验上。"③ 这句话就很典型地表现了价值观念

---

① 陶东风，徐艳蕊. 当代中国的文化批评 [M]. 北京：北京大学出版社，2006：76.

② 赵联成. 后现代意味与新写实小说 [J]. 文史哲，2005 (4)：61.

③ 丁永强. 新写实作家、评论家谈新写实 [J]. 小说评论，1991 (3).

转型之后作家面对民众的价值视野下移的姿态，作家不再是以俯视的眼光打量愚昧、麻木、短视、自私的芸芸众生的先知、布道者和启蒙者，也不再是以"人类的良心"或"灵魂的工程师"自居引导和提升民众的精神状态和价值观念的有机知识分子。所以刘震云就站在小市民的立场上，客观冷静地审视和还原他们处理日常生活的琐事所体现出来的认同世俗、精打细算、蝇营狗苟的庸常价值观念而不作主观的价值评判，因此他的《一地鸡毛》（1991）描述的小林夫妇由知识分子的精英意识向小市民斤斤计较的伦理价值观念的靠拢和沦落，不仅接续起80年代《单位》中的吃喝拉撒的世俗生活对个体意识和独立的价值观念的磨损和戕害的审美主题，而且也代表着整个90年代知识分子（包括作家）审美价值观念的转型。这种价值观念用池莉在90年代写的小说题目来概括就是"冷也好热也好活着就好"，"活着"在"生存"的价值意义而不是在具有主体性选择的"生活"的价值意义上所凸显的"活命"哲学，本来就是知识分子站在启蒙的立场上对其灌输的"依自不依他"的独立价值观念所要排斥和清除的对象，而如今却成为普遍流行的价值观念，对各个阶层的民众都产生了深远的影响。池莉也为自居为小市民而感到骄傲和自豪："我自称为小市民，丝毫没自嘲的意思。今天这个'小市民'不是从前概念中的'市井小民'之流，而是普通一市民，就像我许多小说中的人物一样。"① 所以她在90年代写的小说《太阳出世》（1990）、《你是一条河》（1991）、《预谋杀人》（1992）、《凝眸》（1992）、《你以为你是谁》（1995）、《云破处》（1997）、《一夜盛开如玫瑰》（1999）都是"作为小市民而写作"的典型。这种写作方式和价值观念的转型之所以成为一种文学思潮，在八九十年代之交产生如此大的影响力，是作家的下移心态、市场的利润机制、读者的市民意识等各

---

① 池莉. 我坦率说［M］//池莉文集：第四卷. 南京：江苏文艺出版社，1995：223.

方面的因素合谋的结果。

　　当然，新写实小说价值观念的构成成分也并非铁板一块，寻绎其中的含混、悖逆、歧义的症候之处，对其作谱系学式的还原不难发现，市民阶层的世俗价值观念由边缘到中心的位移、知识分子启蒙价值观念的衰落和潜隐、新旧价值观念转换的空当期形成的无所适从的空虚无聊观念的蔓延与持续，都在各自的源流嬗变中贯穿八九十年代新写实小说的始终，并与其他的文学思潮和文学流派一起成为反映时代文化价值观念和审美意识的晴雨表。尽管各个组成部分因所携带的不同价值观念所导致的冲突与摩擦也会引起人物内心的波澜，但在主流的世俗文化价值观念的浸润和影响下，对矛盾的分化和消解也是保持内在心理平衡的最常见的途径。所以，新写实小说借助于人物的心理和行为对生活的原生态的还原，实际上展示的是不同的价值观念起伏消长的流变形态和样貌。

一、世俗价值观念的兴起与发展

　　新写实小说世俗价值观念的兴起、发展、壮大、成熟的过程，实际上就是八九十年代文学内在连续性的最好写照。其实，"1990 年代在一定意义上是 1980 年代文学的延续。从来没有一种文学是自然长成的，肯定是有其血脉相承的'前身'，并有意无意地受到 1980 年代的话语陈述方式和那个时代的价值标准的无形控制"①。对新写实小说来说同样如此，作为一种文学思潮在八十年代中期兴起，显然与市民阶层伴随着经济的发展崛起于社会的舞台有密切的关系。市民话语借助于一系列有价值规约的言说表达着以往"沉默的大多数"的世俗欲望，功利性、享乐型、务实态的价值规约成为衡量生活和行为的标准，对作家的陈述

---

① 陈小碧. 面向"1990 年代"——重读"新写实"小说兼论九十年代文学的转型 [J]. 文艺争鸣, 2010 (4): 121.

方式和价值观念的认同模式产生的影响是不言而喻的。特别是具有后现代意味的解构主义思潮在 90 年代的提前登陆，与消解精英意识和宏大话语的市民文化价值观念的暗中契合，更为世俗价值观念的流行提供了哲学基础和价值依据。"当主流话语的乌托邦许诺和精英知识分子的启蒙话语日益遭到人们冷落与遗弃而无奈地退出文化中心之后，在市民文化消解抽象而走向直观，消解理性而走向官能，消解深度而走向平面的价值重估的社会转型期，新写实小说找到了自己的表演舞台，适时地填补了价值真空，成为了市民文化的承载体。"① 由此可见，解构之后的建构带来的是价值观念的扬弃和转型，平面化写作、欲望化的主题实际上都是在还原的书写策略中价值观念的转型暗中操纵的结果。新写实小说只不过是对价值观念的转型采取了敏锐地把捉和审美表现而已。在 90 年代，新写实成为文坛上一颗璀璨的明珠和传媒的宠儿，与市场经济的确立、现代城市的建构、市民阶层的崛起、媒介机制的运作所形成的综合复杂的文学场域有密切的关联："现代城市，因为其基本运作模式是以交换为原则的商品经济，实在是一片广大的欲望发生场，一个写满了欲望却无法完全把握的海市蜃楼式幻象，更抽象地说，现代城市文化的动力是提供一系列可变空洞的形式，内容却必然的被淡化抽空了。因此日常生活，柴米油盐，家长里短的'过日子'本身才正式成为一个意义范畴。"② "过日子"的本真状态成为新写实还原生活的一个具有价值意义的范畴，显然离不开现代都市的传播媒介信息对民众期待的世俗价值观念的渗透和强化。正是众多的新写实作家通过鲜活的文本对民众潜移默化的影响，才使得主客体的"影响—接受"机制转变为主体之间的信息"输出—反馈"机制，由此形成的信息循环效应就是新

---

① 赵联成. 后现代意味与新写实小说 [J]. 文史哲，2005 (4).
② 唐小兵. 蝶魂花影惜分飞 [J]. 读书，1993 (9)：107.

写实作家对以交换为原则的商品价值观念的心领神会,以池莉为首的新写实作家对读者的阅读口味的有意迎合,当然与作家自身小市民的角色定位有密切的关系,但借助传媒所传达的世俗化的价值观念无意之间吻合了市民居家过日子的价值选择才是更为根本的畅销因素。

这种世俗价值观念的兴起首先与世俗化的社会和文化思潮有密切的关系,具体说来,终极理想和精英意识的悬置使得八九十年代的市民阶层深深地感受到物质功利性的价值观念在社会生活中发挥的重要作用,物质性的需求与这种需求在现实的居家过日子的务实精神下难以实现的矛盾冲突,收入的增长跟不上通货膨胀引起的物价上涨导致的惶恐和焦虑的消费心理,都会使新写实作家感同身受到市民阶层精打细算地过日子的心态和物欲化的价值观念,在由"生存"向"生活"迈进的旅途中越来越占据重要地位。新写实小说兴起的年代正是经济的快速增长带来的闯物价关的购物潮席卷全国的时期,此时物价上涨的速度超出了人们的心理承受能力:"1988年市场物价更以出乎人们意料的高幅度上涨,全年上涨18.5%,其中12月比上年同月上涨26.7%。"① 所以,斤斤计较、精打细算、一切都放到物质的天平上来衡量就成为新写实小说世俗化价值观念的最鲜明的表征。

"市场经济充分肯定了商品的地位与价值,逐渐在社会上、在人们的意识中,形成以商品为核心的价值取向和文化心态。"② 这种市场经济讲究利益最大化的思维方式和价值观念渗透到小市民日常生活的方方面面,成为八九十年代文学转型期"变"与"不变"的辩证关系中沟通不同的文化语境的永恒风景。《烦恼人生》(1987)中的印加厚午餐到食堂吃饭时物美价廉的榨菜瘦肉丝没有了,他绝不会买六角钱一个

---

① 邱晓华. 九十年代中国经济 [M]. 上海:远东出版社,1999:8.
② 陈小碧. 面向"1990年代"——重读"新写实"小说兼论九十年代文学的转型 [J]. 文艺争鸣,2010(4):120.

"大肥肉烧什么、盖什么"之类的比较昂贵的肉菜,他只买了一份"炒小白菜加辣萝卜条,一共一角五分钱。"肉菜与素菜在营养价值、色泽口味上的差距是显而易见的,印加厚在吃饭问题上的精打细算显然是小市民过日子的世俗价值观念的最常见的风景。

这种务实的精神和拮据的经济状况造成的精打细算的实利欲求贯穿于八九十年代新写实小说的始终,从中可以窥视到原生态的还原之后,世俗性的价值观念最鲜活和典型的样本。《单位》(1989)中的老何在大家聚餐时执意回家的根本目的是"心疼他那两份菜,一只皮蛋,一瓶啤酒,不愿跟大家一起吃,想拿回去与家人同享,孝敬一下他老婆的爷爷奶奶"。而不抽烟的习惯养成显然也与他的兜里从来没超过五毛钱有关,个人的需要额外开支的精神嗜好在最基本的生存需要面前都显得无足轻重,不值一哂。这种精打细算过日子的心态也是《一地鸡毛》(1991)中的小林尊奉的处世指南:小林之所以每天要早起床不辞辛苦到公家副食店排队买豆腐,是因为"一斤豆腐有五块,二两一块,这是公家副食店卖的。个体户的豆腐一斤一块,水分大,发稀,锅里炒不成团"。小说以"小林家一斤豆腐变馊了"这种鸡毛蒜皮的小事引起的家庭风波开篇,显然是对小市民在斤斤算计的价值观念支配下日常生活和行为方式的最好写照,所以在每天下班帮忙两小时获得二十元报酬的诱惑下,小林为"小李白"收摊卖鸭子,堂堂的国家干部所具有的自尊、自重、脸皮、名誉等精神层次的东西,在寒酸的生活处境和渴望享受的世俗形态的侵蚀下都消失得无影无踪。金钱拜物教所带来的娱乐和消费价值观念成为"90 年代中国——至少是城市——社会里最流行、也最具影响力的'思想',它事实上已经构成主导今日社会一般精神生

活的一种新的意识形态了"①。甚至这种精打细算的消费价值观念内化
为人们的日常生活中，达到了日用而不知的无意识的程度。方方的
《暗示》（1996）中的叶桑和丈夫邢志伟吵架之后，搭乘"江申"号轮
船离家出走，"她印象中自己原本是买二等舱的。家里的钱主要为邢志
伟所赚，她想狠狠花一笔钱，权当出气。可不知怎么，她还是只买了个
四等舱"。这种鬼使神差的潜意识行为背叛了理性中想多花钱出气的目
的和初衷，其中凸显的是小市民根子深处在金钱主导下沦为客体的异化
心理和根深蒂固的"过日子型"的消费观念。在这方面，刻画得最精
致、最深刻、最逼真、最典型的当属刘恒的《贫嘴张大民的幸福生活》
（1997），为了达到"少花钱多办事"的省钱目的，张大民的精神状态
和价值观念都围绕日常生活中如何精打细算的财务账的指挥棒而转动
了。算夜班费："你们厂夜班费6毛钱，我们厂夜班费8毛钱。我上一
个夜班比你多挣2毛钱，我要上一个月夜班就比你多挣6块钱了。"算
馄饨多少："你们厂一碗馄饨才给10个，我们厂一碗馄饨给12个。"算
不吃饭的成本费："云芳，我帮你算一笔账，你不吃饭，每天可以省3
块钱，现在你已经省了9块钱了。"算死后的丧葬费："我爸爸的骨灰
放在一个坛子里，还花了30块钱呢！你那么漂亮，不买一个80块钱的
骨灰盒怎么好意思装你！"当然，算的最多的还是最基本的日常生活开
支："一个月不到100块，拿了多少年？每月每人交伙食费30元；孝敬
双方老人各20元；支援五民读书15元；他抽烟不到15元；她怀了孩
子每个礼拜吃一只鸡腿儿加起来绝对不止15元；洗个澡1元；剃个头
又1元；她的头不止1元；她去医院让大夫摸肚子，骑不了车，坐公共
汽车公共电车再换地铁，来回多少元？他不能不陪她到医院让大夫摸肚

---

① 王晓明. 在新意识形态的笼罩下——90 年代的文化和文学分析·导论［M］. 南京：
　　江苏人民出版社，2000.

子，也骑不了车，来回又是多少元？如果挤不上车打出租车，再碰上个比你还爱钱的司机拉着你兜圈子，那可真要了人的命了，那就是血流不止了，什么也剩不下了。"张大民作为小市民精打细算的金钱意识将世俗化的价值观念和实利精神发挥到极致，世俗的价值观念由兴起到发展壮大的程度和深度的嬗变历程也在这一典型形象中得到了淋漓尽致的体现。

其次，这种世俗价值观念的兴起与人文精神的失落所产生的世俗性对精神追求和情感意蕴的压制密不可分。正如王晓明所说的："在商品经济大潮冲击下，价值观念大转换，五千年来信仰、信念和信条无一不受到怀疑、嘲弄，却又缺乏真正的建设性的批评。"① 确实，传统的经济文化和农耕文明积淀的价值观念，在商品经济大潮冲击下遭受到五千年未有的巨大变局。这在新写实小说中突出表现在商品化的发展带来的物欲化的价值观念成为日常生活的"巨无霸"，所有不能转化为经济效益的个人嗜好、精神追求、审美品位、情感意蕴、文学梦想都将退居边缘位置，受到世俗的价值观念的嘲笑或者是异化为世俗的天平上的物件重估其价值。这种世俗性对精神价值观念的冲击在八九十年代的新写实小说中只有量的差异，没有质的不同。从文学在商品大潮兴起之后由"无功利的功利""人类精神的食粮"等至尊地位，到遭受市民随意嘲弄的小丑的边缘位置的变化可见一斑。在写于新写实小说刚刚兴起时的《烦恼人生》（1987）中，厂办公室的秘书小白对文学的痴迷、对北岛的诗歌《生活》"网"的感悟，显然抵不过世俗文化中以金钱作为成功的标准来衡量的跳水冠军的影响力大："中听有屁用！人家周继红，小丫头片子，就凭一个斤斗往水里一栽，一块金牌，三室一厅房子，几千块钱奖金。"在文学失去轰动效应之后的90年代，市场经济作为社会生

① 王晓明. 旷野上的废墟——文学和人文精神的危机 [J]. 上海文学, 1993 (6).

活的主旋律的价值观念已普遍成为人们的共识,"市场经济遵循的是价值规律,它的最明确而又最强硬的追求是'利',与维持社会凝聚力所需要的'义'是相矛盾的,因此它对社会生活的腐蚀作用是与生俱来的"①。因此,作为时代"感应的神经,攻守的手足"的新写实小说也在商品属性的指挥棒下对文学的审美蕴含进行祛魅和亵渎。最突出的表征就是《一地鸡毛》(1991)中的"小李白"由对诗神缪斯的狂热崇拜到佛头着粪的世俗变化:"小李白朝地上啐了一口浓痰:'狗屁!那是年轻时不懂事!诗是什么,诗是搔首弄姿混扯淡!如果现在还写诗,不得饿死!'""混呗"的生活态度和对诗歌的极端反叛就是日常生活中人们对待文学的真实反映,由此作家及文学成为深受世俗的文化价值观念浸染的人们最不欢迎的对象,《冷也好热也好活着就好》(1991)中的作家四是一个单身汉,"许多人讨厌他酸文假醋,猫子却有点喜欢他。因为和四说话可以胡说八道"。"酸文假醋"的价值评价和成为"胡说八道"的对象让作家斯文扫地,自以为是启蒙的使者的话语沟通和信息传播成了无人喝彩的绝缘体和独角戏,所以四给猫子聊他的一个小说构思,本以为把猫子感动得痛哭流涕的素材却成了他安然入梦的催眠曲。

爱情和婚姻作为两情相悦的表征和结果含有的精神性因素,正是人类区别于动物的根本性所在,正如黑格尔所说,爱情"确实有一种高尚的品质,因为它不仅停留在性欲上,而是显出一种本身丰富的高尚优美的心灵,要求以生动活泼、勇敢和牺牲的精神和另一个人达到统一"②。但这种精神性的情感因素在世俗价值观念兴起的八九十年代是没有存身之地的,纯粹的、洁白的、不含功利性的情感在世俗的价值标

---

① 孔范今. 二十世纪中国文学史(下册)[M]. 济南:山东文艺出版社,1997:1477.
② [德]黑格尔. 美学:第2卷[M]. 北京:商务印书馆,1979:332.

准衡量下成为不合时宜的梦幻，在实利和欲望的合谋下形成的爱情和婚姻都是彼此之间相互算计的结果。市场化的商品价值观念也渗透到了爱情和婚姻的内部，爱情的双方在地位、身份、职业、权力、收入等各种因素的综合考量之下才步入婚姻的殿堂，即使按照婚姻的程序组建了个人的小家庭，那磕磕绊绊的世俗生活也没有多少精神性和情感性的因素包含其中，这就是新写实小说对转型期的小市民的婚恋状态的真实写照。他们秉承的婚恋价值观念是建立在丰厚的物质基础之上的，所以甘居小市民的池莉认为"我的基本态度同否定精神贵族一样否定古典爱情，因为在现代社会里，古典爱情是不存在的。爱情只是人与人之间的一种关系，与物质基础有很大的关系。以前有些姑娘纷纷找工农兵，找党员，后来的结果是纷纷离婚。这说明靠精神是不行的，必须要有物质基础"①。在这种功利性的婚恋观支配下，《风景》（1987）中的七哥毫不犹豫地抛弃情投意合的、即将步入婚姻殿堂的大学教授的女儿，转而狂热地追求一个比他大八岁且不能生育的高干的女儿，原因是"在中国教授这玩艺儿毫不值钱"，而借助登龙术可以迅捷地通过高干的裙带关系实现自己的野心和目的。对于婚姻，恩格斯所说的没有爱情的婚姻是不道德的婚姻，却成为新写实小说去除爱情之类的精神性质素的最常见的风景：在小市民印加厚看来，"所谓家，就是一架平衡木，他和老婆摇摇晃晃在平衡木上保持平衡"。（《烦恼人生》1987）；外科医生庄建非经过与妻子新婚半年的生活，感受自己的婚姻并非与众不同，"揭去层层轻纱，不就是性的饥渴加上人工创作，一个婚姻就这么诞生了"。（《不谈爱情》1989）

　　进入 90 年代，新写实作家在作品中通过叙述人的评述或者是人物

---

① 李骞，曾军. 浩瀚时空和卑微生命的对照性书写——池莉访谈录［J］. 长江文艺，1998（2）：75.

之口表述的婚恋观念更加强调物质性的制约因素，这也可以看作世俗性的价值观念在市场经济进一步走向成熟之际的深化和发展。方方的《随意表白》（1992）通过叙述者兼参与者"我"之口所表述的爱情观显然延续的是《风景》中的功利观念，只不过是更刻意地强调外在的因素对爱情的制约："钱、地位、名声、职业、户口、背景，诸如此类，看重这些实际当是聪明人所为。我想很多很多以一种古典的浪漫主义精神追求爱情而又业已成家的人会如是说：给我下一次机会选择，我会把这些物质的东西放在首位。因为，人人都终于弄明白，离开了那些，此一生将会活得多么尴尬。"小说中的雨吟为追求纯粹的爱情而在现实生活中败得一塌涂地，就是一个典型的反面例证。既然如此，池莉的《绿水长流》（1993）中"姨母"对"我"的忠告就是发自肺腑的经验之谈："到谈婚论嫁这一步，就必须冷静地看看对方的人品，才貌，性格及家庭背景。家庭必须是有文化的，性格要温和，要会体贴人，要有良心。人才也应该有十分。在以上条件具备的情况下，再看你们两人是否相处得合宜。合宜就是最好的了。"既然爱情是如此的功利和算计，那么对建立在物质基础上的婚姻也就没有必要讲究富有情感的浪漫色调了，盈月老师给她妹妹的小儿子结婚使用的阴招是"找个理由让他显示出必须马上结婚，一切排场都来不及操办，这样起码你能省下几千块"。（《一唱三叹》1991）人生的第一次神圣的婚姻就这样在草率的办理中埋葬了感情的成分，一切都在金钱的斤斤计较中失去了精神性和情感性的成分。段莉娜的同事们在清贫的婚姻生活中的切身体会就是："钱有什么不好？现在谁都知道虽然钱不是万能的，但是没有钱是万万不能的。贫贱贫贱，一个人只要穷必然就贱了。其实老话就说过；人穷志短，马瘦毛长。饱暖思淫欲，饥寒起盗心。"（《来来往往》1998）此中的观点就非常典型地代表了90年代暂时还没有富裕起来的市民阶层最务实的想法，无论是爱情还是婚姻、无论是个人爱好还是精神追求，都在这种形而下的物质欲求中消失得无影无踪。

最后，物质享受、消费主义价值观念的深入人心，以及关注"小我"的生活处境暂时还不如意时自我安慰的乐感文化、中庸哲学、阿Q精神的普遍性无疑成了世俗价值观念兴起和发展的沃土。新写实小说对"大我"的宏大价值观念的消解和对"小我"的个体价值观念的认同是一枚硬币的两个方面，正是对虚无缥缈的彼岸世界的拒绝才更能凸显现实人生的琐碎和平庸，那么抓紧现实人生的世俗享受、改善最基本的生活条件、满足个人的消费欲望就成为八九十年代市民阶层孜孜以求的生活目标和遵循的价值原则。所以，新写实小说中的人物"普遍地表现出对理想主义的厌弃，对激情和浪漫生活的拒绝，而无可奈何地认同于日常生活中的现存秩序；传统文学中对理想主义的炽热向往，对改造社会而达成人人平等、世界'大同'的乌托邦冲动，对人生的价值及意义进行形而上思考的真诚与执着都被日常性的生存经验、被'好好过日子'的世俗性号召所取代"①。这种"好好过日子"的价值观念的追求和满足，体现为日常生活中频频出现的点点滴滴的小事所咂摸出的浪漫温馨和世俗享乐的滋味。在池莉的《烦恼人生》（1987）中，印加厚奔波一天、下班回家后感到最幸福的时刻是，"老婆递过一杯温开水，往他脸上扔一条湿毛巾。他深深吸吮着毛巾上太阳的气息和香皂的气息，久久不动"。家作为私人空间将养疲惫身心的港湾，个体的生命感受和幸福感的产生都在聚焦于"小我"的时候才真正体会到；聚焦于个体的生命意义和价值观念，自然也就对传统的自私的行为方式和价值评判标准采取了悬置的客观态度。《风景》（1987）中的七哥信奉的人生准则和价值观念是："生命如同树叶，来去匆匆。春日里的萌芽就是为了秋天里的飘落。殊路却同归，又何必在乎是不是抢了别人的营养而

---

① 孙先科. 英雄主义主题与"新写实小说"[J]. 文学评论，1998（4）.

让自己肥绿肥绿的呢?"奉行自私的价值观念意味着为了满足个人的物质享受和世俗欲望就可以不择手段的损人利己，这种价值观念显然也只有到商品意识和价值观念转型的混乱时期才会产生。对绝大多数普通的小市民来说，他们尊奉的就是以自我为半径、以家庭为圆周的小圈子里改善生活环境，获得尽可能多的物质享受，创造更多的有利条件共享天伦之乐。《不谈爱情》（1989）中的吉玲的人生设计代表了求真务实的市民阶层绝大多数人的想法："她设计弄一份比较合意的工作，好好地干活，讨领导和同事们喜欢，争取多拿点奖金。她设计找个社会地位较高的丈夫，你恩我爱，生个儿子，两人一心一意过日子。她设计节假日和星期天轮番去两边的父母家，与两边的父母都亲亲热热，共享天伦之乐。"

这种带有普世意味的人生设计和价值观念很适合经济比较拮据的市民阶层的生活方式，所以到90年代，尽管市场经济的确立和稳固让一部分人遵守商品交换的利益原则先富了起来，但对暂时还无法富裕起来的小市民来说，还是把眼前的光景过好才是发展的硬道理。所以，90年代的新写实小说在世俗的价值观念的表现上仍然延续着80年代的主题。在《一地鸡毛》（1991）中，小林在老婆工作问题解决、孩子入托儿所、可以辞退保姆节约一大笔钱的物质生活畅想中获得了极大的满足感，所以"晚上孩子保姆入睡，两人又欢乐了一次。欢乐时两人又很有激情"；在经历豆腐风波、偷水事件、保姆问题、乡下来人、女儿入托、班车开通等鸡毛蒜皮的事情都得到了妥善解决之后，小林的理想是"如果收拾完大白菜，老婆能用微波炉再给他烤点鸡，让他喝瓶啤酒，他就没有什么不满足的了"。这种理想就是看得见摸得着的现实，也是千千万万的市民意识所组成的世俗价值观念的最好体现。关心着自己个人的身心健康、改变不了环境可以改变个人的心态、尽一切条件和机会享受生活，这是池莉在《冷也好热也好活着就好》（1991）中提供的世俗的价值观念。在酷暑难耐的都市里，男女老少都活得有滋有味："许师傅摇把折扇下楼来了。他已经冲了个澡，腰间穿条老蓝的棉绸大裤衩，坐进躺椅里，望着燕华和猫子，一种十分受用的样子。""夕阳西下，他们依旧在露天的街道里晚餐和夜宿；热归热，人们依旧喝'黄鹤楼'、看电视、摸麻将；热也丝毫不影响燕华和猫子走进众人逃避的蒸笼般的房间里去亲热；他们吃不起山珍海味，然而生活得十分悠然自得。"当然，随着中产阶层在90年代的崛起，新写实小说也表现出世俗价值观念的发展变化，那就是由勤俭节约的消费观念向价格昂贵的品牌意识和高档消费的观念转型，这特别表现在《来来往往》（1998）中的新贵康伟业身上，他认为"好东西虽然价格昂贵，但它们是为主人服务的，是你的奴隶，会给你最细微的体贴，你穿戴在身上，瘦处它不会肥一分，宽处它不会窄一分，你举手投足，绝无束缚与挂碍之感，并且众星捧月，每一根线条都为烘托你而存在，绝对靓人"。由此可见，尽管在消费的品牌和档次上市民阶层存在着差距，但以个人为中心的消费观念和价值评判标准却一以贯之，成为新写实小说价值观念转型的突出表征。

显而易见，这种安稳祥和、温馨舒畅、顺风顺水、其乐融融的世俗生活的场景和画面只是暂时的，动与静的辩证关系意味着飞扬的动态的一面时刻会打破安稳的静态的生活样貌。在新写实小说普遍地关注日常生活中的烦恼、卑微、琐碎、纷乱、灰暗、沉重的景观和色调时，没有了宏大的理想价值观念的支撑，只能采取比上不足、比下有余的阿Q精神来自我安慰，这种世俗价值观念显然是去除诗情与理想的日常生活的典型表征。在新写实小说的代表作《烦恼人生》（1987）中的印加厚身上就非常形象地演绎了这种中庸的价值观念和人生哲学：面对着烫了鸡窝般发式的俗气、灰暗、憔悴的老婆感到遗憾的宽解药方是，"这世界上就只她一个人在送你和等你回来"；与正遭受离婚危机的知青伙伴相比较，他"感到自己生活正常，家庭稳定，精力充沛，情绪良好，能够面对现实。他的自信心又陡然增强了好多倍"；当工作中情绪极度颓丧的时候，就和在炼钢厂工作从来不敢穿白衬衣的中学同学相对照，"强迫自己想想同学的事，用忆苦思甜以解救自己"；遇到无法解决的问题，就用"梦"或者是"车到山前必有路，船到桥头自会直"缓释压力和情绪。当然，并不是所有的事情都可以找到比自己层次更低的人和物作为缓解自己焦虑和痛苦意识的减压阀门，在无法缓解的情况之下，就采取郭普云"我是个该死的小丑儿！"的自贬和自嘲的方式，应对"阴差阳错、弄巧成拙的难堪事"，既自嘲又嘲人的诅咒自己，不失为世俗生活中遇到难以排解的糟心事的有效药方，但其中于事无补的世俗价值观念和自轻自贱的阿Q精神却引人深思（《虚证》1988）。相比较来说，顺其自然、清静无为的道家的文化价值观念到可以成为世俗生活中借鉴的良方，所以池莉的《细腰》（1988）中阅尽人间秋色、品过人生万象的饱经风霜的老人的人生感悟才特别让人感动："便是好男儿又怎能叫它云开雾散，风息雨弄，要一个自己喜爱的天？罢了，任其自然，自然公平，事事又何必强求。后退一步，海阔天空。"

到90年代《一地鸡毛》（1991）中的小林尊奉的价值观念与《细腰》（1988）中的老人类似，"宏图大志"和"事业理想"是人生走向成熟过程中的穷折腾，明白了其中的道理之后，就可以采取以不变应万变的方式对各种事情应付自如。制胜的法宝是"只要有耐心，能等，不急躁，不反常，别人能得到的东西，你最终也能得到"。但这种泯然众人、遵从常规的行为方式和心理状态也不是世俗价值观念中百试百爽的灵丹妙药，所以在90年代的新写实小说中对宿命意识的青睐，就成为转型期世俗价值观念的常见风景。寡妇辣辣肚脐上方的红痣印证了十四年前相面先生的一句谶语："水深火热啊……你将来的丈夫一定要处处当心！"面对丈夫王贤木听戏时掉进开水锅随即又被烈火烤干的悲惨命运，她"被命运力量的显示震慑住了，她陷入梦一般条理紊乱的沉思中不能自拔"（《你是一条河》1991）。金中因贪吃那一顿金华火腿而阴差阳错地成为国民党的随军医生，随后的人生轨迹全部改变了，他也接受了命该如此的说法，"恍然中他觉出他心里头生出一双手已触摸到了什么，那是一种难以言喻的东西，但不是死亡"（《金中》1991）。大学副教授肖济东从辞职开出租车到回到原来的教学工作岗位完成了一种宿命的轮回，终于明白了"每个人都有自己的活法，而每种活法都有自己的定数"（《定数》1996）。这样的消极的、颓废的、甘愿听从生活摆布的宿命意识，无论在目不识丁的小市民还是在学识丰富的知识分子心中产生如此强烈的共鸣，都充分的说明世俗的价值观念所具有的巨大魅力，也意味着转型期世俗价值观念的多元性、混乱态和虚无化。

"新写实以平面对接的方式完成叙述对象的生活际遇，针对现实本身所发生的镜像做结构陈述。不在意社会层次的限定，在叙述中让叙述本身对本质阐述排斥性，在自然中找到叙述本身存在的价值，突出被叙述对象的个性，解构价值论中本我和异我之分。"① 这种平面化的叙述和镜像还原的方式将世俗价值观念的本真面貌呈现了出来，在经济和文化的转型中叙述对象的各具异彩的风貌，在尊奉的不同的价值观念中得到了凸显，从而展示了世俗文化价值观念兴起和发展的魅力风采，这是新写实小说独特的价值意义之所在。

二、启蒙价值观念的沦落与潜隐

启蒙价值观念的沦落和潜隐反映了新写实小说精英意识和角色地位由中心到边缘的发展嬗变，在由"象牙塔"走向"十字街头"和民众

---

① 王和丽. 新写实手法在中国现当代文学中的文学价值［J］. 甘肃社会科学，2015（4）：130.

一起共舞的过程中，"谁的启蒙，何种现代性"的问题在市场经济转型的八九十年代的语境中成为一个需要重新考虑的含混的问题。在80年代中期以前，政治与文学的蜜月期知识分子的精英意识和启蒙伦理所代表的"高大上"的价值观念是无人对其存在的前提条件进行质疑的，那时，他们是"精英话语的操纵者——知识分子（作家）以一个拯救者、先觉者、精神导师的身份出现在大众面前，试图给世界一个永恒的、终极的解释，给困扰大众的一切问题以一个终极的解决，把自己想象为大众的'合法'的、别无选择的'代言人'。但在商品社会，满怀'启蒙'和'代言'意识的知识分子却陡然发现，自己已失去了听众和守持者"。① 启蒙的主体在"大众化"的浪潮中高高在上的优越感转变为"化大众"的无人喝彩的状态，确实反映了市民阶层崛起之后，市场经济意识成为衡量人们在世俗的日常生活中是否成功的首要标准所伴随的文化信仰和价值观念的转型。这种转型"对于知识和知识分子产生的影响是极其深刻的：它促成了知识和知识分子的分化，改变了不同知识系统的中心—边缘格局以及知识分子的精英结构与社会定位，改写了知识/知识分子与权力场域的关系"②。话语权力和话语场域因市民阶层的世俗价值观念的介入和影响而变得更加丰富与驳杂，知识分子在市民话语和世俗价值观念的冲击下对自身的启蒙价值观念进行了反思，反映在新写实小说中，就是作家普遍以世俗的谦卑的心态接纳小市民的价值观念。正如池莉所说："自从封建社会消亡之后，中国便不再有贵族。贵族是必须具备两方面条件的：物质的和精神的。光是精神的或者光是物质的都不是真正的贵族。所以'印加厚'是小市民，知识分子'庄建非'也是小市民，我也是小市民。在如今的社会主义初级阶段，

① 黄修己. 20世纪中国文学史：下卷［M］. 广州：中山大学出版社，2004：122.
② 陶东风. 新时期三十年中国知识分子的结构转型［J］. 中国图书评论，2008（2）：11.

大家全是普通劳动者。"① 以池莉为代表的新写实作家就是在知识分子转型期分化之后沉入小市民阶层的一群，他们最先感受到启蒙的主体在世俗化大行其道的语境中所处的尴尬位置，在反思启蒙话语和精英话语的局限性的同时，也将解剖的手术刀伸向自身：启蒙先在的优越性、合理性和真理性的条件是什么？话语权的获得是否就意味着布道者和启蒙者的身份排出了启蒙的辩证法反思的范畴？在八九十年代的经济、文化和价值观念的转型期知识分子面临着被贬抑和沦落的处境何为？如何以潜隐的方式介入文学和社会生活？诸如此类的问题在新写实小说中都得到了鲜明的表现。

　　新写实小说中所表现的启蒙价值观念的沦落是现实生活的变化和作家的心态调整的结果，"八十年代后期，正是新写实作家率先醒悟到，他们作为'真理代言人'的幻觉实际上只是一厢情愿的自恋行为，他们不可能再像鲁迅、胡适甚至比他们早几年的北岛那样冲到社会的'风暴眼'里去充当'文化英雄'。他们从来没有像现在这样意识到自己也是同民众一样的'小人物'。这种'今非昔比'的心理感受和文人的敏感使他们有一种很强的失落感"②。正是由于作家"今非昔比"的敏锐感受，才将启蒙价值观念的沦落处境和内心的失落感通过原生态的叙事手段还原出来，并成为新写实小说贯穿八九十年代的永恒旋律。

　　这种沦落的演变过程在八九十年代的新写实小说中有一条脉络比较清晰的线索，由此也可以看出"所有被我们称之为90年代文学的新质因素，在80年代中后期的文学中，几乎都可以找到它的滥觞和端倪"③。在新写实小说中，这种启蒙价值观念的嬗变最早可以追溯到

---

① 池莉. 我坦率说［M］//池莉文集：第四卷. 南京：江苏文艺出版社，1995：223.

② 陈喆. 精神的消解——新写实小说作家创作心态的探讨［J］. 南京师范大学文学院学报，2000（4）：24.

③ 於可训. 建构与阐释［M］. 武汉：武汉大学出版社，2005：113.

《风景》（1987）中知识分子和民众对"骨气"的内涵和外延的错位对话，语文老师以"人穷要穷得有骨气"对二哥一家为生存而偷窃的行为是持批判和启蒙的态度的，但这种建立在一定的物质基础上的启蒙在最基本的生存都成问题的底层民众那里显然是一种奢望，所以父亲听完二哥原版转述的语文老师的话之后，立即气得摔酒瓶并怒吼道："什么叫没有骨气？叫她来过过我们这种日子，她就明白骨气这东西值多少钱了。"以父亲为代表的下层市民貌似过激的反应，实际上是从潜意识深处流露出对启蒙的价值观念的鄙夷和拒绝。如果说在80年代这种启蒙和被启蒙的价值观念的传递，是通过启蒙主体的不在场避免了彼此尴尬的境地的话，那么在90年代池莉的《冷也好热也好活着就好》（1991）中就直接让启蒙的主客体之间价值观念的错位状态得到充分的展现。最典型的表现是作家四与猫子的对话场景，在信息沟通的过程中彼此成了媒介信息发出与接受的不良导体。猫子站在市民的立场上对体温表的爆炸引起的热烈反响和带来的快乐错移到知识分子的四身上，误以为四一样在好奇心的驱使下，惊异于天气的炎热带给人们凡俗的日常生活不同寻常的乐趣，这种低俗的审美品位显然引不起四的兴趣；同样，当四以启蒙者的姿态对猫子的生活方式和价值观念进行精英意识的灌输的时候，得到的是不感兴趣的猫子从昏昏入睡到酣然入梦的结果。这就非常典型地诠释了启蒙的价值观念在市民阶层无人喝彩的沦落结局，其中对启蒙者四的启蒙话语的反应是"许多人讨厌他酸文假醋"，而猫子喜欢他的理由是"和四说话可以胡说八道"，这就使得进入90年代之后高高在上的精英意识和启蒙心态，必然陷入遭受嘲笑和戏弄的无奈境地。

这样，在八九十年代之交，"人们看到市场经济以及与此相关的大众文化与自己的最初想象形成了重大反差。人文知识界有些措手不及。人文知识分子发现自我角色的快速边缘化及所谓'人文精神'的失落，对于大众文化消解精英文化的力量也有了深刻的真实体验"①。在新写实小说中的显著表征就是小市民的文化价值观念对知识分子的启蒙价值观念的评判和"再启蒙"，这种"启蒙"的主客体的翻转和"化大众"的价值观念的流行就是启蒙价值观念沦落的最突出的表征。如果按照新写实小说历时态的发展历程进行考察，也是一个很耐人寻味的现象。方方的《白雾》（1988）中的苏小沪在强调新闻工作者的良知和直面现实的卑污的时候，她显然秉承的是精英知识分子在80年代的价值观念、人文理想和道德操守，后来在物质的诱惑和市民的实利价值观念的"启蒙"下彻底醒悟，离开清水衙门的报社去了收入颇丰的外贸局，对此信奉的世俗享乐主义和消费主义的自我解嘲是"现在是众人皆醒我亦醒"。在这种世俗价值观念的衡量下，知识分子的优越感和清高自洁竟成为需要坚决排斥和"再启蒙"的对象：《白驹》（1989）中的小丛借与麦子谈论癞狗一样的小男找了一个大学生对象的机会，对知识分子的刻薄和排斥就很有代表性，"你以为大学生就值钱了？一个个说话酸溜溜的，让我找个大学生，我的牙还受不了"；《行云流水》（1991）中的大学副教授高人云以人格作担保回家拿理发不够的差额时，受到女理发师的嘲弄和奚落是理所当然的，"别信他的，他们知识分子会算计得很，一分钱是一分命，买豆腐恨不得用尺量。一人荷包放一个弹簧秤"；《你是一条河》（1991）中的小叔子王贤良仍想以教师的身份，用古今中外的情诗来表达对寡嫂辣辣的爱意，这在忙家务事的嫂子看来"不过觉得小叔子这书呆子挺有趣罢了"；《城市包装》（1993）中的巴音从家庭、爱情、事业等方面按照世俗的标准对女作家的看法是"你和其他妇女有什么两样？你又不修饰自己，现在又没几个人看小说。又穷又酸。太没劲了！"《紫陌红尘》（1993）中的"我"认为物质待遇

---

① 陶东风 徐艳蕊. 当代中国的文化批评［M］. 北京：北京大学出版社，2006：76.

低下的知识分子的气节和精神都是典型的小市民，并按照市民阶层的价值观念和行为标准为所谓的知识分子描摹画像："现在的知识分子就是小市民。旧社会的分类标准不能用在新社会。所谓读过了大学的这一群人我太了解他们了。他们天天都操心柴米油盐酱醋茶，个个买菜都讨价还价，公款旅游求之不得。他们都活得像暴风雨来临之前的蚂蚁，忙忙碌碌，焦躁不安。生怕天上刮风下雨。"在《状态》（1996）中的市民阶层的成功者包志明眼里，中文系的著名诗人只不过是一个无足轻重的会写诗的伙计，并对他"上蹿下跳地寻找着许多要人点头磕脑地握手，并带着一脸的媚笑谈些什么"这种为五斗米而折腰的卑屈行为心生同情。由此可见，在不到十年的时光中，知识分子由遭厌恶、不被信任的平等个体到被看不起、成为需要启蒙和施舍对象的发展历程，将知识分子启蒙的价值观念彻底颠覆了。

如果仅仅是小市民以"他者"的世俗眼光打量知识分子，在"看"与"被看"的等级颠倒中怀着悲悯的情怀对知识分子的可怜处境和启蒙的价值观念施以同情的话，那么在坚守启蒙底线的知识分子看来也不过是小市民"子非鱼，安知鱼之乐"的越俎代庖的虚幻镜像，知识分子仍然可以凭借自己高尚的道德人格和启蒙观念对芸芸众生的小市民产生潜移默化的影响，启蒙的薪火传承虽然暗淡，但有朝一日终会"星星之火可以燎原"。可综观新写实小说，这种传统意义的启蒙价值观念的衰落已成为文本中最常见的风景。知识分子启蒙价值观念的沦落不仅表现在民众对启蒙主体的漠视和嘲讽中，更表现在小说中刻画的知识分子形象的所作所为和思想意识之中。在人们的心目中，所谓"'知识分子'，除了献身于专业工作以外，同时还必须深切关怀着国家、社会以至世界上一切有关公共利益的事，而且这种关怀必须是超越个人（包括个人所属的团体）的私利之上"①。但在新写实小说中的知识分子不仅没有超越专业之外的博大胸襟去关怀形而上的理想追求和价值观念，连成为一个合格的启蒙者的基本条件都不具备，遑论启蒙他人！知识分子丑陋的灵魂、卑屈的人格、低下的道德、清高的伪装、自私的行为、扭曲的人性都在新写实小说中褪去了装饰的华丽彩衣，露出了内在的恶俗和卑污的本真面目。可以说，在新写实小说借助原生态的还原策略，对知识分子丑态毕露的嘲讽和揭露超越了 90 年代之前的任何一个文学流派。方方的《白梦》（1986）中的知识分子"老头子"就是"满口的仁义道德、满肚子的男盗女娼"的伪君子的典型代表："老头子拍《黑夜有人呼叫》一片，有个情节是美女勾引侦察科长。老头子安排她在大海边勾引。为这事跑了趟青岛。青岛海滨实在美得不行。老头子要美女撩起裙子，露出大腿且一直要露出红色三角裤。美女不干。老头子说这是艺术，搞艺术要有献身精神。"学习和掌握的知识只是打着艺术和献身精神的幌子满足自己私欲的遮羞布，而且"献身精神"的精神层面的涵义向形而下的低俗化和欲望化的迁移，也是对以"老头子"为代表的知识分子的艺术境界的莫大讽刺。这种知识分子善于伪装、口是心非、言行不一的虚伪性和做作性在刘恒的《白涡》（1988）中也有突出的表现，偷情成功之后，斤斤计较的私利打算和不爱对方却又装出关心对方的情话呈现出他的虚伪的嘴脸；他与少妇华乃倩偷情之后，回家仍然扮演负责任的丈夫和爸爸的形象的所作所为显然有太多的虚伪成分；不想认识小刊物的编辑，为避免人家失望又装出极为诚恳的样子要了人家的联系方式："他样子很认真，好像认识对方正是他求之不得的事情。他不希望别人误解他。或者说，他正是需要某种误解，以便使内心的真实想法深深地掩盖起来，甚至深藏到连自己也捉摸不清的地

---

① 余英时. 士与中国文化［M］. 上海：上海人民出版社，1987：2.

步。"为了得到别人认可的随和而谦虚的中医研究院年轻的研究员的形象和美好印象，他轻车熟路地周旋于复杂的人际关系之中，并且从上大学时就认识到城府的重要性。因此"他和那人愉快地分了手，脸色顿时拉了下来"的变色龙式的举动正是在世俗的状态下，带着虚伪的人格面具伪装自己的最好表征。

对这种虚伪和自私甚至是乘人之危落井下石的卑下人格，新写实作家都不留情面地下着锐利的解剖刀，方方的《白驹》（1989）中的夏春冬秋之父是一个表面上看起来有些知识分子的气质和傲骨的诗人，可是他在"文革"中为了自保蒙混过关也暗中写过一些别的诗人的揭发材料，致使另一位诗人成为替罪羊去新疆流放达十年之久；并且他还是一个表面正派内心卑劣的伪君子，一边对"前去拜他为师的女孩又是拍头又是摸脸地亲昵"，一边对女儿教导"做人要正派要清高"，两者行为的巨大反差不仅使得女儿知道真相之后便情不自禁地对父亲的行为想呕吐，更重要的是人格的分裂对女儿由鼻尖朝天的自负到懂得什么叫自卑的启蒙价值观念的轰毁。《不谈爱情》（1989）中庄建非的父母虽都是饱读诗书的大学教授，但在唯一的儿子的眼里，却感觉到满腹经纶、富有教养的父母"饱学了人类知识的人反而会疏远人类"。这种人性的异化和人格的缺陷显然也与知识分子习惯用人格面具遮掩自己的亲情有关，想培养孩子的独立意识而拼命压制情感的流露的行为方式和心理状态显然是带有虚伪性的。到了90年代，新写实作家也许受到"高贵者最愚蠢，卑贱者最聪明"之类的反智话语和知识贬值的氛围影响，对知识分子的心灵痼疾和虚伪表现的讽刺和挖苦更加不留情面。池莉的《你以为你是谁》（1995）中的李老师"是个自认为很深刻很高尚的人，如果他找不到凌驾于这种世俗生活之上的精神生活，很难想象他会正常地吃饭和排泄。也许他会精神分裂也许会闹离婚"。为了安慰他的自尊和高尚的精神追求在世俗的价值观念中所遭遇的尴尬，他的妻子尤汉荣提供的建议是："凡你脸面上过不去的事情尽可以往我身上推，反正我是个工人，反正现在工人在社会最底层，虱子多了不痒。你嘛，认为什么说法放在自己身上有光彩就怎么说好了。"妻子作为一个小市民，按照知识分子的弱点制定的"再启蒙"的方案，就是对一个传承知识和文明的大学教师死要面子的莫大反讽，启蒙对象的颠倒也是对知识分子的启蒙价值观念的沦落的最好明证。这种明证在亲人的世俗标准的衡量下愈发显得不合时宜，《贫嘴张大民的幸福生活》（1997）中的张五民是从这个底层市民家庭走出来的唯一的大学生，当他用"体验民情""竞选正主席""考研究生""知识的海洋""自由地游泳"等宏大的政治话语和启蒙话语来与家人进行信息沟通时，遭到张大民按照市民阶层的价值观念和审美想象的肆意曲解是不言而喻的，"到村儿里看看热闹""跟居委会主任差不多""狗刨儿，当主席了，大风大浪了，学会狗刨儿了"之类的信息的编码和解码使得彼此成为沟通的"绝缘体"，在相对封闭的私人空间（家信）说一些公共空间中冠冕堂皇的文绉绉的词语，目的是表现知识分子的虚伪和酸文假醋的行为方式。所以，在小说的后半部分写到他回家看望老母亲的场面特别让人忍俊不禁："母亲一见他就哭了，抱着不撒手。他很得体，显然见了不少大世面，不怕别人哭，用低沉的喉音管自说道，老人家，身体怎么样，这几年您受苦啦！"在母亲泪如雨下的真情对照下愈发显示出受过高等教育、见过大世面的知识分子的虚伪和无情，称呼自己的母亲为"老人家"的话语方式，显然是把自己摆到了高高在上的权力者视察民众、体验民情的角度上的，这温馨的家庭的一幕更加衬托出知识分子的异化之严重，见了自己的母亲连人话都不会说的失语状态也是对知识分子人格缺陷的最大讽刺！由此也不难看出，新写实小说对知识分子的虚伪性的揭露和批判是随着时间的推移和时代语境的变化步步推进的。

如果说知识分子的虚伪性还是知识分子披着自我感觉良好的装饰的

外衣，是在启蒙主体在场或不在场的情况之下，市民阶层对启蒙的价值观念的反感和拒绝的话，那么，启蒙价值观念的彻底沦落在新写实小说中的突出表现就是启蒙的主体本身已成为"丢失自我的'阉人'"①，是知识分子自我而不是他人关照下的人性的异化。也许是受世纪之交知识分子启蒙价值观念的全面溃退引发的"人文精神"大讨论的影响，新写实小说通过知识分子在特殊环境下的屈辱生存和成为政治权威驯服的奴隶的表现，对启蒙的主体进行了深入的反思：在《无处遁逃》（1989）中，大学教师林可也由蒙冤到平反的人生轨迹，并没有改变他的劳改生活造成的卑琐的神情，他的脸上"永远谦卑的笑容使但凡同他交谈过的人都不由自主地生些怜悯和厌恶"。还自以为是"幸福之人"的良好感觉，在知识分子启蒙价值观念的烛照下更显得触目惊心。在《祖父在父亲心中》（1990）中的学贯中西、满腹经纶、喜欢写诗的父亲，在造反派抄家时的讨好笑容和为避免遭受更大的惩罚而在家里提前一遍又一遍地练习"坐飞机"的反常行为，只能说明他是一个典型的"奴在心者"，面对着新中国成立后的历次政治运动对他的心理造成的无形的压力，"他的心收缩收缩，一瞬间脆弱得如一个从未在世界上走过一步的婴孩"。最后终于在影像的刺激下精神崩溃，在价值失衡的痛苦中毫无意义的懦弱而死。《言午》（1991）中的恃才傲物、才华横溢、善于辩论、锋芒毕露的言午出狱之后以捡垃圾为生，他"在路口的猥琐、卑微和下贱已成了一种日不可少的习惯"。在孩子们眼中的这个固定的风景，绝不是用表面的"物是人非事事休"的虚无价值观念就可以衡量的，他在捡垃圾之后，"面色愈加红润起来"的外在表现，愈发衬托出其内在的启蒙价值观念的沦落后"受虐狂"的典型表征："受虐狂最常见的形式是力图显示他们的卑微、无能为力和无足轻重的

---

① 张景超. 文学：当下性之思［M］. 哈尔滨：黑龙江人民出版社，2001：705.

感受……除了轻视自己而外，他们还有一种伤害自己、折磨自己的倾向。"① 对照《祖父在父亲心中》（1990）的"父亲"，他在自我检讨中让母亲帮忙尽可能再找一些无中生有、捕风捉影的罪状的心态，显示出他也是一个典型的"受虐狂"，这种唯唯诺诺、践踏知识分子人格的举动引起了方方的审父和弑父意识，就是在知识分子"养吾浩然之气""士可杀不可辱""威武不能屈"的正气之中是否就早已埋下了奴性人格的遗传基因，她通过两代知识分子在不同的生活环境中的截然不同的表现进行了反思和叩问："我想或许父亲在祖父的位置上也难说不会如祖父一样向日本人扬手一指。而祖父在父亲的位置上也难说不会如父亲般写出一摞一摞的交代材料。"对知识分子依恃才华和锐气进行启蒙的价值支撑，从根底上进行追问，不妨可以称为对知识分子启蒙的"再启蒙"，启蒙的沦落已成为无可挽回的精神悲歌。

当然，说启蒙价值观念的沦落并不意味着知识分子就失去了用武之地，在八九十年代的文化语境中，知识分子的责任意识和岗位意识的转型，使得启蒙的价值观念以潜隐的方式呈现在新写实小说之中。"知识分子把自身隐蔽到民众中间，用'讲述一个老百姓的故事'的认知世界态度，来表现原先难以表述的对时代真相的认识，这种民间立场的出现并没有减弱知识分子批判立场的深刻性，只是表述得更加含蓄更加宽阔。"② 因此，新写实小说家隐匿真伪美丑的价值判断的目的，在于调动读者的参与意识和是非判断，对原生态的现实生活做出抉择，这就需要读者充分发挥自己的主体性和能动性做出独立的价值判断。从这方面来说，这种潜隐的启蒙是对沉浸于日常生活中的沉沦状态而不能自拔的"非本真"存在的小市民另一种意义上的"启蒙"。细读新写实小说，

① 弗洛姆. 对自由的恐惧 [M]. 北京：国际文化出版公司，1977：99.
② 陈思和. 逼近世纪末的小说 [M] // 王晓明. 二十世纪中国文学史论. 上海：东方出版中心，1992：448.

不难发现它"不仅没有丧失创作主体的情感倾向和价值判断,而且作品的内涵意蕴还异常驳杂丰厚,内在深沉。可以说,这也是新写实小说价值意义的一个重要方面"①。

　　一方面,从新写实作家所表现的启蒙价值观念来看,尽管作家在原生态的还原策略中,以貌似客观公正的立场不做任何的价值判断,但由于"作家所使用的叙事话语并非透明的,中性的,公正无私的;种种权势与意识形态隐蔽地寄生于叙事话语内部,它的唯一任务仅仅是展现事实的'真面目'"②。所以,作家写什么、不写什么的叙事话语本身就包含着价值判断,对小市民阶层崛起之后世俗的文化价值观念的人性侵蚀和欲望堕落的逼真描绘就包含着启蒙价值观念的批判意味。这种现象在刘震云和方方的身上体现得特别明显,刘震云就"像鲁迅一样,在我们最习以为常、最迷妄不疑的地方,看出了生活的丑恶与悲惨,看出了我们灵魂的麻木与糜烂。他那么痛切地揭出奴隶与奴役的真相,目的即在于吁请人们认清奴隶的地位,摆脱内在的奴性,争得做人的资格,自立为人"③。这种对人性的卑污、人格的缺陷、灵魂的磨损进行无情解剖的启蒙意识,实际上在客观冷静、不动声色的叙述中贯穿于他的新写实小说创作的始终:从《塔铺》(1987)、《新兵连》(1988)、《官场》(1989)、《单位》(1989)到《一地鸡毛》(1991)、《官人》(1991)、《温故 1942》(1993)等小说尽管跨越了八九十年代,但其中对权力折磨下的芸芸众生异化为权力棋盘中无足轻重的棋子,或者沉入世俗的状态之中不思进取的麻木状态的真实披露,无疑都是启蒙价值观念潜隐状态下的最好体现。方方冷静地剖析人性的病灶、静观卑微的生活风景的

---

① 金文野. 论新写实小说真实性与倾向性美学品格 [J]. 社会科学战线,1994 (4): 245.

② 南帆. 文学的维度 [M]. 上海:上海三联书店,1997:38.

③ 摩罗,杨帆. 刘震云:奴隶的痛苦与耻辱 [J]. 当代作家评论,1998 (4).

创作心态也显示出了和刘震云类似的启蒙价值观念,对人性的弱点和病态的执着探寻和对不同的人物在不同的生活状态下选择怎样的"活法"的反思叩问,无疑显示出了启蒙者的立场和良知。为此,她"深入到每一个鲜活的市民生命中,以一种看似丑陋的人性剥露为前提。……关注每一位生命个体的生存需要,由此延伸透视出每一位生命个体为实现自我生存需求所作出的人性挣扎,展示出人物'挣扎'过程中对他者(也是亲者)的反叛与伤害,恩仇相悖的畸态人性,从市民生存世相的描写进入到亲情人性畸变的深度揭示,展现了当代世俗人性的复杂性和深度感"①。从她的《风景》(1987)、《白雾》(1988)、《黑洞》(1988)、《白驹》(1989)、《祖父在父亲心中》(1990)、《桃花灿烂》(1991)、《随意表白》(1992)、《行为艺术》(1993)、《埋伏》(1995)、《暗示》(1996)、《定数》(1996)、《在我的开始是我的结束》(1999)等新写实小说中不难发现,变的是时代语境和社会转型期经济、政治和文化价值观念的扬弃,不变的是以"活法"为核心窥视人性病灶的启蒙价值观念的内在连续性。其他的新写实作家如刘恒、李锐、叶兆言等也根据自己的生命感悟和人性审视,对不同阶层的世俗价值观念赋予了潜在的启蒙内涵,从而使得潜隐的启蒙价值观念存续于整个新写实思潮的始终。

另一方面,从新写实作品所表现的启蒙价值观念来看,由于"叙事既包含着人们通过叙事表达出来的欲望和幻想,即叙事的对象或内容;还包含着人们对于现实的态度即意识形态立场也即叙事的立场"②。"叙事的对象或内容"和"叙事的立场"之间价值观念的巨大反差就通过反讽的方式,在新写实小说中将潜隐的启蒙的价值观念淋漓尽致地展

---

① 李俊国. 在绝望中涅槃:方方论 [M]. 武汉:湖北人民出版社,2000:85.
② [美]詹姆逊. 政治无意识 [M]. 北京:中国社会科学出版社,2000:15.

示了出来。具体说来，叙述者在情感倾向、内涵意蕴和价值观念上的启蒙倾向是内在的、潜隐的，对小说中的人物的所作所为表现出的价值观念表面上看起来只是客观中立的陈述，但由于叙事话语的含混性和不透明性，以及二者之间秉承的价值观念的对照和反差就在揭示生存的悖论中呈现出讽刺的意味。"'讽刺'的生命是真实，不必是曾有的实事，但必须是会有的实情。"① 一贯以"原生态"为标榜的新写实小说的生命就在于真实和真情，所以讽刺和反讽就成为表现新写实小说潜隐的启蒙价值观念的最重要的修辞艺术。李晓的《机关轶事》（1986）首先拉开了通过反讽的方式表现潜在的启蒙价值观念的序幕，对《辞海》中机关作为"办事单位或机构"和"计谋或计策"的两层含义的借题发挥："大机关套着小机关。进机关的人必须得聪明，不聪明怎么算机关呢，但又切不可太聪明，太聪明就会误性命。要聪明，不可太聪明，要算，又不可算尽，这里头有多深的辩证法。"显然是站在启蒙的立场上对深陷红尘蝇营狗苟、精于算计的市民价值观念的讽刺；《风景》（1987）中的七哥的话："生命如同树叶。所有的生长都是为了死亡。殊路却是同归。七哥说谁是好人谁是坏人直到死都是无法判清的。"在死去的叙述者小八子的审视和品味下得出的七哥"毕竟还幼稚且浅薄得像每一个活着的人"的结论构成了反讽性的比照；《白雾》（1988）中主任总结的当记者在商品化的时代所应当具有的素质："兔一样的快速，狗一样的机敏，牛一样的勤奋，羊一样的顺从，以及猪一般的超脱。"也是对号称"无冕之王"的记者名实不符的可怜现状的讽刺；《白驹》（1989）中的评价干部的标准和前途的预测方式的反讽意味是显而易见的："邬经理极能饮酒，亦极能劝酒，众人便纷纷夸说此乃典型的干部人才。并举例说某工厂为了能陪好上级的各类检查团，专门将

---

① 鲁迅. 鲁迅全集：第6卷［M］. 北京：人民文学出版社，1981：328.

车间一个极善饮酒的锻工提了干。""若能饮酒且又能将马屁拍得尽善尽美，那么一个人的前途便不可估量了;"《一地鸡毛》（1991）中叙述者对小林的满足现状、沉沦于世俗生活却把它当作自己走向成熟的标志的想法也是怀有讽刺和启蒙意味的:"小林想想又感到心满意足，虽然在单位经过几番折腾，但折腾之后就是成熟，现在不就对各种事情应付自如了?"在帮同学卖鸭子被处长老关发现后的谈话表现:"在单位就要真真假假，真亦假来假亦真，说假话者升官发财，说真话倒霉受罚。"让谎言畅通无阻，既避免彼此的尴尬又最终得到皆大欢喜的反常现象的揭露和反思是入木三分的，在不动声色的描摹中露出的讽刺的光芒能刺痛人们麻木的神经，潜隐的"揭出病苦，引起疗救的注意"的启蒙意识还是不难体会的。在新写实小说表现丑陋肮脏、卑鄙龌龊的生存环境和人性异化的主题时所显示的永恒的艺术魅力，为潜在的启蒙价值观念的表现增添了审美的色彩。

总之，新写实小说的兴起和发展都是由转型期的社会政治、经济和文化状况决定的，在虚幻的乌托邦的大梦初醒之后，无论是作家还是普通的市民阶层都渴望在改善物质生活的基础上，再谈精神生活方面的问题。于是"人们越来越世俗化，越来越关注自身的生存环境与生存质量，关注自我的切身利益，因而也需要一种更贴近现实、贴近人生、贴近自我的文学"[①]。作为作家来说，其世俗心态和价值观念的转型并不是一蹴而就的，在认同世俗的精神价值观念的基础上也呈现出多元化的色调。而这种从写作的对象到表现的主题、叙事的方法、展示的价值观念的丰富驳杂上，新写实小说的发展脉络确实是有迹可循的，这就是从80 年代一直延续到 90 年代的商品经济对世俗的价值观念的渐进培育和

---

① 张学正. 现实主义文学在当代中国（1976—1996）［M］. 天津：南开大学出版社，1997：141.

对市民阶层鹊起的价值观念潜移默化的影响，以及这种影响波及到各个阶层的民众所引起的多米诺骨牌效应。因此，"在研究 1990 年代的文学转型中，抛开 1980 年代文学的参照系，把 1990 年代视为一个'断裂'时期来进行孤立研究的方法并不可取"①。只有采取谱系学和发生学的方法才能真正还原文学发展的复杂状貌，也才能对研究的对象做出合乎逻辑的阐释。

---

① 陈小碧. 面向 "1990 年代" ——重读 "新写实" 小说兼论九十年代文学的转型 [J]. 文艺争鸣，2010（4）：121.

第六章

莫言的文学坚守及对 20 世纪中国历史与现实的穿越

　　八九十年代文学连续性的微观透视离不开对经典作家的创作历程、文学观点、审美诉求、风格特色的发展脉络作谱系学的阐释分析，在历时态和共时态组成的文学坐标结构中探赜索隐。在这方面，选择莫言作为个案研究的对象，不仅因为他是中国本土第一个获得诺贝尔文学奖、从而享誉国际的大师级作家，更重要的是在转型期文学处于低谷的时候，仍然用生命拥抱缪斯，在对自己的潜力才华的重新认识和文学发展规律的辩证思考中确立创作的思路和方向。正如他在和苏州大学教授王尧的对话中反思和回顾的那样："1989—1993 年这一段是非常消沉的，这一时期我虽然一直在坚持写，但心态也受到了影响，写了很多游戏的文字，但一直坚定不移地知道自己还是要靠文学吃饭，不可能干别的。"① 所以莫言在文学的发展陷入低谷、文人纷纷下海的浮躁喧嚣的环境中甘愿坐冷板凳并取得的不菲成绩显示出他敏锐地观察生活的能力、想象并同化他者经验的能力、汲取古今中外的优秀文化基因为我所用的兼容并包的能力以及与时俱进、开拓进取的创新探索能力是无与伦比的，这即使是放在"你方唱罢我登场，各领风骚三五天"的当代文坛上也是首屈一指的。更重要的是，莫言在转型期创作的文体不同、风

---

① 莫言、王尧. 从《红高粱》到《檀香刑》[J]. 当代作家评论，2002（1）：10.

貌各异的文学作品在题材、主题、人物、情节、结构等外在的"形"的反差之中却具有内在的"神"的相通之处，语言的气势磅礴、感觉化的书写模式、极端化的叛逆意识、以人为中心的悲悯情怀都显示出转型期文学内在的有机性和连续性。

莫言在转型期的创作实绩充分表明，以1989年作为八九十年代文学发展的转捩点的分期标准只是一种割裂文学具体发展实际的人为操作。在抱着"理解之同情"的科学态度深入当时提出"年代学"或称"断代史"的历史语境中进行反思和评价的时候，更应在"重返80年代"和"重返90年代"的时代语境中看到作为整体的八九十年代文学的发展流变。作为在文学的发展潮头上始终立于不败之地的弄潮儿，莫言从80年代初登文坛公开发表的处女作《春夜雨霏霏》①到90年代末期发表的短篇小说《儿子的敌人》②，参与并见证了八九十年代文学在主题和审美上的发展流变。从外在的形式方面来说，敢于并善于叛逆亵渎与大胆创新的莫言在二十年的跨越中发生了翻天覆地的变化，从80年代的"感觉化书写的领军者""先锋文学的代表""寻根文学的中坚""新历史主义的开拓者"到90年代"民间写作的倡导者"等不同的文化身份和历史定位不难发现，莫言"痛恨所有的神灵"的佛头着粪的亵渎意识、"清醒的说梦者"的自我期许、"好谈鬼怪神魔"的向传统文化的回归和致敬形成的莫氏"独特的腔调"③，都会让喜欢按照年代学划分文学发展时期的学者头疼不已。任何一个流派的标签和时代的文学商标都不能限制和束缚具有渎神精神和自我意识的莫言，按照自己对社会生活的细致观察和敏锐感悟建造"高密东北乡"文学王国的脚步。所以，在整个八九十年代的文学历程中，无论是按照流派的审美演

---

① 莫言. 春夜雨霏霏 [J]. 莲池, 1981 (5).
② 莫言. 儿子的敌人 [J]. 天涯, 1999 (5).
③ 带着重号的为莫言的创作谈.

变、思潮的起伏消长还是按照人道主义、个性主义等主题学的标准来对莫言且行且远的文学发展踪迹强行切分，只能得出远离创作实际的相互游离或彼此矛盾的结论。因此，从莫言的"变"中挖掘出"不变"的根基作为考察八九十年代文学连续性的样本，就要打破简单的内容/形式的二分法，深入文本的内在肌理探寻灌注在其中的永恒的质素。正如莫言在获得诺贝尔文学奖之后发表的创作谈《超越故乡》所说："剥掉成千上万小说家和批评家们给小说披上的神秘外衣，展现在我们面前的小说，就变成了几个很简单的要素：语言、故事、结构。"① 语言、故事、结构就是超越莫言八九十年代文学创作的永恒质素，在反叛自造的"天上的神"和"人间的神"的过程中，演绎故事的主体性穿越、故事情节的布局衍化、"莫氏"语言的怪味探寻就成为文学跨越年代学的比较清晰的发展脉络的有力明证。

第一节　演绎故事：历史与现实的主体性穿越

莫言的原乡色彩的小说深受神话思维、鬼神禁忌和巫术观念的影响，这使得他在对乡土社会的原生态风貌进行刻画和描摹的过程中，总是超越了时空的限制。在按照循环论、退化论、民间化的历史观念对现实生活中的人情世态、社会事件、人性弱点进行剖析和反思的时候，他更多地看到现实与历史脉络上的统一性和内在的鬼魂般的纠结。因此，"一切历史都是当代史"（克罗齐）的史学观，在展示现实与历史的思想精神、文化传承、文明生态等方面的复杂关系的时候，也为莫言穿越古今、自由地驰骋在历史与现实的时空中的文体创新和叙事策略提供了

---

① 莫言. 超越故乡 [J]. 名作欣赏，2013（1）：53.

依据。正如评论家季红真所说："泛乡土社会是莫言叙事最基本的视角，这是决定他神话思维的要素。他的视野则在时空的自由转换中，频繁地切换在历史和现实之间。"① 验之莫言的长篇小说的创作历程，从80年代的《红高粱家族》（1987）、《天堂蒜薹之歌》（1988）、《十三步》（1989）到90年代的《酒国》（1993）、《食草家族》（1993）、《丰乳肥臀》（1995）、《红树林》（1999）都能深切地感受到莫言对历史的循环往复所产生的悲天悯人的情怀。这种感受在八九十年代的中短篇小说中也有非常明显的表现，如《老枪》（1985）、《枯河》（1985）、《弃婴》（1987）、《红蝗》（1987）、《复仇记》（1988）、《模式与原型》（1992）、《野骡子》（1999）等文本中蕴含的现实的宿命、人性的残忍、社会的冷漠、生存的异化之类的思想主题，如果割裂了历史的维度是无法把纷纭复杂的现实生活揭示清楚或还原到位的。其实，这种循环的历史感受牵引的现实生活中的宿命意识在古今中外的著作中都有鲜明的体现，《旧约》中说的"虚空的虚空。已有的事后必再有，已行的事后必再行。日光下并无新事"就是一种典型的循环论，鲁迅的名言"历史上都写着中国的灵魂，指示着将来的命运"② 也将历史对现实的制约明白无误地表示了出来。莫言最大的特点就在于他善于吸收他人的思想和历史观念，转化为血肉丰满的人物形象、独具匠心的情节结构和意蕴丰富的鲜活主题，在历史观念、人性弱点、启蒙意识等方面将历史与现实的纠结表现得淋漓尽致。

一、民间化的历史观念

当莫言站在野史、稗史、民间史的立场上打量和追溯历史与现实的

---

① 季红真. 神话结构的自由置换——试论莫言长篇小说的文体创新 [J]. 当代作家评论, 2006（6）：92.

② 鲁迅. 鲁迅全集：第3卷 [M]. 北京：人民文学出版社, 1981：17.

关系的时候，他的淡化事件的是非评判、超越党派之争的立场态度、站到全人类高度的博大胸襟都意味着与主流意识形态的历史观念拉开了比较大的距离。这种丢掉知识分子的优越感、用老百姓的思维观念进行批判、独立于庙堂的个体精神来进行写作的方式才是真正的民间写作："民间写作，实际上就是一种强调个性化的写作，什么人的写作特别张扬自己个人鲜明的个性，就是真正的民间写作。"① 这种区别于精英立场的"伪民间"的抒写标志就在于作为老百姓的一员，用坊间的历史观去触摸物是人非的历史，感受历史与现实的藕断丝连的关系，看透造化的把戏之后更深切地理解现实。莫言通过《红高粱家族》《丰乳肥臀》等新历史主义小说体现的历史与现实关联的创新意义在于他"不再满足于站在历史门外追慕历史、揣摩历史，谨慎地摹写历史，再现历史；而是站在历史之中，以当代人的意识和心灵重新温热历史、自由地理解历史，以怀疑精神重新改写历史，让历史更紧地拥抱现实"②。他秉承的退化史观和循环史观都是在民间化的视野中审视现实生活与历史真实的关系，在用文学的真实介入现实和历史的时空时，补充和完善了现实生活中的人和事件与历史背景的沟通渠道。

第一，退化论史观是莫言在自由自在、生动活泼的民间文化中最为深刻的生命感受。民间面对现实生活的灰暗和苦难的制胜法宝，便是历史上传奇化的人物事件对疲惫心灵的精神鼓舞，特别是祖先崇拜意识更是如此。莫言认为："历史是人写的，英雄是人造的。人对现实不满时便怀念过去，人对自己不满时便崇拜祖先……事实上，我们的祖先跟我们差不多，那些昔日的荣耀和辉煌大多是我们的理想。"③ 这种把祖上的英武和灵光无限放大的阿 Q 精神架起了历史与现实相互沟通的桥梁，

---

① 莫言，王尧. 莫言王尧对话录 [M]. 苏州：苏州大学出版社，2003：185.
② 雷达. 历史的灵魂与灵魂的历史 [J]. 昆仑，1987（1）.
③ 莫言. 超越故乡 [M] //会唱歌的墙. 北京：人民日报出版社，1998：242.

历史上的祖先由"麻雀变成了凤凰、野兔变成了麒麟",现实中的孙子就像"饿了三年的白虱子一样干瘪"就是莫言的新历史主义小说最突出的表现主题。《红高粱家族》（1987）中的爷爷余占鳌、奶奶戴凤莲、二奶奶恋儿、罗汉大爷、余大牙、哑巴等人的杀人越货与精忠报国都遵循个性张扬、自由自在的生命理念,让生命的烈火雄风在敢生敢死、敢爱敢恨的因缘激发下展示得淋漓尽致。《丰乳肥臀》（1995）中的司马库的生命强力通过对性爱、潜力、死亡的浓墨重彩的铺陈和渲染充分地展示了出来,他和来弟的乱伦、和寡妇崔凤仙的通奸表现出的野兽般的力比多冲动,在被捕渡河时的机智从容和四面楚歌时的韧性乐观显示的生命潜力,在为拯救一家人的生命而自投罗网的大义牺牲精神凸显了健拔豪迈的英雄品格,不管是作为"还乡团"的头目还是打日本扒铁桥的抗日英雄,表面的身份不同背后呈现的是一样的爱恨分明、率性而为、自由坦荡、豪爽义气的血性汉子的内在本质。这样,莫言在对原乡色彩的乡土人格的理想形态注入元气淋漓的刚健兽性和原始人性的综合因子的时候,他就"撇弃了一切既定的生命程式,还原了一个真实的生命世界,在'文明/愚昧'的二元对立模式的反驳中,寻找一种新的生命理念,并将这一理念还原民间,创造了一个血性的野性的生命神话"[1]。

相比较祖先们的英雄业绩和狂放不羁的自由心态,作为后代的懦弱子孙在种的退化和文明的束缚的双重作用下导致的先天缺失、后天不足的状态,让他们在祖先的比照和映衬下越发显得孱弱和瘦小。在《红高粱》中借助叙事者之口对祖先的人格魅力发出了由衷赞叹的同时,也深切地感受到了现代文明熏陶下血性基因的匮乏导致的人种的退化:"他们演出过一幕幕英勇悲壮的舞剧,使我们这些活着的不肖子孙相形

---

[1] 朱德发. 20 世纪中国文学理性精神［M］. 上海：上海人民出版社, 2003：352.

见绌，在进步的同时，我真切感到种的退化。"这并不是故弄玄虚的危言耸听，在《弃婴》（1987）中回乡探亲的军人"我"抛弃先入为主的进化论的机制和观念来观察印象中的钟灵毓秀的故乡的时候，发现"红高粱家族"的后代已经成了"种的退化"的标本："我以前总以为我的故乡是个人杰地灵的地方，几天的奔波完全改变了我的印象。我见到了那么多丑陋的男孩，他们都大睁着死鱼样的眼睛盯着我看，他们额头上都布满了深刻的皱纹，满脸苦大仇深的贫雇农表情。他们全都行动迟缓，腰背佝偻，像老头一样咳嗽着。我更加深刻地体会到了人种的退化。"这种"出窝老儿"的与年龄极不相称的没有生机活力的老态龙钟与老舍在《二马》中写的如出一辙："民族要是老了，人人生下来就是'出窝老儿'，出窝老儿是生下来便眼花耳聋、痰喘咳嗽的，一国里要有这么四万万出窝老儿，这个老国便越来越老，直到老得爬也爬不动，便一声不出地呜呼哀哉了。"相差半个世纪的两部作品所反映的人种退化问题是如此惊人的相似，只能感叹历史与现实之间岁月的流逝、生命的进化独与我们民族无关。现实中无论是小孩还是大人都是缺少生命活力和勇敢胆识的窝囊废，甚至如《复仇记》① 中的孪生兄弟面对着仇人老阮亲自砍下的双腿吓得唯唯诺诺、望风而逃，为父报仇的传统伦理道德和价值观念都难以支撑兄弟二人的英雄气概，面对仇人的神态自若、将双腿用尺子量好、用斧头齐整砍断、亲自送给兄弟二人并再三询问还需要什么的言行举止，就将复仇的反讽意味表现得淋漓尽致，复仇寓意的逆转更显示出后代的性格懦弱与血性的匮乏。莫言对种的退化的隐忧实际上是对隐喻的国民劣根性的反思和批判，他甚至希望借助西方的蛮强种性来改良被过熟过烂的传统文化浸染的温顺、胆怯、保守、退隐的人格根性，这突出表现在他 90 年代创作的史诗性小说《丰乳肥臀》

---

① 莫言. 复仇记 [J]. 青年文学, 1988 (11).

中，瑞典牧师莫洛亚从欧罗巴带来的龙种播到高密东北乡的土地上收获的却是跳蚤，徒有金色头发和漂亮脸蛋的上官金童却是一个一辈子不思进取的废物，难怪亲生母亲用挑战的、发狂的声调说："你给我有点出息吧，你要是我的儿子，就去找她，我已经不需要一个永远长不大的儿子，我要的是像司马库一样、像鸟儿韩一样能给我闯出祸来的儿子，我要一个真正站着撒尿的男人！"外甥媳妇耿莲莲说他"更像一只饿了三年的白虱子"就是对他的苍白、懦弱、无力的生命状态的恰切比喻。由此可见，在八九十年代的文化语境中发生的一些文学思潮和文化热点并没有妨碍莫言进一步思考人种退化的问题，退化论的历史观贯穿于他创作的始终。

莫言虽自谦不是思想家，但他对人种退化的思考也包含着丰富的哲理意蕴。当他把眼光从人文景色转向广袤的大地的时候，"一方水土养一方人"的地域风光对人种的影响和制约就成为了他考察的目标。他发现退化论的史观不仅适用于人种的变异，对自然景物也同样适用。《红高粱》（1986）中"我"爷爷生活的年代，高粱的红色激情早已融入他们的血液之中："八月深秋，无边无际的高粱红成汪洋的血海。高粱高密辉煌，高粱凄婉可人，高粱爱情激荡。"物产丰饶、人种优良、民心高拔健迈的故乡心态是天人合一、物我混融、相互激荡的结果。到了孙子"我"受现代文明的熏染成为"可怜的、孱弱的、猜忌的、偏执的、被毒酒迷幻了灵魂的孩子"的时候，故乡红得像血海一样的红高粱已被郁郁葱葱覆盖着高密东北乡黑色土地的杂种高粱所代替了。"它们空有高粱的名称，但没有高粱挺拔的高秆；它们空有高粱的名称，但没有高粱辉煌的颜色。它们真正缺少的，是高粱的灵魂和风度。它们用它们晦暗不清、模棱两可的狭长脸庞污染着高密东北乡纯净的空气。"《丰乳肥臀》中的强梁好汉司马库以后恐怕就要从高密东北乡的大地上绝迹了，这种优质人种的缺失也与生养的土地由广袤的沙堆、土

152

丘、河流变为拥挤的高楼大厦有密切的关系，现代化的都市环境在方便人们的衣食住行、吃喝拉撒的同时，也在使人种缺少大自然严峻的考验而走向退化的不归之路，这就是莫言在《奇死》① 中觉察到的生活的文明舒适与人种优良基因的退化之间的二律背反现象："那时候一律土法接生，医疗条件极差，婴儿死亡率极高，活下来的都是人中的强梁。我有时忽发奇想，以为人种的退化与越来越富裕、舒适的生活条件有关。但追求富裕、舒适的生活条件是人类奋斗的目标又是必然要达到的目标，这就不可避免地产生了一个令人胆战心惊的深刻矛盾。人类正在用自身的努力，消除着人类的某些优良的素质。"作为一个乡土之子从自身切实的观察和感受中体会到的现代文明对人种的进化戕害确实发人深思，显示了作者站在民间立场上的忧思和焦虑意识。

第二，循环论史观在民间的广阔市场显然也影响了莫言的创作理念。熟读《三国演义》的他自然知道历史的发展"分久必合，合久必分"的规律，生活中千年不变的小亚细亚的耕作方式形成的"日出而作，日落而息"的永恒轮回仿佛与历史的发展无关，这种无可记载的哀矜的边缘历史正是乡村生活的"常"与"变"的轮回交替的真实写照。所以，《红高粱家族》中的土匪余司令无论是伏击日本鬼子的汽车队还是联合冷支队、偷袭胶高大队都没有逃出历史循环的埃舍尔怪圈。无论是情节的安排、结构的布局、展示的主题都与《三国演义》中表现的在私人利益的指挥棒下联合或打击对方的循环厮杀相类似，以实利相交的朋友与敌人的划分标准，在民间就变成了"没有永远的朋友，也没有永远的敌人"的循环模式。特别是在《高粱殡》② 中，通过饱读诗书、熟知历史、深谙谋略的五乱子与爷爷余占鳌谈论赶走日本人之

---

① 莫言. 奇死 [J]. 昆仑，1986（6）.
② 莫言. 高粱殡 [J]. 北京文学，1986（8）.

后、天下交给谁治理的国家大事，充分表现出民间受皇权意识影响的史观，改朝换代但换汤不换药的朝代更替模式培养的是家国一体的固若金汤的观念。表面上对国家和党派不感兴趣、只知道杀人放火的"我"爷爷实际上最心仪的是遵循老祖宗的章程做铁板国的皇帝。所以在听到五乱子的历史观和治国方略："中国还是要有皇帝！我从小就看'三国''水浒'，揣摩出一个道理，折腾来折腾去，分久必合，合久必分，天下归总还要落在一个皇帝手里，国就是皇帝的家，家就是皇帝的国，这样才能尽心治理，而一个党管一个国，七嘴八舌，公公嫌凉，婆婆嫌热，到头倒弄成了七零八落。"颇有相见恨晚的知音之感，等到五乱子给他谋划怎样治国平天下登基称帝的谋略之后，老成稳重、见过世面的余占鳌竟然被强烈的兴奋刺激到失态的地步，"狼狈不堪地滚下鞍来"。由此可见，即使是乡间的英雄人物和精英知识分子念念不忘的也是陈腐的宗族观念、封建等级制度和皇权意识，民国推翻了满清皇朝的帝王制度但没有彻底根除千百年来形成的根深蒂固的皇权崇拜和膜拜意识，后来的高晓声在《李顺大造屋》《陈焕生上城》等系列小说中表达的"他们的弱点不改变，中国还会出皇帝的"观念，确实反映了历史的鬼魂对现实生活中的人们的思想观念的纠缠真的如怨鬼那样执着，莫言在80年代的系列中篇小说对历史的还原也同样起到了振聋发聩的效果。

莫言在90年代的长篇小说《丰乳肥臀》中更多地表达的是对历史上革命循环论的反思和叩问。民间"成王败寇"的历史观念是没有是非原则的价值判断的，有的只是对历史风云中强梁人物的由衷赞叹和向往。革命抛弃了宏大的意识形态理念赋予的正义性、正确性和必然性的内涵支撑，就成为了民间走马观花、"你方唱罢我登场"的没有道义的闹剧。在以母亲上官鲁氏的坎坷一生贯穿起来的历史发展脉络中凸显的是各种党派和政治势力的循环绞杀，打着神圣的革命旗号实际上都是中饱私囊、坑害老百姓的高密东北乡的蠹虫。无论是沙月亮的汉奸别动队与还乡团司马库的火拼，还是抗日大队鲁立人对司马库的反扑，无论是司马库杀了沙月亮还是鲁立人以革命和人民政府的名义枪毙司马库，包括众多无辜的士兵在战场上成为革命旗号下的炮灰都是历史的循环。革命的起源、价值意义、是非功过都是一团说不清道不明的乱麻，看到的是只是革命对反革命的镇压与反革命对革命的疯狂报复。正如鲁迅所说："革命，反革命，不革命。革命的被杀于反革命的，反革命的被杀于革命的，不革命的或当作革命的而被杀于反革命的，或当作反革命的而被杀于革命的，或并不当作什么而被杀于革命的或反革命的。革命，革革命，革革革命，革革……"① 对普通的老百姓来说，不懂政治、感悟不到党派之争的正义与非正义之间的区别，切身感受到的是"暂时坐稳了奴隶的时代"和"做奴隶而不得的时代"的交替循环。

　　这种循环观念还体现在莫言对人的生死轮回的佛教思想的借鉴和讲究怪力乱神的齐文化的影响上。在民间的乡土社会中佛教的因果报应深刻地影响到了现世生活的人们，因为人们坚信死后进入阴间经过阎王爷生死簿的功过是非的宣判之后，只要是行善之人就可以善有善报投胎转世到富贵之家。地域文化中有神论的盛行，自然对崇奉多元神的乡间产生对万事万物的敬畏感和神秘感。莫言在青少年时代受佛教文化和齐文化的熏陶形成的轮回观念确实具有比较浓郁的"魔幻"色彩，季红真在谈到莫言作品中的轮回死亡形态时说："正是由于中国民间把死看作生的延续，才有生的执著与死的悲壮，也还是由于在这样神秘的生死意识中升华起来的朴素生存信仰，能够诞生出豪强气息极浓的本色英雄，并且口头创造出无数英雄的史诗。"② 也许由于莫言在乡间听到太多的鬼故事和自身的现实经历的相互发酵，这使得他在八九十年代的小说中

---

① 鲁迅. 鲁迅全集：第 3 卷 [M]. 北京：人民文学出版社，1981：532.
② 季红真. 神话世界的人类学空间 [J]. 北京文学，1988（3）.

出现了一系列有关人死后生命轮回的故事。《草鞋窨子》① 中的五叔讲的老光棍门圣武家住的"阴宅",显然是指穿一身红缎子的女鬼住的地方,深更半夜"女人就在他身后叽叽嘎嘎地笑"和"一个小黑孩赶着匹小毛驴在屋里咯噔咯噔地走",描绘的自然都是阴间的事情。《天堂蒜薹之歌》(1988)中被车压死的四叔夜里托梦给四婶,嘱咐她"有朝一日你出狱,把钱取出来,拿出一百元,给我扎座金库,多装进些财宝,阴间和阳间一样,干什么事都要走后门,没钱玩不转"。《奇遇》②中的邻居赵三大爷死后念念不忘生前欠"我"父亲的五元钱,专门在清晨等我回家探亲时交给我玛瑙烟袋嘴抵债。特别是《战友重逢》③,对在对越自卫反击战中牺牲的战友钱英豪阴间生活的浓墨重彩的描绘,让活着的人窥见了革命烈士在墓地仍然列队军训、抛弃个人恩怨、舍小家顾大家的英雄风采。诸如此类的小说反映出莫言在前辈蒲松龄的影响之下谈神说鬼的高超技艺,但也在不经意之间流露出投胎转世、生死轮回的宿命观念。

莫言在乡土文化的浸染下深深感到历史传承和积淀的惯性力量远远大于现实生活中的变革力量,历史的古老鬼魂对现实生活中的人们的行为举止、思想观念和文化心理纠缠不休。正如鲁迅所说:"我们一举一动,虽以自主,其实多受死鬼的牵制。"④ 因此,莫言更多地站在民间的立场上远离政治意识形态的牵制和纠结,从人类的高度俯瞰人性的健康自由与懦弱异化的内在机制,表现出来的循环论和退化论史观确实启人深思。

① 莫言. 草鞋窨子 [J]. 青年文学, 1986 (2).
② 莫言. 奇遇 [J]. 北方文学, 1989 (10).
③ 莫言. 战友重逢 [J]. 长城, 1992 (6).
④ 鲁迅. 鲁迅全集: 第1卷 [M]. 北京: 人民文学出版社, 1981: 313.

二、"在地性"的启蒙意识

莫言揭开知识分子虚构的田园风光和桃花源梦想的虚幻面纱，露出的是乡村大地的贫瘠、落后、荒凉的灰暗色调，是祖祖辈辈生活在此处的人们的沉重的心理压抑的原始风景。土著人的身份特征注定了他与知青等"外来者"或"闯入者"对乡村情感、生活观念、价值选择、启蒙意识等方面的不同，相比较于知青受到西方的现代文化观念的刺激形成的"反应—回馈"式的文化寻根机制，他的寻根小说的文化反思所呈现出的启蒙意识具有鲜明的"在地性"特征。正如陈晓明所说："他对那块故土又爱又恨的情感，决定了他的'寻根'并没有知青群体的那种观念性的文化反思态度，他只有与乡村血肉相连的情感和记忆——这就是他始终的'在地性'。"① 比照《红高粱》中，对埋葬祖先灵骨的故乡按照马克思主义的辩证法所做的是非美丑的两极评价："高密东北乡无疑是地球上最美丽最丑陋、最超脱最世俗、最圣洁最龌龊、最英雄好汉最王八蛋、最能喝酒最能爱的地方。"不难发现极端热爱和极端仇恨的背反情感，都是他逃离故乡与生养自己的故土拉开一定的时空距离之后启蒙意识的表现。因为只有借助于"离去—归来—再离去"的回乡记忆形成的"他者"文明的视角，才能对原乡风物和世态人情的打量和评判采取综合辩证的态度。难以割舍的情感关系让莫言在故乡中选择的入乎其内又超乎其外的启蒙意识具有浓郁的在地性特征，这在莫言离开家乡十年、接受了现代大学教育和都市文明的熏染之后，回忆自己与故乡的关系时说的肺腑之言中表现得特别明显："尽管我骂这个地方，恨这个地方，但我没有办法割断与这个地方的联系。生在那里，长

---

① 陈晓明. "在地性"与越界——莫言小说创作的特质和意义 [J]. 当代作家评论，2013（1）：37.

在那里，我的根在那里。尽管我非常恨它，但在潜意识里恐怕对它还是有一种眷恋。这种恨恐怕是这样的，我一直湮没在这种生活里，深切地感到这地方的丑恶，受到这土地沉重的压抑。"① 如果没有离开故乡形成的现代思想意识和价值批判标准，就只能感受到闭塞保守的贫困乡村和苦难沉重的贫瘠土地对年轻的生命造成的心理压抑；而一旦有机会离开故乡，隔着异乡的审美距离遥望出生之地的山山水水的时候，一种眷恋之情便油然而生。这就是莫言带着启蒙的眼光反思回顾乡村时形成的爱恨交织的心理机制和情感评价特征，由此也形成了他的"在地性"启蒙意识的隐性色彩和斑斓色调。

在莫言八九十年代的小说中，这种启蒙意识首先体现为对文明理性的倡导和反思上。从词源上说，"启蒙"一词的总词义是"教导蒙昧""开导蒙昧"，它"具有两个鲜明的特点，一是强烈的教育他人的意味，所谓'教育童蒙'，'教导初学'；而另一个则带有工具、功用性质，所谓'示人门径'。而这正体现了汉语文化思维的特征"②。对于莫言来说，西方的现代文明和工具理性带来的科学、民主、独立、自由的价值观念，对高密东北乡的历史与现实生活中的蒙昧、无知、野蛮、丑陋的习俗将是一种改变和拯救的方药。莫言目睹乡村大地上的金莲情结对女性身心的压抑和摧残是充满着同情和悲悯之心的，千百年来根深蒂固的男权意识是把女性的脚作为第二性征进行审美和赏玩的，儿时目睹母亲伤痕累累的畸形小脚造成的行动不便激发起莫言跨越历史时空的深思和评判。他在《红高粱》（1986）中对奶奶戴凤莲的小脚引发的与轿夫余占鳌天凑地合的情缘，是站在现代启蒙的立场上向封建礼教发出的挑战和宣言，但他对小脚本身所体现的病态审美和残忍通过曾外祖母——奶

① 莫言，陈薇，温金海. 与莫言一席谈［J］. 文艺报，1987 – 01 – 10.
② 黎保荣. 何为启蒙——中国现代文学启蒙内涵及其演变新论［J］. 文学评论，2013（1）：79.

奶——母亲的女性谱系淋漓尽致地揭示了出来："曾外祖母是个破落地主的女儿，知道小脚对于女人的重要意义。奶奶不到六岁就开始缠脚，日日加紧。一根裹脚布，长一丈余，曾外祖母用它，勒断了奶奶的脚骨，把八个脚趾，折断在脚底，真惨！我的母亲也是小脚，我每次看到她的脚，就心中难过，就恨不得高呼，打倒封建主义！人脚自由万岁！"对于未受现代文明洗礼的愚昧民众，就只能像《丰乳肥臀》（1995）中的于大巴掌一样，不仅大张旗鼓地在自家大门口上挂了莲香斋的牌子，对自己妻子的小脚反复欣赏把玩，而且还对小脚出众的侄女璇儿视为待价而沽的奇珍异宝。冯骥才的《三寸金莲》中所说的"小脚里藏着一部女人的历史"，就是莫言最刻骨铭心的体会和感受。所以他总是喜欢从历时态的顺序探究小脚里面包含的女性辛酸史和苦难史，落脚点也总是与叙述者自己有着最密切的亲缘关系的母亲的角色上。在《丰乳肥臀》中也是从母系的血缘关系梳理代代相传的男权文化语境中的金莲情结，以及对女性的同化和异化。鲁五乱家（姥姥）"那两只只有一只指甲盖的尖脚"让德国兵惊愕不已，大姑姑（姑奶奶）"窄窄的尖脚"也让天足的侄女从幼小的心灵中发出真挚的赞叹，然后浓墨重彩地铺陈和渲染母亲的姑姑为把她培养为最模范的淑女而精益求精的裹脚过程："她用竹片把母亲的脚夹起来，夹得母亲像杀猪一样嚎叫，然后用洒了明矾的裹脚布千层万层一层紧似一层地缠起来，缠紧了再用小木槌均匀地敲一遍。"阴暗的目的与残忍的手段的比照产生的激愤之情，显然是深谙陈规陋习对女性的压制和束缚的莫言，站在男女平等、女性自立、妇女解放的启蒙立场上的情感态度。这样的启蒙主题不仅从80年代延续到90年代，而且在21世纪出版的长篇小说《檀香刑》（2001）中也在对知县钱丁的妻子的小脚描绘中予以贯穿，由此可见，莫言由现实生活中母亲的小脚这一事件演绎为虚构的诗学的过程中一以贯之的启蒙意识。

对于故乡的针对女性的陈规陋习是千百年来形成的习焉不察的文化价值观念和约定俗成的审美习惯，惯性成自然、日用而不知的愚昧恶习成为"无意识无主名"的杀人团而不受任何的谴责，这只有在跳出乡村文化的圈子，用"他者"的异质文化的视角才能切身感受到它的野蛮无人性。莫言的小说深受故乡的"在地性"的牵制和拘囿，他说："我就隐隐约约地感觉到了故乡对一个人的制约。对于生你养你、埋葬着你祖先灵骨的那块土地，你可以爱它，也可以恨它，但你无法摆脱它。"① 在故乡长达21年的生活中，莫言感受最深的除了小脚对女人的残酷折磨外，可能就是包办婚姻或换亲把女性作为传宗接代的工具造成的人间惨剧。因此，在莫言八九十年代的小说中也始终把女性命运的关注作为贯穿始终的启蒙主题。历史上的"我奶奶"（《红高粱》）尽管憧憬着如意郎君与自己相亲相爱，但还是在贪财的父亲的一手包办之下，她被嫁给患有麻风病的单扁郎来换取一头大黑骡子。所谓的"父母之命，媒妁之言"，不过是打着冠冕堂皇的旗号行使见不得人的私欲的遮羞布，这就是在"三从四德"的礼教文化中培养的大家小姐或小家碧玉的共同命运。莫言深切地感受到男权文化对传统的女性戕害之深，所以他才对打破封建礼教的条条框框，无所顾忌、自由自在、"白昼宣淫"的祖辈发出由衷的赞叹："奶奶和爷爷在生机勃勃的高粱地里相亲相爱，两颗蔑视人间法规的不羁心灵，比他们彼此愉悦的肉体贴得还要紧。他们在高粱地里耕云播雨，为我们高密东北乡丰富多彩的历史上，抹了一道酥红。我父亲可以说是秉领天地精华而孕育，是痛苦与狂欢的结晶。"这是站在女性解放的高度上表现出的比较鲜明的启蒙意识，因为莫言知道，在爷爷奶奶生活的年代，性观念比较保守的乡村是不太可能出现蔑视封建礼教、崇尚恋爱自由的叛逆者的，所以他才特别

---

① 莫言. 我的故乡与我的小说［J］. 当代作家评论，1993（2）.

鼓励那些冲出封建礼教的牢笼、自由自在地追求爱情的先行者，哪怕是触犯禁忌的乱伦，站在真挚的爱情所具有的触动人的灵魂的力量上，也不能轻易地以封建卫道者的面目做出简单的批判和否定。这是他在中篇小说《红蝗》（1987）中对食草家族的生蹼祖先发生的为了爱情甘愿触犯乱伦禁忌接受烧死酷刑的悲剧所做的评论："这场轰轰烈烈的爱情悲剧、这件家族史上骇人的丑闻、感人的壮举、惨无人道的兽行、伟大的里程碑、肮脏的耻辱柱、伟大的进步、愚蠢的倒退……已经过去了数百年，但那把火一直没有熄灭，它暗藏在家族的每一个成员的心里，一有机会就熊熊燃烧起来。"他之所以用不避嫌疑、自揭其短的方式为祖先的异端行为大唱赞歌，就是因为他希望现实生活中家族的每一个成员都要寻求机会，点燃恋爱自由、婚姻自主的理想之火。

当莫言从虚幻的历史时空穿越到坚实的民间大地上的时候，他发现丰满的理想与骨感的现实之间有太大的距离。哪怕到了 80 年代改革开放的春天，也不能把根深蒂固的女性工具论从爱情和婚姻的殿堂中除去。在比较偏僻的乡村，如果家庭贫寒或者儿子身心有残疾娶不上媳妇，就要拿姐姐或妹妹为自己换亲或转亲，这当然是"在男尊女卑、传宗接代等陈腐思想意识的支配下，以牺牲女儿为代价，来成全儿子的行为"[①]。这种以牺牲女儿的终身幸福为代价实现传宗接代的目的的野蛮习俗，在乡村看来是天经地义的行为，但莫言显然对这种一遍遍重演的悲剧，持有启蒙意义上的否定态度。《天堂蒜薹之歌》（1988）中金菊的大哥是个瘸子，三家有残疾的男子只好用彼此的妹妹转亲来完成自己的婚姻大事，金菊、自己未来的嫂子曹文玲和未来的小姑子就成为宗法制文明下的牺牲品，在无爱的婚姻中了此残生。由于金菊和高马的自由恋爱破坏了三者之间的转亲关系，金菊遭受禁闭、高马遭毒打以及二

---

① 王义祥. 当代中国社会变迁 [M]. 上海：华东师范大学出版社，2006：37.

人的恋爱悲剧都在强烈地控诉封建礼教的野蛮行径。《翱翔》（1991）中的亲妹子杨花为了给四十岁的老光棍哥哥换媳妇嫁给了燕燕的哑巴哥哥，燕燕自然嫁给了杨花的黑脸大麻子哥哥洪喜，彼此都是在母爱的要挟下不得不尽的责任和义务。但洪喜的面目丑陋、惨不忍睹吓坏了拜完天地的燕燕，她为了反抗这无爱的婚姻逃跑之后获得飞翔的本领，还是未能冲出男人猎捕的包围圈，显然具有明显的隐喻色彩，它意味着女人只不过是男人即将捕获的猎物，即使是获得了神助的飞翔奇迹也难逃众人布置的天罗地网。平等、自由和文明借助国家意识形态的宣传并没有在民众的心中真正扎根，启蒙的局限性在残酷的现实面前已昭然若揭。

莫言由此看到了启蒙的有效性，不仅在启蒙的对象和对象的启蒙之间要寻求到相互沟通的最佳渠道，要在民众启蒙的意愿和启蒙民众的方法之间架起跨越艰难鸿沟的桥梁，还要对启蒙的武器本身和我启你蒙的主客体的启蒙方式进行反思和批判。但对"启蒙的武器"再启蒙本身就意味着启蒙的内涵发生了逆转，从而使启蒙呈现出复调的特征。具体在莫言的小说中，乡土文化的"在地性"特征使得他不太相信现代文化和文明的工具理性能够带来拯救纤弱退化的人性的药剂，启蒙武器中的现代文明本身就蒙蔽了原始文化中粗犷野蛮的活性基因，所以他要采取祛蔽和返魅的方式重新打捞被现代文化遮蔽的雄强蛮力，来增强文化的生机和活力。在《高粱酒》（1986）中的一段神来之笔可谓将野蛮文化的力量渲染得淋漓尽致："高密东北乡红高粱怎样变成了香气馥郁、饮后有蜂蜜一样的甘饴回味、醉后不损伤大脑细胞的高粱酒？……正像许多重大发现是因了偶然性、是因了恶作剧一样，我家的高粱酒之所以独具特色，是因为我爷爷往酒篓里撒了一泡尿。为什么一泡尿竟能使一篓普通高粱酒变成一篓风格鲜明的高级高粱酒？这是科学，我不敢胡说，留待酿造科学家去研究吧。"这显然是对启蒙文化中理性和科学的快意叫板，非理性的、丑恶的、野蛮的文化往往能对理性的、熟烂的、柔弱的现代文化起到补偏救弊的作用。对善恶并存的文化基因中"恶"的因素的重视，显然是因为莫言看到了启蒙的武器本身所具有的缺陷，所以他才像沈从文的原乡主题所表现的那样，希望"把野蛮人的血液注射到老态龙钟、颓废腐败的中华民族身体里去，使他兴奋起来，年轻起来，好在 20 世纪舞台上与别个民族争生存权利"①。

　　另外，莫言看到中国儒家文化的教化作用对五四以来的启蒙者潜移默化的影响，他们基本上采取"我给你启蒙"的高高在上的启蒙姿态，让被启蒙的对象处于尴尬的失语状态，这样，启蒙者滔滔不绝的布道实际上是在缺席的他者状态下的自说自话。当打破这种渊源流长、根深蒂固的教化意识去采取以宽容为根基的"对话"方式进行启蒙的时候，实际上就将启蒙的重心下移到了启蒙的对象和教化的方式方面。这样，"不仅使'被启蒙者'发出了自己的'声音'，而且还能反剖其自身弊病。在这一方面，反观莫言的小说，便与鲁迅有着不小的相似之处"②。拿鲁迅的《祝福》和莫言的《白狗秋千架》做一下比较，就可以看到二者在启蒙的方式方面的相似之处。《祝福》中的"我"作为见过世面、接受现代教育、富有新思想的知识分子，面对着像祥林嫂那样迷信、愚昧、麻木、保守的大众正承担着启蒙者的角色，可面对被启蒙者的询问"人死后有没有灵魂""地狱是否存在""死掉的一家人能否见面"等最需要解答的问题，启蒙者信仰的科学、民主、文明等锦囊妙计全失去了用武之地，所以我的"也许""然而""未必"等模棱两可的回答，"吞吞吐吐"和"支吾"的说话神态和表情都充分展示了启蒙者的尴尬状态。这样的尴尬状态在《白狗秋千架》（1985）中回乡的大学讲师"我"面对着儿时的青梅竹马暖姑渴望要一个响巴的卑微愿望

---

① 苏雪林. 沈从文论——苏雪林选集 [M]. 合肥：安徽文艺出版社，1989：456.
② 张博实. 莫言之后——莫言小说与文学审美价值判断 [J]. 当代文坛，2013（4）：19.

时也同样存在，暖因破相只好嫁给了"弯刀对着瓢切菜"的哑巴，连生了三个哑巴的暖并没有被生活的磨难压得丧失生活的信心，所以在小说的最后她颇费心机地等到"我"，并说明自己卑微的愿望和要求："我正在期上……我要个会说话的孩子……你答应了就是救了我了，你不答应就是害死了我了。有一千条理由，有一万个借口，你都不要对我说。"面对着合乎人性但不符合文明理性和伦常道德的要求，启蒙者是无法按照设计的单声道的话语方式，指责被启蒙者的愚昧和荒唐的心愿，此时用"……"戛然而止就将启蒙者的失语状态暴露无遗。的确，让被启蒙者开口说话之后，"如何启蒙"就成为二者展开沟通和对话必须思考的问题。

其次，莫言的启蒙意识也体现在对人性弱点的揭示和自审上。对于生于斯、长于斯最终也葬于斯的故乡的人和事，有很多都化为小说的题材、情节和细节，成为他建构高密东北乡王国的不可缺少的组成部分。但当作者采取外来者的启蒙视角直面那些熟悉的生活、钩沉历史的蛛丝马迹、探索人性的幽深暗箱时，他"不是安静地沉下去，温存地咀嚼着，而是搅动着古老的宁静，让沉渣泛起，一切隐性的罪过和恶习在善恶交错里浮现着"①。莫言以"在地性"的平视视角打量历史与现实中的罪过和恶习时，他对在恐怖与陷阱、谎言与欺骗、虚伪与敷衍、尔虞与我诈的生存环境中养成的伪善和城府的人性弱点感受特别深，"依自不依他"的启蒙意识很容易被善于伪装的生活氛围所吞噬。所以他才对"身在江湖、心不由己"的生存现状培育的人性虚伪的弱点做不遗余力地揭示和暴露，成为他八九十年代的小说透视人性的一个窗口。在《民间音乐》② 中游手好闲的三斜在黄眼的油条铺子前与店主搭讪的目

---

① 孙郁. 莫言：与鲁迅相逢的歌者 [J]. 当代作家评论，2006（6）：6.
② 莫言. 民间音乐 [J]. 莲池，1983（5）.

的是为了吃不花钱的油条，"诡诈地笑笑"与"说了一通鬼话"都是为了达到目的的手段，为了自己卑俗的欲望而采取迂回曲折的战略和战术，无意之中展示了人性虚伪的一面。《红蝗》① 中叙事者站在超人类的生态立场上，挖掘习焉不察的日常生活中表现出来的丑陋和卑琐的人性："狼与小羊"的寓言故事中表现的狼的凶残、恶毒，与人"吃了羊羔肉却打着喷香的嗝给不懂事的孩童讲述美丽温柔的小羊羔羔的故事"相比，人性的虚伪比起丛林法则支配下的狼的行为不是太令人汗颜了吗？人类用美丽的谎言将语言的修饰功能发挥到极致的目的在于掩饰自己内心卑鄙无耻的欲望，"聪明反被聪明误"就是人类玩弄文字游戏所遭受到的物极必反的报应结果。所以莫言站在启蒙立场上对自以为是的深陷欲望的泥淖中难以自拔的现代人发出了警告："人，不要妄自尊大，以万物的灵长自居，人跟狗跟猫跟粪缸里的蛆虫跟墙缝里的臭虫并没有本质的区别，人类区别于动物界的最根本的标志就是：人类虚伪！"也许人类的习惯成自然的虚伪本性，通过一个畸形儿的他者视角进行细致的观察会更鲜明地表现出来。在《罪过》② 中设置一个弱智大福子站在边缘的角度观察弟弟淹死之后男女老少的表情："我看到了他们貌似同情，实则幸灾乐祸的脸上的表情。"他们怀着看热闹的目的为自己单调贫乏的生活增添一点色彩和乐趣，却又为自己不可告人的想法涂抹上同情的油彩，在传统的道德规范和人情世故的熏染下成为非本真存在的异化的人，这一切在大福子不谙世事的眼光打量下就露出了马脚。即使是至亲的人也不例外，由于聪明伶俐的弟弟和弱智愚笨的哥哥之间的巨大差距，导致亲生母亲在二者之间失态的虚伪表现深深刺激了大福子的稚拙心灵。在还没有确定小福子是否死去的时候，"娘跑到牛

---

① 莫言. 红蝗 [J]. 收获, 1987 (3).
② 莫言. 罪过 [J]. 上海文学, 1987 (3).

的近旁，梦呓般地说：'小福子，小福子，娘的好孩子，醒醒吧，醒醒吧，娘包粽子给你吃，就给你吃，不给大福子吃……'"；而在确认已死之后，娘的感情和态度发生了一百八十度的大转弯，抱住大福子的胳膊做出的亲密状、"我的儿"和"指望你"之类的亲情话语显然都带有太多的做作和伪饰的色彩。

在 90 年代的欲望化和消费化的时代语境中，莫言发现拥有现代理性和文明的人们在金钱和色情的双重夹击下退化为康德所说的无法使用理性的"未成年"人。在康德的启蒙理性看来，"所谓未成年，指的是人在一种无法使用理性（raison）的愚昧状态下屈从于他人的权威。……只有人自身发生改变，才可能摆脱这种盲目屈从的未成年状态，而这种改变只有通过人对理性的自觉使用，正是让理性使人在自己的意愿里从对权威的盲从中走出来。所以，康德的'启蒙'是由意愿、权威、理性之使用这三者的原有关系的新变化中重新构序的"①。人类单薄脆弱的理性在权威和意愿的合谋中就走向了启蒙的反面，特别是潘多拉魔盒的打开使得欲望化的行为方式按照"压抑—反弹"的规律走向了极致，人性的虚伪就以赤裸裸的方式呈现在光天化日之下，这对渴望以西方的启蒙意识和价值观念帮助国人脱离感性化和欲望化的泥潭的莫言来说，无疑有很深的感触。所以，在 90 年代的小说创作中，他重点将人性放到了金钱和美女的实验平台上，进一步剖析"食色"的本性内涵对虚伪的人性养成所起的重要作用。在中篇小说《怀抱鲜花的女人》② 中的上尉王四本来是要回家结婚的，可是怀抱鲜花的女人洁白如玉的臂膀和温柔优雅的举止勾起了他的情欲，心中欲望的黄色火焰熊熊燃烧起来的焦渴和邪念，却用"调皮鬼""小坏蛋""支使你的狗咬了我"之类玩

① 张一兵. 批判与启蒙的辩证法：从不被统治到奴役的同谋 [J]. 哲学研究，2015（7）：81.
② 莫言. 怀抱鲜花的女人 [J]. 人民文学，1991（7-8合）.

笑的方式把它遮掩起来，用灼热的嘴唇感受了她的凉森森的皮肤和发出的淡淡的青草味道。在女人用沉默不语的方式弄得他身败名裂、与未婚妻分手、亲人离散之后，他本来对这个紧追不舍的怀抱鲜花的女人毫无兴趣，但还是表现出很热情的样子搂抱了她赤裸的身体和她亲吻。当然，莫言也感受到了市场经济条件下商品拜物教对蒙蔽人的本性所起的重要作用，他把这一切发生的事情以原生态的方式赤裸裸地揭示的目的，自然也是为了引起疗救的注意。《酒国》（1993）中的"莫言"集作者、叙事者、参与者于一身显然也具有调侃的成分，在滑稽的背后所体现的勇于自剖的自省精神显然更体现了启蒙的精髓。小说中的人物"莫言"对酒店经理余一尺的逢迎拍马"大哥，大哥，什么钱不钱的，为大哥这样的奇男子树碑立传，是小弟应尽的义务，什么钱不钱的……""大哥的魅力也很重要"，显然是在金钱的魔棒之下言不由衷的虚伪套话。如果金钱和性结合起来，那么女人卖春、鸭子卖笑就作为人性的试金石将虚伪和邪恶的本质特征暴露无遗，这是莫言在世纪末的长篇小说《红树林》（1999）对城市色情化景观的细致观察和认真思考之后，本着一个启蒙知识分子的良知得出的结论。在都市华丽的外衣包装的暧昧氛围下，工具理性的过分膨胀导致启蒙理性的全线溃败。做鸭子的俊俏男子为了金钱要克服心理上的排斥情绪，虚情假意和富婆调情，妓女为了提高自己的高雅品位换取更多的钱财，竟然用思想、知识和文化包装自己。涵养、教化、知识、思想、文明、理性等启蒙内涵中的基本元素竟然成为奴役自己、成为金钱奴隶的帮凶，人类的虚伪与堕落反而随着科技文明的发展愈演愈烈，这难道也是启蒙的辩证法吗？所以面对此情此景，"我实在没有想到，人类也已经堕落到了这种程度"，便是莫言对性交易的丑陋表演的真实感受。

这实际上已涉及对启蒙的本体内涵进行反思的问题，而莫言的可贵之处在于他对启蒙者自身的文化心态、人性弱点和行为方式的反思触及启蒙的病根和盲区，启蒙者总是在高高在上的等级秩序中把自己排在需要启蒙的对象和范围之外。"在近现代中国，知识分子大多是自以为是地扮演着'启蒙者'的角色来启蒙大众的，如祥林嫂这样的'大众'。他们建构一种知识分子/大众这样的等级秩序，进而来树立他们自己'导师'的权威形象。而这些知识分子在自以为处于'优等'地位的同时，实际上也是另一种'愚昧'的表现。"① 启蒙者由于视域的限制，总是把自己放在真理在握、不需要反思和解剖的导师的位置上，这是很成问题的事情。莫言在80年代的小说中就以超前的意识，对启蒙主体的身份特征、资格能力、文化信仰、道德品质等方面作了不在场的反思与批判，《奇死》（1986）中本来作为启蒙者的知识分子在家族的亡灵发出的指点迷津的启示下，发现自己竟成为需要启蒙的"可怜的、孱弱的、猜忌的、偏执的、被毒酒迷幻了灵魂的孩子"，需要从大地安泰中获取一株纯种的红高粱作为自己闯荡荆棘丛生、虎狼横行的世界的护身符，启蒙者与被启蒙者身份的逆转是莫言"在地性"的启蒙意识的独特发现，在80年代"文明与愚昧的冲突"成为主旋律的时代语境中尤为可贵。另外，启蒙者的道德修养和人格自律的问题也是需要自审和叩问的，《红蝗》（1987）中受过高等教育的"我"被一个都市女人两巴掌，就把几十年的道德教育铸造成的"金钟罩"打得粉碎，面对女人鲜红、丰满的嘴唇所具有的性诱惑，"我惊讶地发现我身上也有堕落的因素"，文明的人性向野蛮的兽性的转化，实际上是对启蒙者自身具有的善恶二重性表征的理性认识，是真正意义上的对启蒙主体的启蒙。也许莫言对"传道、授业、解惑"的教师作为启蒙者高高在上的教化意识比较反感，所以他在《红蝗》中对满头银发的教伦理学的教授道

---

① 张博实. 莫言之后——莫言小说与文学审美价值判断［J］. 当代文坛，2013（4）：19.

貌岸然的行为下着锐利的解剖刀，"教授说他挚爱他的与他患难与共的妻子，把漂亮的女人看得跟行尸走肉差不多"。可实际上，老不正经的教授暗地里和可以做自己女儿的大姑娘搞不伦之恋。《十三步》（1989）中德高望重的重点中学的马校长在向王副市长哭诉学校的困难情况时，简直就是一个"做戏的虚无党"和典型的职业演员："马校长揍了一下鼻涕，眼圈子通红，只要稍微努一下力，泪水就会盈出眼眶。但最能打动人心的是欲流不流的泪水。文明节制不失分寸，只有十足的笨蛋才在政治家面前哭得鼻涕一把泪一把。"启蒙者为了外在的利益，就匍匐在政治权力的脚下无操守的虚伪行为是非常令人不齿的，是对启蒙不依附于权威、充分发挥意愿的主观能动性、独立运用理性的莫大讽刺。对照康德的《对这个问题的一个回答：什么是启蒙》中对启蒙的内涵的概括："启蒙就是人类脱离自我招致的不成熟。不成熟就是不经别人的引导，就不能运用自己的理智。如果不成熟的原因不在于缺乏理智，而在于不经别人的引导就缺乏运用自己理智的决心和勇气，那么这种不成熟就是自我招致的。Sapereaude！（敢于知道）要有勇气运用你自己的理智！这就是启蒙的座右铭。"① 对启蒙者要有勇气和决心独立运用理智来摆脱自己所招致的不成熟状态的自我启蒙，无论历史还是现实都是任重而道远的事情。

最后，这种启蒙意识最显在的标志就是秉承鲁迅精神对国民劣根性的批判和质疑上。莫言对鲁迅的启蒙精神的理解和接受有一个比较缓慢的过程，"鲁迅走进莫言的视野，是在七十年代。那些暗含的精神对他的辐射是潜在的。近五十年的文学缺乏的是个人精神，莫言那代人缺少的便是这些。我以为他的真正理解鲁迅还是在八十年代后期，一段特殊

---

① 詹姆斯·施密特. 启蒙运动与现代性 [M]. 徐向东，等译. 上海：上海人民出版社，2005：61.

的体验使其对自己的周边环境有了鲁迅式的看法，或者说开始呼应了鲁迅式的主题"①。当他真正理解鲁迅的独立意识和启蒙精神之后，在他的八九十年代的小说创作中总是设置不同的细节和情节来呼应批判国民劣根性的启蒙主题。尽管莫言并不刻意表现启蒙主题的深度和广度，但他对乡村的地域文化、风俗习惯和道德伦理的熟稔，使他能够在历史的谱系寻缘中探索小亚细亚式的耕作模式、浓厚的宗法观念、皇权意识、等级制度对现实生活中的草根阶层的性格影响。奴性意识、看客心理和自轻自贱的阿 Q 精神都是祖宗留下来的劣性遗产，对现实生活中的人们产生的影响并没有因为有形的皇权制度废除就退出了生活的舞台，相反，无形的牵制力就像信息的遗传密码一样在闭塞的乡村民众的心里代代相传。因此，莫言感同身受到地域文化和历史观念对人的性格意识的根深蒂固的影响，也就对底层民众的愚昧、麻木、冷漠、奴性等心理缺陷抱着"理解之同情"的态度，不会像现当代文学的启蒙者那样采取疾言厉色的方式予以批判，这样也就使莫言的批判国民性的启蒙主题具有了隐性的色彩。

其实，如果采取文本细读的方式通读莫言八九十年代的小说，就不难发现他对劣根性的揭露和批判是全方位的，举凡在现实生活中出现的看客心理、流言蜚语、奴才心态、泯灭个性等典型的丑陋根性都有比较鲜明的表现。也许中国人在灰暗无趣的生活状态造成的沉闷压抑的心理影响下，迫切希望现实生活中发生意想不到的事情在满足自己看热闹的心态的同时，也将自己颇受压抑的心理获得宣泄和缓释的渠道，莫言感受到这种民间文化的野蛮残忍与存在的合理之处，所以他一般采取客观展示而不作主观评论的方式，去引导读者根据自己的文化修养和知识储备做出合乎逻辑的价值批判。在成名作《透明的红萝卜》（1985）中，

---

① 孙郁. 莫言：与鲁迅相逢的歌者［J］. 当代作家评论, 2006（6）: 6.

小铁匠和小石匠因为争夺菊子姑娘的爱情而借铁钻子的问题爆发的打斗成为反射人性的一面镜子，人们看到二人动真格的打斗起来之后的神态和表现是："人们惊叫着围拢上来，高喊着：'别打了，别打了。'但没有人上前拉架。后来，连喊声也没有了，大家都睁大眼，屏住气，看着这两个身段截然不同的小伙子比试力气。"当小石匠体力不支被小铁匠仰面朝天撂倒在沙地上的时候，"人群里爆发了一阵欢呼"。正是在看客的起哄和欢呼中点燃的斗殴的烈火越烧越旺，最终导致菊子姑娘的眼睛被小铁匠扔的尖锐小石片打坏的悲剧。《屠户的女儿》① 中人们围观无腿的残疾人香妞的行为更让人心寒，并且孩子们在观看的时候竟然用石头来回报不谙世事的香妞对他们的友好微笑，给她的心灵和性格造成的伤害也许终生都难以弥补。所以莫言对看客的阴暗心理和冷漠麻木的情感心态是深恶痛绝的，为此他甚至采取了两种极端的方式对看客的看热闹的无聊心态进行揭露，在《长安大道上的骑驴美人》② 中，他让现代车水马龙中的都市出现前现代的骑马佩剑的武士和穿古装的骑驴美人，勾引起众多看客的好奇欲望，最后让看客的忠实粉丝侯七在驴拉下屎蛋子扬长而去的嘲弄中无戏可看，驴马拉完屎后转眼无影无踪所具有的隐喻色彩，显然是针对看客的无价值无意义的行为的，让他们无戏可看或看到无聊倒是惩治看客的一种有效的极端方式。另一种方式是借助酷刑的大戏让看客看足看够，让他们卑鄙龌龊、丑陋阴暗的心理得到淋漓尽致地展示的舞台和机会，这突出地表现在他 21 世纪出版的长篇小说《檀香刑》（2001）中，面对着刽子手和国色天香的妓女联合演出的凌迟惨剧，北京城的看客万人空巷，在受刑者凄惨的、节奏分明的哀号中激发起来的看客的虚伪的同情心和邪恶的审美心，实际上比施刑的刽

---

① 莫言. 屠户的女儿［J］. 时代文学，1992（5）.
② 莫言. 长安大道上的骑驴美人［J］. 钟山，1998（5）.

子手还要凶狠无情。所以师傅行刑多年后悟道:"所有的人,都是两面兽,一面是仁义道德、三纲五常;一面是男盗女娼、嗜血纵欲。面对着被刀脔割着的美人身体,前来观刑的无论是正人君子还是节妇淑女,都被邪恶的趣味激动着。"这是对看客心理和本质的最好概括。更让人难以忍受的是看客对行刑的囚犯越俎代庖喊出的口号,在处死赵甲舅舅时,路两边被邪恶的心态支配着的看客高叫着:"汉子,汉子,说几句硬话吧!说几句吧!说'砍掉脑袋碗大个疤',说'二十年后又是一条好汉'。"更能说明看客阴险毒辣、蛇蝎心肠、凶残邪恶、虚伪冷漠的吃人本质。对这些刑场上的看客喧哗和骚动的无耻行为的价值意义,鲁迅在《坟·娜拉走后怎样》一文中写道:"群众,——尤其是中国的,——永远是戏剧的看客。牺牲上场,如果显得慷慨,他们就看了悲壮剧;如果显得觳觫,他们就看了滑稽剧。北京的羊肉铺前常有几个人张着嘴看剥羊,仿佛颇愉快,人的牺牲能给予他们的益处,也不过如此。而况事后走不几步,他们并这一点愉快也就忘却了。"① 莫言只不过是秉承着鲁迅的启蒙观念对他们麻木、愚钝的心理和行为描形画像而已,但通过对看客历时态的追溯,莫言在八九十年代的小说中对历史和现实的描摹刻画就具有了历史的深度,看到了历史的痼疾在当代看客的心理中阴魂不散。

这实际上已挖掘到人在传统礼教和文明的熏染下异化为两脚兽的吃人的本质,国民劣根性的外在表征就是在弱肉强食的丛林法则支配下,毫无愧疚和同情心地将同类的牺牲作为调剂生活的作料。不幸的事情总是希望落在别人的头上,以此安慰自己痛苦乏味的生活状况,健忘的心态又很快将弱者的牺牲所具有的惊醒意义抛到九霄云外,于是历史与现实的吃人悲剧就在循环往复中难以走出埃舍尔怪圈。正如鲁迅所说:

---

① 鲁迅. 鲁迅全集:第1卷 [M]. 北京:人民文学出版社,1981:170.

"所谓中国文明者，其实不过是安排给阔人享用的人肉的筵宴。所谓中国者，其实不过是安排这人肉的筵宴的厨房。""大小无数的人肉的筵宴，即从有文明以来一直排到现在，人们就在这会场中吃人，被吃，以凶人的愚妄的欢呼，将悲惨的弱者遮掩，更不消说女人和小儿。"① 莫言从历史与现实中更多地感受到实际吃人的阴森森的鬼气，所以他对吃人本质的揭示就从形而上的传统文化和封建礼教的吃人转化为形而下的带有血腥和暴力的事实吃人，当然在对吃人现象的精致描摹中也具有形而上的隐喻色彩，这样莫言在感性和理性的有机融合中更深切地表达了对吃人现象的愤恨，体现出比较浓郁的启蒙意识。在《弃婴》② 中，他写道："我想起在故乡的遥远的历史里，有一个叫易牙的厨师，把自己亲生的儿子蒸熟了献给齐桓公，据说易牙的儿子肉味鲜美，胜过肥羊羔。"历史的阴暗肮脏穿过人性的隧道，在现实生活中的每个人的无意识深处潜藏和滋生，莫言看透了脆弱得像一张薄纸一样的人性，难以阻挡历史沉淀下来的污垢和丑恶的堕落基因，所以他在90年代发表的长篇小说《酒国》（1993）中对红烧婴儿的流程进行了不厌其详的描绘。先是郊区的农民作为草根阶层的被吃者，为了自身的经济利益将生养的孩子卖给酒国市的采购站；采购站提供优美的环境、精致的饮食、科学的配方、严格的管理，目的在于让这些"人形小兽"在快乐的心情支配下产生更细嫩、更优质、口感更佳的鲜肉；达到合格标准的婴儿就经过特殊工艺制成美食，供酒国市的政府要员和远道而来的贵宾享用。经过各种复杂工序的精致烹饪之后，呈现在省级侦查员丁钩面前的是一道色香味俱佳的名为"麒麟送子"的大菜："那男孩盘腿坐在镀金的大盘里，周身金黄，流着香喷喷的油，脸上挂着傻乎乎的笑容，憨态可掬。

① 鲁迅. 灯下漫笔［M］//鲁迅全集：第一卷. 北京：人民文学出版社，1981：216 - 217.

② 莫言. 弃婴［J］. 中外文学，1987（2）.

他的身体周围装饰着碧绿的菜叶和鲜红的萝卜花。"尽管在丁钩开枪打掉婴儿的头部之后，宣传部长金刚钻解释是用月亮湖里的肥藕做原料，用特殊工艺精制而成的男孩的胳膊，用特殊的火腿肠制造的男孩的腿，用特别加工的烤乳猪组成男孩的身躯，银白瓜制作的头颅，发菜点缀的头发，让人又对是否是用肉孩为原料制作的红烧婴儿抱有怀疑态度和不确定的心态，但无论是真实的吃人还是合法的地方名菜都对搜刮民脂民膏的隐喻意义上的"吃人"表现得淋漓尽致，也将食肉者内心深处"吃人"的欲望暴露无遗。这也是莫言继鲁迅之后对"吃人"主题的最形象的演绎，感性与理性、现实与想象、形象与意象、实有与象征之类的异质因素的奇妙融合，显示出莫言追求深广意义上的启蒙诉求。

另一方面，国民劣根性最鲜明的内在表现就是退缩麻木的奴性意识，千百年来宗法文化和等级观念形成的奴性意识作为原型内化在每一个炎黄子孙的心中，在外界壁垒森严的等级制度的压制下，人性中的主奴二重性更多地表现为"奴在心者"的个体依附性和屈从性。

"人的奴役不但在于外在力量在奴役他，而且在更深刻的意义上，还在于它同意成为奴隶，在于它奴隶般地接受奴役他的力量的作用。"①对这种逢迎强势权威的规则、泯灭自己的个性意识，并且是死心塌地甘做奴才的行为，莫言是深恶痛绝的。不过，他在秉承鲁迅针砭痼弊、一针见血的启蒙精神的时候，并没有采取疾言厉色的方式对被启蒙者的愚昧、麻木、谄媚的奴性心态做高高在上的批判，而是用呈现的平等观念让缺席的失语者开口说话。即使这样，里面揭示的奴性，由于有莫言上中农的家庭成分在"亲不亲，阶级分"的岁月中刻骨铭心的体验作支撑，更让人对这种奴性在外在机缘的诱导下就表现出媚态十足、在屁大

---

① ［俄］尼古拉·别尔嘉耶夫. 论人的奴役与自由［M］. 北京：中国城市出版社，2002：153.

的官面前丧失独立个性的社会现状进行思考。也许莫言在逆反的心态支
配下，对"文革"期间的父亲对内威严十足、一家独大，对外谨小慎
微、唯唯诺诺的行为的极端反感，他才在八九十年代的小说创作中，不
遗余力地展示和批判这种在乡村贫瘠的文化土壤中孕育的奴性意识。在
《枯河》① 中的小虎成为村支书逗趣的笑料和玩物，他的父亲却在众人
的哄笑中没有多少尴尬，理由是"书记愿意逗他，说明跟咱能合得来，
说明眼里有咱"。只做叙述不做评论的方式让草根阶层的奴性心理暴露
无遗，让沉默的大多数开口说出的理由包蕴的含泪辛酸，又充分地说明
启蒙的道路任重而道远。因为奴性产生的适宜温床和飞扬跋扈的强梁
人，为一批批顺从懦弱的奴才的不断出现创造了条件。《天堂蒜薹之
歌》（1988）中的高羊就是在阶级斗争和治保主任等土皇帝的双重压制
下形成了根深蒂固的奴性意识，面对着黄书记的审讯，他竟然像阿 Q
那样不由自主地双膝一屈就跪在了地上，一个芝麻大的小官的权威就成
为他内心潜藏的奴性的试金石，由此可见他内心奴性的阴霾早已将他自
立自强的主体性完全遮蔽掉了，所以在治保主任与两个民兵的监视下他
很顺从地喝自己的尿液，在同监狱中年犯人的逼迫下也毫无反抗地喝
尿。尤其是从被捕到坐监的过程中所体现出的愚昧卑下的阿 Q 精神，
让人感到灰暗和沉重。他看到坐的囚车像飞一样奔驰，"一种自豪感在
高羊胸膛里爬动着，他问自己：你坐过这么快的车吗？没有，你从来没
有坐过这么快的车！"。在监狱中，一个女狱医用手触摸他的额头，为
生病的他测试体温这样一件习以为常的小事，竟然在他的内心深处掀起
了轩然大波："哪怕立刻死在这间监室里，我也够本啦！一个高级的女
人摸过我的额头，……人活一世，也不过如此了。"医生遵从自己的职
业道德，不避他身上的异味和肮脏给他在屁股上打针治病这种微不足道

---

① 莫言. 枯河［J］. 北京文学，1985（8）.

的事情，在他看来具有比他的性命都重要的价值和意义："我够本啦！真够本啦！她是个高级的女人，她一点不嫌我脏，她用那么干净的手打我的屁股！死在这监室里也不委屈啦！"他在女管教干部给他剃头时产生了一种如痴如醉的感觉，剃完之后，"他想：这么高级的女人给我剃过头，死了也知足了"。在高羊的心目中，人的低级和高级的划分标准是由城市/乡村、城里人/乡下人、公家/私人、政府/囚犯等一系列指标所决定的，城市所代表的现代文明和政府所呈现的政治权威是只能顺从不可质疑的高标所在，所以前者给对方一点小小的恩赐，甚至是略微承担分内的责任就会让后者产生受宠若惊的感觉，这是一种真正的"奴在心者"。

这样的自卑、自轻、自贱的奴性心态，作为一种生存模式和原型意识并没有退出历史的舞台，所以莫言在90年代的小说《模式与原型》①中通过青年"狗"的所作所为进一步诠释了启蒙的重要性，"狗"和高羊的心理如出一辙，认为吃公家饭的姑娘作为高等人是为城里人预备的媳妇，自己根本就不能有非分之想，这显示了他的自卑心理和奴性心态。同时为了博得上等人的欢心他又自轻自贱地学狗叫，"狗"看到"宋梨花那高贵的嘴边也绽开了一朵花……狗的心里像融化了半斤蜜"。为了更加引人注意，竟然把前来规劝自己不要当膘子的亲娘一头顶到沟渠冰冷的水里，这种亲情沦丧、没有廉耻、不辨是非的媚态，确实是一个动物狗而不是一个稍有理智的正常人的作为。他放火烧死自己的母亲回到高密东北乡游街时的想法："可以把很多新鲜事儿讲给他们听。准把他们唬得大眼瞪小眼。"和阿Q上了一回城见过世面之后对乡下人的心态如出一辙，阿Q的基因并没有随时代的远去而消失，阿Q后继有人。的确，在这种民族奴性的土壤形成的酱缸文化里比较缺乏出淤泥而

---

① 莫言. 模式与原型［J］. 小说林，1992（6）.

不染、洁身自好的主体人格，即使是采取换种的极端方式也难免有"播下去的是龙种，收获的是跳蚤"的背反效果，无论是"西体中用"还是"中体西用"都难以消除浸染已久的奴性根基，这是莫言在长篇小说《丰乳肥臀》（1995）中思考的结果。上官金童浸染的奴性的毒素之深，使他瑞典父亲莫洛亚的洋种也无法改变奴性的根基。他许多的行为方式和心理观念都在明白无误地指示着他与阿Q的血缘关系，自己的老婆和别的男人睡觉这样的奇耻大辱在他无法改变现实的情况之下，就用阿Q的精神胜利法自我安慰："你已经五十四岁，黄土埋到脖颈了，不要再折腾了。汪银枝就算跟一百个男人睡觉，又能损伤你上官金童什么呢？"被自己的外甥媳妇从"东方鸟类中心"驱逐出来面临无家可归的困境时，他的想法和行为表现是："大丈夫能伸能屈。磕头不过头点地。我错了。我不是人，我是畜生还不行吗？他啪啪地扇着自己的嘴巴子说。"这与阿Q打架失败后自认为是虫豸、赌博被别人抢去所赢的钱后啪啪打自己的嘴巴子，好像是打的是别人以抚慰不平的情绪有何区别！所有的人格尊严和个性意识在奴性的阴霾中都失去了应有的光彩，逆来顺受、随遇而安的奴性和无操守成为难以根除的恶性肿瘤，那么启蒙和救赎的道路何在？

莫言对这个问题的思考是比较悲观的。从传统文化开出的治疗民族痼疾的药方来看，无论是孟子的"性善论"、荀子的"性恶论"还是孔子的"性相近，习相远"的"教育论"，都不是药到病除的妙方。鲁迅"救救孩子"的呼声，意味着白板般的天真无邪的孩子是可受启蒙教育的对象和客体，而莫言从切身的体会和生命的文化思考中得出的结论是，启蒙的客体也应在启蒙的循环系统中必须予以反思和质疑。这样莫言看到的是启蒙的对象中，有些受到先天的遗传基因的影响是难于启蒙的。《弃婴》（1987）中的婴儿一出生额头上就"布满深刻的皱纹，……行动迟缓，腰背佝偻，像老头一样咳嗽着"。《生蹼的祖先们》（1988）

中"我"的儿子作为一个儿童却有着野兽的凶残：他抓住小鸡摔死后，再用两只胖胖的小手扯着两条小鸡腿裂成两半；抓住"大雨过后到地面上来呼吸新鲜空气的白脖蚯蚓，用玻璃片切成碎段"；看到羊羔就咯咯吱吱磨牙齿，稍不注意就把其中的三只羊羔咬死了两只。面对着未老先衰的"孩子"或者是丧失人性的凶残"儿童"，如何启蒙？难怪莫言在《生蹼的祖先们》的结尾处写道："人都是不彻底的。人与兽之间藕断丝连。生与死之间藕断丝连。爱与恨之间藕断丝连。人在无数的对立两极之间犹豫徘徊。如果彻底了，便没有了人。"人性与兽性之间并不是简单的配方关系组成的一个巧妙结合体，对启蒙的对象进行必要的反思也反映出莫言启蒙的睿智和胆识。

由此可见，莫言对启蒙的本体、启蒙的主体和客体的思考是全方位的，对启蒙的三要素的质疑和反思，充分地体现出莫言是继鲁迅之后当代文坛最重要的启蒙者之一。尽管他在新世纪提出"作为老百姓而写作"的口号和理念，认为与"为老百姓而写作"的高高在上的写作模式相比，"他在写作的时候，没有想到要用小说来揭露什么，来鞭挞什么，来提倡什么，来教化什么"①，好像与启蒙的文化理念和思想意蕴有比较大的距离。其实考察一个作家，不仅要看他怎么说的，还要看他如何将自己的创作理念融汇到鲜活的文本中去。对莫言来说，由于他采取了低视角的"在地性"的观察方式，使得他反观到了启蒙本体先天具有的缺陷、启蒙者自身存在的问题以及被启蒙者的资格等过去被忽视的启蒙的盲区，让"被启蒙者"为自己不合理的存在方式和思想观念发出了真实的辩护的"声音"，让蒙面人睁开眼睛，让沉默的人开口表达自己的观点，这是莫言的启蒙文学所具有的最重要的启示意义。

---

① 莫言. 文学创作的民间资源 ——在苏州大学"小说家讲坛"上的讲演 [J]. 当代作家评论, 2002 (1).

总之，莫言八九十年代的文学创作历程中表现的主题侧重点的变化并不是对文学发展的断裂论的潜在支撑，而是在尊重文学发展的规律的情况下，一个有责任的作家正确理解文艺生活与现实政治的辩证关系之后所做出的英明抉择。就其选择的题材、表现的主题和展示的价值观念来说，莫言"1990 年代以来的创作对种种'人非人'的变态和病态现象的揭露和批判实质上是其早期创作中'种的退化'的生命寓言在社会、历史、文化各个层面上的展开。在这个意义上，确认莫言早期小说中'种的退化'的生命寓言的文化批判意义并不意味着对莫言 1990 年代创作选择的否定，而是对莫言创作的连续性和整体性的一种历史性和本质性的概括"①。这种在"高密东北乡"的文学版图上招兵买马迎接八面来风的开阔胸襟呈现出反映历史和描绘现实的别样景观，采取民间的稗史和野史的视角和评判标准对历史的还原显然就展示出不同于主流意识形态的别样风貌，在用文学的虚构性原则讲述民间化的历史的时候，莫言小说中的史诗性的宏大抱负和草莽型的人物的低俗懦弱的行为构成的反史诗性之间，在异质的成分构成的反讽张力中达到了辩证统一。而在历史与现实的主体性穿越的过程中，真相的还原与遮蔽、现实与历史鬼魂的内在纠结同样显示出莫言带有比较浓郁的主观化色彩的哲学观、历史观和价值观。

第二节 铺排情节：文本肌理组织的布局衍化

莫言在八九十年代的小说创作中，对故事情节的选择、甄别、设置

---

① 赵歌东. "种的退化"与莫言早期小说的生命意识 [J]. 齐鲁学刊，2005 (4)：
100.

和安排一般是出于陌生化的艺术目的，通过对熟悉的生活景观作片段式的切碎和重组构成对读者阅读的挑战，情节之间的非逻辑性和非连贯性在上下文的语境中造成了语意衔接的障碍和断裂，这与传统的情节概念的内涵和外延之间有明显的差距。按照小说从叙事学理论对情节的界定："所谓情节，概括地讲，也就是对人的行为的有目的地加以使用，其功能是对生活原来形态中那些相对混乱与无序状态做出挑战，这种挑战实现的前提是：被纳入文本中的那些表现人的行为的时间，通过对某种因果关系而达到一种高度的统一。"① 不难发现情节通过逻辑因果关系，将生活现状或事件的无序混乱状态整合为一个秩序井然的和谐整体，为深受理性关系和和谐原则影响的现代人提供一个天衣无缝、无须推敲的逻辑线条。其实，那样的情节安排在莫言早期的小说中大量存在，但在莫言形成自己的艺术风格的比较成熟的作品中，莫言就有意地打破情节之间的逻辑链条，让没有关联的事物按照它们在自然界中的本然状态呈现出来，在此刻性、一次性、互不关联性的情节横向铺排比较的过程中留下大量的意义空白点，这样的情节设置接续了中国传统文化中讲究艺术"飞白"或"留白"的含蓄节制、意蕴无穷的审美品格，也是莫言的创作理念融汇到鲜活的文本中去刻意追求的结果。正如他自己所言："没有象征和寓意的小说是清汤寡水。空灵美、朦胧美都难离象征而存在。"所以，莫言在小说中施展闪转腾挪的功夫，将情节的设置按照自己出其不意的创新要求不断地变换不同的方式，这样就形成了故事情节五彩缤纷的艺术景观。

一、互文性情节的比照

尽管从广义上来说，任何小说的情节都是在与其他情节构成的知

---

① 徐岱. 小说叙事学 [M]. 北京：中国社会科学出版社，1992：221.

识、代码和表意实践的网络系统中确认具有的价值意义的，互文性构成的泛文本化将使文本和情节的无限开放性难以收束。因此，在考察莫言的小说互文性情节的时候，取它的狭义内涵，即"互文性就是指两个或多个文本之间的互现关系，从本相上经常地表现为一个文本在另一个文本中的实际出现"①。在莫言八九十年代的小说中，总是在情节的设置中有意无意地使用先前发表的小说中的某个情节片段，或者是现实生活中确有的人物和事件，这样，两个不同的情节形成跨越时空的共存关系后，不同的思想蕴涵、价值观念、意识形态脱离语境生成的原发意义，就构成了一种反讽、对立、比照等各种复杂的关系。当然，莫言的娴熟运用互文性情节的目的，在于意义蕴涵的开放性和包容性的对照。由于莫言广博的学识、丰富的人生阅历、传奇化的民间文化的熏染，使得他在互文性情节的选择方面取精用宏、恰到好处。

首先体现在自己正在创作的小说中的某个情节与他人文本中的情节的互文上。最早进行这方面的互文性情节的设置是在《爆炸》（1985）中的姑姑与《人到中年》的陆文婷形象的比照上，姑姑作为乡村公社的赤脚医生，人到中年还两地分居，克服家庭的重重困难创造了"接生一千多个孩子"的辉煌业绩。"吃的是草，挤出来的是奶"、兢兢业业、任劳任怨、不计功利、无私奉献的精神就具有了和陆文婷一样的道德品格。通过对比，要重视基层医务工作者的个人生活和工作问题的介入意识、焦虑心态和忧患反思已昭然若揭。《红耳朵》（1992）中的主人公王十千与众不同的大耳朵实际上已成为具有灵性的准性器官，他为了吸引女教员姚先生的注意把自己的耳朵涂红，并在暗恋的女教师和全班同学的注意下让耳朵翩翩起舞，显然已达到了自己的初衷和目的。那么，他涂耳朵时的心理活动和姚先生看后哭泣着离开教室引发的心理变

---

① 董希文. 文学文本互文类型分析 [J]. 文艺评论, 2006 (1): 14 – 17.

化是怎样的？莫言引述了台湾的姚一苇写的话剧《红鼻子》的情节作
比较："说一个马戏团的小丑，只要戴上他的红鼻子面具，便妙语连
珠、妙趣横生，忘掉人世间一切烦恼。只要摘下红鼻子面具，他立刻地
萎靡不振、痛苦不堪。戴上红鼻子面具是他逃避现实生活的一种方
式。"没有姚先生的注视，红耳朵立刻变得无精打采、失去了生机和活
力的表现与小丑摘下红鼻子面具的特征如出一辙，也就是说，红耳朵和
红鼻子作为一种道具已成为检验主人公情感心理和精神状态的晴雨表。
在这里用互文的情节将王十千内心情感的变化和具体的心理活动淋漓尽
致地表达出来，显得含蓄蕴藉，意味无穷。

当然，莫言作为一个具有清醒意识和自剖精神的作家总是要打破既
定的写作套路和条条框框，为自己天马行空的创作开辟一方新的天地。
如他所说："我想每一个清醒的作家，都会有自己的追求。这种追求对
我来说，就是希望能够不断地自我超越。"① 因此，在 90 年代的创作中
也跳出先前形成的互文性情节相互融合、相互激发的惯性模式的限制，
采取对立或反讽的方式对相关的互文情节进行逆向的反思和评判。面对
《酒国》（1993）中的酒博士李一斗在文学处于失去轰动效应的低谷条
件下，仍然一如既往地痴迷文学创作的不合时宜之举，小说中引述的情
节片段："有一位叫李七的人写了一篇《千万别把我当狗》的小说，那
里边写了几个地痞流氓，在坑蒙拐骗偷什么勾当都干不了的情况下，才
说：咱他妈的当作家去吧！"显然是对在 90 年代的文坛上大红大紫的王
朔作践和调侃作家的身份、职责和责任的反调侃，《千万别把我当狗》
的名字是对王朔的小说《千万别把我当人》的戏仿，几个地痞流氓在
无所事事、一无所能的情况之下，只好委屈自己当作家的情节来源于王
朔的《一点正经也没有》。在这里，采取作者的名字和小说的内容都张

_____

① 莫言. 文学创作的民间资源 [J]. 当代作家评论，2002（1）.

冠李戴的障眼法，显然是为了表达对严肃、神圣、高尚、理想、正义、道德等一切正价值都用游戏调侃的虚无态度来对待的质疑和反思。情节的互文性就在否定对立的意义上，显示出作者自我超越的个性化追求的目的。这种个性化的追求也体现在站在人道主义的立场上对以往经典情节的再解读上，比如《藏宝图》①中的"我"偶然碰到不远千里来看老虎的小学同学时的尴尬境遇（此兄太习惯把别人的家当做自己的家），叙述者用感同身受的人性话语而不是色厉内荏的阶级话语，对红色经典《青春之歌》中的新婚夫妻余永泽和林道静做出反向评判。面对大年夜闯入他们温暖的小家、打扰了他们浪漫温馨的家庭氛围的老乡的不同表现引发的夫妻口角，原文本是把它作为表现余永泽自私伪善的丑恶本质的目的而选择的典型情节，而在现文本中引述这个情节的目的就是在相互比照的过程中重新审视其中包蕴的人性内涵："我看到这里，感到余永泽做的基本没错，感到林道静有点虚伪，用北京人的语言说就叫作'装丫挺'，感到那老头子有点不知趣，甚至有点讨厌。"因此，"我"遵循"请神容易送神难"的原则坚决不让同学到家里去，而是把他带到近的饭馆里点上一些鸡零狗碎，等他吃饱喝足之后给点钱打发他滚蛋的个人选择，就与余永泽怀着极不满意的心态比较冷淡地招待曾经给他家当过长工的老头，然后给他十元钱打发他滚蛋的方式形成了互文，目的是对红色经典"舍小家，顾大家"的阶级情感和以出身论分辨好人/坏人的原则标准进行质疑，二者的相互比照就在矛盾对立中更加显示出阶级论的荒谬和虚伪。

其次，体现在目前自己创作的与以前发表的小说之间情节的互文上。因为"任何文本都是对另一文本的吸收和改编。这里的另一文本，也就是我们通常所说的互文本，可用来指涉历时层面上的前人或后人的

---

① 莫言. 藏宝图 [J]. 钟山, 1999（4）.

文学作品，也可指共时层面上的社会历史文本"①。但莫言在小说中谈论自己以前发表的小说的时候，现在进行时和过去完成时的时态转换，意味着吸收和改编的前文本中的情节已脱离原初的上下文语境，在新的语境的映照下，思想意义和文化蕴涵都已发生了变形和扭曲。特别在长篇小说《酒国》中，莫言把此前创作的《高粱酒》《欢乐》《红蝗》中备受诟病的情节专门抽取出来，就改变了此情节在原文本中的价值意义和思想蕴含。正如法国评论家米歇尔·布托所说："从某种程度上讲，哪怕是原封不动的引文也已经是戏拟。只要将某段文字单独提取出来，便已经改变了它的意义，选择将引言被安插和截取的方位、被删节的方式，经过此类处理之后的规则可能会完全两样，当然也会代替我表述和评论它的方式。"② 小说引述的《高粱酒》中"我"爷爷的一泡尿让普通的高粱酒变成一坛"香气馥郁、饮后有蜂蜜一样的甘饴回味"的高级名酒"十八里红"的情节，本来是具有超越文本意义的文化蕴含的，它隐喻着民族文化的发展过程中缺少了恶的因素的相互激荡是很难焕发出生机和活力的。可用在这里，让酒博士披着科学外衣的歪理邪说寻找诡奇超拔的创造依据，说什么"ph 值，水质，对酒的品格具有多么大的制约作用。水质偏酸，酒生涩难以下咽，撒上一泡健康的童子尿，……没有任何的荒谬，何必少见多怪！"作为小说叙述者和参与者的"莫言"对用科学理论来论证这细节的合理性与崇高性的酒博士万分敬佩和感激，认为这才叫"内行看门道，外行看热闹""有心栽花花不开，无意插柳柳成荫"。这样，在与酒博士的讨论和通信中唱着双簧戏为自己极端的审丑艺术作辩解的目的已昭然若揭。其实，在现实的创作中，莫言的《欢乐》《红蝗》在对难登大雅之堂的东西的细致描摹已超越了

---

① 王瑾. 互文性［M］. 桂林：广西师范大学出版社，2005：1.
② ［法］萨莫瓦约. 互文性研究［M］. 天津：天津人民出版社，2003：116.

当时的评论界可接受的审丑艺术的底线，引发的集束式的批评是可以理解的。比如《红色的变异》《人性战胜兽性的艰难历程》《幽闭而骚乱的心灵》等提出的比较严厉的剖析意见，特别是《毫无节制的红蝗》中认为这是作者毫无节制的变态发泄和创作失策："毫无节制地纵容自己的某一情绪，毫无节制地让心理变态，毫无节制地滥用想象，毫无节制地表现主观的意图。"① 可能对作者造成了巨大的心理压力和强烈的叛逆意识，所以在《酒国》中借用公驴和母驴的外生殖器为基本原料精心制作的大菜"龙凤呈祥"，认为和自己在《欢乐》《红蝗》中表现的化丑为艺术的初衷是一样的。但对遭受的批评和误解一定要有心理准备。并作了自我经验之谈："我因为写了《欢乐》《红蝗》，几年来早被他们吐了满身黏液，臭不可闻。他们采用'四人帮'时代的战法，断章取义，攻击一点，不及其余，全不管那些'不洁细节'在文中的作用和特定的环境，不是用文学的观点，而是用纯粹生理学和伦理学的观点对你进行猛攻，并且根本不允许辩解。"并借助酒博士之口对那些手持放大镜、专门搜寻作品中的肮脏字眼的"英雄豪杰"做了回击："那些骂您的人因为吃胎盘和婴儿太多，热力上冲，把脑子烧昏了，"在《姑妈的宝刀》（2000）中将小韩得心应手的打锤和淬火的技术和成名作《透明的红萝卜》作比较，选择的情节"小铁匠为了偷艺把手伸进师傅调出来的水里，被师傅用烧红的铁砧子烫了手，从此小铁匠便出了师，老铁匠便卷了铺盖"增加了小说的幽默趣味，但又用调侃的方式用现实生活中的评论家李陀的意见否定了描述的情节的合理性："淬火时挺神秘，我在《透明的红萝卜》里写过淬火，评论家李陀说他搞过半辈子热处理，说我小说里关于淬火的描写纯属胡写。"小说紧接着又由张老三给讲的民间传奇情节"从前有个中国小铁匠跟着一位日本老

---

① 贺绍俊，潘凯雄. 毫无节制的红蝗［J］. 文学自由谈，1988（1）。

铁匠学打指挥刀，就差淬火一道关口，打出来的刀总不如日本师傅打出来的锋利。有一次日本师傅淬火，中国小铁匠把手伸到桶里试水温，那个老日本鬼子一挥刀，就把中国小铁匠的手砍落在水桶里。"又似乎证明着淬火技术中温度的重要性，一波三折的互文情节的铺排，充分地说明了莫言对互文性历史诗学原则的反叛、修正和编缀都是以满足自己的艺术个性和创新需要为目的的。在这里，文本内外的互文情节形成了一个意义生发和创造的潜在网络系统，莫言巧妙设置的互文情节在主题意蕴和审美内涵上都达到了一个比较高的层次。

莫言在《红蝗》《酒国》中出现的叙事者"莫言"，在《酒国》中提到的《凤凰涅槃》的作者郭沫若、《我的大学》的作者高尔基，还有托尔斯泰、王蒙、阮籍、李陀等古今中外的作家，提到"根据原著改编、并由您（莫言）参加了编剧的电影《红高粱》"，"在保定军官初级学校担任政治教员"的经历，这些有据可考的人物的生平经历作为社会文本也与文学文本构成了互文关系，莫言选择这样的一笔带过的简略情节，看中的是人物作为一个文化符号所具有的社会和思想意义，但人物和事件离开现实的生活环境进入虚构的小说语境的时候，也会产生大于其自身价值的意义生发。既然"一个文本无法离开其他文本独自存在，此文本与其他文本，现在的文本与过去的文本一起构筑成文本的网络系统，每个文本的意义总是超出自身所示，表现为一种活动与一种构造过程，一种文本与文本之间的相互作用，互文性因而成了生发和分配意义的场所"①。那么，在理解莫言的"互文性"情节的时候，也要在真实的文本和虚构的文本、社会的大文本与文学的小文本、前文本与后文本之间的错综复杂的关系网络中感悟和欣赏他的巧妙设置。

---

① 王瑾. 互文性［M］. 桂林：广西师范大学出版社，2005：141.

二、对比性情节的插入

土生土长的莫言深受传统文化特别是民间文化的影响和熏陶，其实，"包括中国文化在内的东方文化的特点是高度的间接性，即作者不愿意清晰地表达自己的观点或立场，通常不是直接地讨论主题，而是用一些相关的观点间接地接近主题"①。因此，莫言在小说创作中也喜欢运用对比性的情节来"拐弯抹角"或"旁敲侧击"地表达自己的主题观念。在民间"有比较才有鉴别"的思维方式和价值观念，也潜移默化地影响到莫言选择对比性情节的心态和情感。在他八九十年代的小说中主要是采取古今对比和美丑对比的情节表达自己的思想观念和审美意蕴的。

莫言采用古今对比的情节主要是为了以民间化的历史和主流意识形态的历史相互比照中展示历史的可能样貌，并在历史与现实的对比中挖掘其内在的关联性和延续性。莫言对民间的野史和稗史将发生了的历史事件传奇化、神秘化、史诗化的演变方式是非常熟悉的，"父亲一辈的人讲述的故事大部分是历史，当然他们讲述的历史是传奇化了的历史，与教科书上的历史大相径庭。在民间口述的历史中充满了英雄崇拜和命运感，只有那些有非凡意志和非凡体力的人才能进入民间口述历史并被不断地传诵，而且在流传的过程中被不断地加工提高"②。因此，莫言在情节的对比中对民间的野史和教科书的正史都采取了反思质疑的态度，无论讲述的是惊心动魄的故事还是塑造出性格鲜明的人物，都在穿插对比的过程中提供富有哲理意蕴和文化内涵的情节启人深思。《狗道》（1986）中描绘的历史上为了国家、民族和阶级的利益而浴血奋战

---

① 张延君. 对比修辞理论及其在学术写作中的应用［J］. 东岳论丛, 2005（4）: 112.
② 莫言. 用耳朵阅读［J］. 秘书工作, 2013（7）: 54.

的死难者，生前的将军、士兵、狗等不同的身份，日本人和中国人等不同的国家和民族的牺牲者，在同一个硝烟弥漫的时空中走完或长或短的生命旅程，只留下"千人坟"供后人凭吊。一场雷电劈开坟墓，也使得先前有着泾渭分明的阶级观念和民族意识的死难者，在冰冷的现实面前化为无法辨识的混沌。在现实中，"我发现人的头骨与狗的头骨几乎没有区别，坟坑里只有一片短浅的模糊白光。像暗语一样，向我传达着某种惊心动魄的信息。光荣的人的历史里掺杂了那么多狗的传说和狗的记忆、狗的历史和人的历史交织在一起"。这样，通过古今情节的对比，作者站在人类的超阶级的立场上，对穷兵黩武的战争狂人打着"共存共荣"的旗号发动的不义之战发出了人性和人道的强烈谴责，"狗的历史和人的历史"的相互交织，实际上就是对战争的发起者退化为四肢动物的显在隐喻，站在悲悯的人道立场上发出的"丧钟为谁而鸣"的反思和叩问，只有通过古今情节的对比才得到充分地显示。事实上，莫言通过古今对比，更看重的是历史和现实生活空间中的人的本性和命运，"他试图超越历史直接窥查人的本性，历史在他这里只提供了一种外在的刺激，他更关心人心和人性的种种反应"①。

这种跨越历史的时空自由地穿梭于现实生活中的对比情节，贯穿于莫言八九十年代小说创作的始终。《天堂蒜薹之歌》（1988）中的四婶因为蒜薹事件被警察拘捕的现实情节引发了高羊历史的回忆："四婶不出声了，跪在地上，垂着头，头发披到地上，嗓子里克噜克噜响着，好像睡过去了。他的眼前又闪过文革初起时自己的老娘跪地挨斗的情景……膝盖下垫着两块砖，双手背在身后……她把手按到地上，想减轻些痛苦，一只穿着翻毛皮鞋的大脚踩在了手上……娘叫了一声……那只

---

① 夏志厚. 红色的变异［M］//杨扬. 莫言研究资料. 天津：天津人民出版社，2005：217 - 218.

手就像老鸡的爪子一样勾勾着，再也伸不直啦。"通过历史上按照"亲不亲，阶级分"的价值评判立场对地主婆的无情批斗和非人的折磨的情节，对照现实生活中的四婶在随大流闯入县政府打砸抢之后被警察虐待的非人道行为，作者的人文关怀和以人为本的价值理念，就在巧妙设置的古今情节的对比中隐晦曲折地表现了出来。

由此可见，知识分子的价值立场、民间底层的价值选择、主流意识形态的价值观念组成的多种声音的对话和交锋，成为莫言古今情节的对比中"众声喧哗"、还原现场、剖析人性的重要方式。在《丰乳肥臀》（1995）中描述的现实生活中的雇农的儿子张中光在革命教育展览室中做戏的表现："雀斑脸上抹着一道道发亮的口水，他用双手轮番拍打着胸脯，不知道是表示愤怒还是悲痛。"和新中国成立前的大栏集上经常跟着他的靠赌博为生的爹胡吃海喝的情节对比："双手捧着用新鲜荷叶包着的红烧猪头肉，走一步咬一口，弄得两个腮帮子、连同额头上，都是明晃晃的猪油。"不难发现，历史上的流氓无产者和现实中做戏的虚无党之间并没有壁垒森严的界限，二者在内在的精神渊源和价值谱系上都有源远流长的同源关系。所以，对历史上按照阶级观念加冕为苦大仇深的贫雇农和妖魔化为十恶不赦的吃人野兽的坏蛋，最好的方式是通过现实的对比戳穿历史的谎言，让无可辩驳的事实对涂抹的不辨是非的历史烟云重新澄明清晰起来。小说中描述的司马库在革命教育的漫画中是"张着大嘴露出锯齿獠牙，奔拉着一条滴着鲜血的红舌头"的杀人不眨眼的丧失人性的野兽，紧接着选择了侥幸生还的郭马氏作现身说法的情节，"说一千道一万，司马库还是个讲理的人，要不是司马库，我就被小狮子那个杂种给活埋了"。就将妖魔鬼怪的司马库还原为一个通情达理、富有人性的真人。历史与现实的巨大反差只有通过这种对比情节的设置才能淋漓尽致地呈现出来，"忘记历史则意味着背叛"的信条在现实语境的扭曲之下，总会产生让人深思的现象和问题。《祖母的门牙》

（1999）中的祖母在 90 多岁的时候长出的两颗新牙被炒作成新闻事件，吸引各地的人络绎不绝的前来参观。其实，宣传与实际是有比较大的距离的，所以宋大叔为了让母亲接受既定的夸张失实举的例子："一九五七年，谁不知道吃不饱？可谁要说吃不饱，马上就是个'右派'！一九五八年，说一亩地能产一万斤麦子，谁不知道这是放屁？可谁敢说这是放屁，立马让你屁滚尿流！"就让人在对历史的记忆中产生的黑色幽默报以哭笑不得的心态，历史竟然以反面的方式成为现实生活中应对不虞事件的法宝，对比性情节的设置显示出作者回顾历史、介入现实的良苦用心。

如果说古今对比的情节设置显示了作者的历史观念、现实态度、价值选择、道德评判等思想蕴涵，那么，美丑情节的对比则表现出莫言"痛恨所有的神灵"的反叛和亵渎的艺术追求特征。尽管雨果在 1827 年《克伦威尔序》中提出著名的"美丑对照原则"："丑就在美的旁边，畸形靠近着优美，丑怪藏在崇高的背后，恶与善并存，黑暗与光明相共。"莫言也在小说中用词义反差极大的修饰词来形容丑陋的事物，如《红高粱》中的"尿打桶壁如珠落玉盘""燎亮的屁"，割掉的耳朵"苍白美丽"，华丽的肠子"象花朵一样溢出来"以及《罪过》中大福子"左膝下一个新的毒疮已经蓬蓬勃勃地生长起来"等打破了美丑之间的界限，采取叛逆的心态和极端化的美丑对照的方式，挑战约定俗成的审美习惯和设定的条条框框。但引起更大争议的还是他采取美丑对照的情节，对既定的审美观念造成的强有力的冲击。在具有逻辑性、条理性和因果性的情节中，莫言用逆向思维的方式将不可能有任何联系的语词和意象捏合在一起，在美丑的鲜明对比中挑战了人们惯常的审美底线。对鲁迅先生所说的现实生活中有的东西如毛毛虫、鼻涕、大便是无法采取化丑为美的方式融入到小说之中的观点，莫言并不赞同，他认为"毛毛虫一转身，不就变成了美丽的蝴蝶吗，我们在写蝴蝶之前，写两笔毛毛虫也不是不可以。写鼻涕嘛，在我的《透明的红萝卜》里有一个小男孩，用深秋的枫叶给他弟弟擦鼻涕，这好像也没有什么特别的让人生理上反感的地方，这就是说，鼻涕也是可以写的。当然大便这种东西，要看怎么说了，按照我们的审美习惯，好像确实是不能写，不好写，但我在我的小说《红蝗》里也写过大便，而且，在拉伯雷和韩国诗人金芝河作品里面，都有大谈大便的地方"①。所以莫言采用美丑对比的情节的时候，更多的是向审丑的一端倾斜。喋喋不休地谈屎、尿、月经、生殖器的目的在于对这些不能登大雅之堂的丑恶的东西加冕，同时又在鲜明的对比中对爱情、乡情等美好的情感予以亵渎和脱冕，这样，美中之丑和丑中之美的刻意挖掘就形成了莫言美丑对比的艺术辩证法。当然，莫言的这种美丑情节对比的极端化书写策略有一个发展嬗变的过程。在初期的《红高粱》（1986）中美丑对比的情节的设置还是独具匠心的，这体现在写余大牙因为强奸民女玲子在任副官的强烈要求下被枪毙的情形："额头像碎瓦片一样迸裂了。"不厌其烦的暴力抒写是带有审丑色彩的，但在他死去的地方设置的荷花的情节又带有唯美的情调："那株瘦弱的白荷花断了茎，牵着几缕白丝丝，摆在他的手边。父亲闻到了荷花的幽香"洁白如玉的荷花象征的纯洁高雅，不也是对草莽余大牙临危不惧、豪爽洒脱的英雄气概的礼赞吗？在这里丑与美的相互对比和融合，更能体现出作者对祖先作为化外之民的昂扬豪情、野蛮雄强、自由自在和爽快坦荡的精神品格的追慕之情。但从《高粱殡》（1986）起就出现了对审丑的偏执，对无数的英雄好汉、淑女才媛都梦寐以求的爱情，在众多典籍中被无数的骚人墨客吟咏过的爱情，在现实的生活中被无数凡夫俗子视为生命的爱情，在莫言的亵渎心态的作用下，对为之珍惜和向往的爱情的构成要素的分析是："构成狂热的爱情

① 莫言. 作家的魅力在于张扬小说的艺术性 [J]. 探索与争鸣, 2006 (8): 13.

的第一要素是锥心的痛苦""构成残酷的爱情的第二要素是无情地批判""构成冰凉的爱情的第三要素是持久的沉默"。即使是根据爷爷的恋爱史、父亲的爱情狂澜、"我"的爱情沙漠等历时态的发展总结出来的爱情的经验和规律，明眼人也一眼就可以发现这是叙述者的障眼法，作者设置的披着科学外衣的富有条理性的美丑对比的情节，已将对爱情的亵渎心态昭然若揭。

当然，莫言把美丑对比的情节推向极致后引发争议的作品非《欢乐》（1987）和《红蝗》（1987）莫属。前者挑战了深受传统文化的优雅情感和审美方式浸染的现代人所能承受的最根本的伦理道德底线。亵渎把玩的心态在美丑对比中更加鲜明地突显出来，淫秽狎邪心理的逼真刻画大大超出了读者的阅读期待视野和审美惯性的要求。后者主要是对大便的美丽外表、薄荷的气味、富有文化哲理的思想意蕴的极端化描写，不断挑战着人们的心理承受能力。美则丑之、丑则美之的反题写作成为莫言贯彻自己的审美理念的不二法门。"那些龌龊、卑贱、丑陋、残酷、恐怖、恶心一类为昔日规范所不容忍的现象和情感便充斥在莫言的小说中，……他似乎要把有生以来所感受到的、经历的、听到的、看到的、想象到的全部龌龊全部抛出来，竭尽刺激感官之能事，仇恨、诋毁、诅咒既有的一切文化形态、包括他曾经满怀激情所歌颂过的红高粱、土地、野性。而把当年的那股热情全部倾注给人间的种种丑恶，以玩赏丑恶为快事。"① 当然，设置这样的美丑对比的情节与莫言的创作观念有密切的关系，他在《红蝗》中曾借助一位头发乌黑的女戏剧家的庄严誓词，来表达自己对美丑的二元对立的辩证关系的看法："总有一天，我要编导一部真正的戏剧，在这部剧里，梦幻与现实、科学与童话、上帝与魔鬼、爱情与卖淫、高贵与卑贱、美女与大便、过去与现

---

① 王干. 反文化的失败——莫言近期小说批判［J］. 读书, 1988（10）.

在、金奖牌与避孕套……互相掺和、紧密团结、环环相连，构成一个完整的世界。"异质因素的相互融合产生的一种生机和活力始终是莫言心向往之的美好境界。

到了90年代，莫言在小说中对审丑的极端喷涌之后也进入了比较理性的节制时期，但这并不意味着莫言对审丑一维已丧失了信心和兴趣。设置美丑对比的情节作为一种叙事策略在具体的作品中也时有发生。比如长篇小说《酒国》（1993）中对尿的组成元素、医疗效果、食用价值、哲学意蕴上升到科学的高度进行的阐释和分析，云山雾罩的歪理邪说对尿的夸赞显然与《红蝗》中对屎的描绘如出一辙，都是对美丑观念和标准的反其意而用之的极端书写策略。

三、评论性情节的妙用

莫言在自己独特的生活体验和丰富的学识作用下也形成了某些高于常人的见识，在小说中借助评论性情节的巧妙运用，也为主题意蕴的生发增添了耐人品味的魅力。正如他所说："作为一个作家来讲，没有一点想法是不可能的。我以没有思想为荣，说的是那种'伪思想'，不是自己的想法，是别人的想法，摆出一副所谓思想家的架势来写小说。我觉得作家应该有思想，但是作家的思想不能凌驾于小说人物之上，不能借小说人物之口强行向读者推销作家所谓的思想。"[①] 那么，在莫言的小说中合理地安排某些情节来表达自己的民间意识和现代思想观念，或贴着或盯着人物的心理状态和性格行为，让人物在特定的地域和时空背景下，说出一些符合当时情境的评论意见，都显示出一个成熟作家介入现实、启蒙民众的良知和责任。

在《红高粱》（1986）中对余占鳌在抬轿的途中握了一下我奶奶的

---

① 莫言，木叶. 文学的造反 [J]. 上海文化，2013（1）: 29.

三寸金莲，唤醒了彼此潜在的情感和欲望，最终成为了一段美好的姻缘，作者借助孙子"我"之口发的议论就典型地体现了作者深受地域文化影响的民间思想意识："我想，千里姻缘一线穿，一生的情缘，都是天凑地合，是毫无挑剔的真理。"用宿命意识来解释说不清道不明的姻缘是民间惯常的思维方法，月下老人早用一根红线将彼此陌生的一对男女拴在了一起，在这里通过插入的评论性情节非常吻合上下文的语境，收到了良好的艺术效果。

　　莫言毕竟是熟读马列著作、接受现代大学教育、受到都市文明熏染的现代知识分子，所以当他拉开与乡村的文化、思想和审美距离，用"他者"的视角审视乡村历史和现实中发生的一系列事件的时候，他更多地采用现代文明的价值评判标准和辩证唯物主义的方法对之作出评论。对《红高粱》（1986）中"我"奶奶和罗汉大爷的可能突破传统的伦理界限的风流韵事，叙事者"我"的评论是"她老人家不仅仅是抗日英雄，也是个性解放的先驱，妇女自立的典范"；对"我"奶奶在高粱地里和余占鳌野合的行为，"我"作为后辈站在人性的立场上也给予了最高的礼赞"奶奶和爷爷在生机勃勃的高粱地里相亲相爱，两颗蔑视人间法规的不羁心灵，比他们彼此愉悦的肉体贴得还要紧"；奶奶的小脚是付出折断八个脚趾压在脚底的惨痛代价得到的，面对缠脚对女性的心理和生理摧残以满足男人阴暗的"金莲癖"的社会现实，"我"就恨不得高呼"打倒封建主义！人脚自由万岁！"通过这些议论性情节的不断出现，显现出作者对封建礼教"存天理，灭人欲"的禁欲主义和传统观念中泯灭人性的一面深恶痛绝的现代意识。也许是作者作为原乡人切身感受到宗法意识和礼教观念的相互契合对民众的自然人性的禁锢达到了固若金汤的程度，消除无形的陈腐的思想意识和价值观念需要不断地冲击和挑战，所以他在以后的小说创作中，不断插入评论性的情节来为人性的自然回归做开路先锋。《高粱酒》（1986）中借助奶奶被子弹洞穿过的挺拔傲岸的乳房发的议论，说它"蔑视着人间的道德和堂皇的说教，表现着人的力量和人的自由、生的伟大爱的光荣，奶奶永垂不朽!"这些评论性的情节通过叙述者睿智的表达，对提升小说的思想蕴涵有比较重要的作用。

另外，莫言用辩证唯物主义和历史唯物主义的观点方法全面分析问题的评论性情节，也给人比较深刻的方法论上的启迪。《红高粱》中首先对高密东北乡的评价就充满了辩证的色彩，小说通过一个对故乡极端热爱又极端仇恨的叙事者"我"，根据马克思主义的辩证法对故乡的两极评价："高密东北乡无疑是地球上最美丽最丑陋、最超脱最世俗、最圣洁最龌龊、最英雄好汉最王八蛋、最能喝酒最能爱的地方。"确实体现出莫言在尊重感觉的丰富性的基础上追求感觉的辩证化的目的。其次，对我奶奶这样一位从小刺花绣草、精研女红的女流之辈，在外在的因素的激发下质变为临危虽惧，但具有处理重大变故的能力和胆魄的女中豪杰，所作的缘由的探析："在某种意义上，英雄是天生的，英雄气质是一股潜在的暗流，遇到外界的诱因，便转化为英雄的行为。"又在《高粱酒》中对奶奶"大行不拘细谨，大礼不辞小让"的豪放性格的发展作了辩证的评论："所谓人的性格发展，毫无疑问需要客观条件促成，但如果没有内在条件，任何客观条件也白搭。正像毛泽东主席说的：温度可以使鸡蛋变成鸡子，但不能使石头变成鸡子。孔夫子说：'朽木不可雕也，粪土之墙不可污也'，我想都是一个道理。"这一切在在说明莫言的评论性情节显得深刻全面的缘由，就是能灵活运用马克思的辩证法和唯物论对事物做出恰如其分的阐释和分析。在《高粱殡》中对我爷爷领导的铁板会成了高密东北乡最强的势力后，就忘乎所以敛财集资、抢棺杀人为奶奶出回龙大殡的招摇放肆的做法，叙事者作的评论是"余家的声名如繁花缀锦，火上浇油，但爷爷忘记了日满则仄，月满则亏，器满招覆，盛极必衰的朴素辩证法，为奶奶出大殡，是他犯下的又一个重大错误"。还有对《红蝗》中的九老爷双重性格的描绘"九老爷在弱者面前是条凶残的狼，在强者面前是一条癞皮狗——介于狼与狗之间，兼有狼性与狗性的动物无疑是地球上最可怕的动物"都是莫言非常精彩的评论。插入这样的评论性情节无疑会开阔读者的视野和思维，更重要的是评论的观点和被描绘的对象之间达到了有机契合的程度，提供的方法论上的价值意义是不言而喻的。

莫言说："我相信文学创作是作家自我心声的流露。所谓自我，就是作家自己的个人生活体验。一个作家没有一点个人的独特体会，是写不好小说的，这种体会也不是刻意生造出来，而是在漫长的岁月中自然积累起来的。"① 那么，无论是互文性情节、对比性情节还是评论性情节都是他在个人生活中的独特体会，形成了对事物和现象的与众不同的看法，并把它们融汇到小说的具体情节的设置中去，这也是莫言的小说细节大于形象、意蕴大于思想、内涵丰富、意味无穷的一个重要因素。

第三节　叙述语言：审美赋型载体的怪味探寻

莫言的小说创作在经过短暂的模仿之后，不再以现实生活中确有的事实，而是在特定的语境下可能会发生的事情作为参照标准来进行谋篇布局的时候，实际上就已经将语言的工具论上升为本体论的高度。作为信息的编码、传递和解码的语言工具论，看重的是按照现实主义原则如实地、逼真地反映现实生活的功能；而莫言在创作实践中切实感觉到不是"我说语言"而是"语言说我"的一泻千里的语言状态，感受到的是语言脱离作者理性思维的约束和控制，由被动的客体到能动的主体的

---

① 杨扬. 莫言研究资料 [M]. 天津：天津人民出版社，2005：12.

具有生命意志的本体色彩。在和评论家杨扬的对话中，莫言曾说："某种语言在脑子里盘旋久了，就有一种蓄势待发的力量，一旦写起来就会有一种冲击力，我是说写作时，常常感到自己都控制不住，不是我刻意要寻找某种语言，而是某种叙述腔调一经确定并有东西要讲时，小说的语言就会自己蹦跳出来，自言自语，自我狂欢，根本用不着多思考该怎么说，怎么写，到了人物该出场时，就会有人物出场，到了该叙事时，就会叙事。这的确是我自己写作时的状态。"① 这是小说的语言脱离传统叙事的工具论和反映论的羁绊，而在具有狂欢色彩的生命主体中凸显出来的自我指涉、彼此圆润、自然衔接的审美本体论。这是"文章本天成，妙手偶得之"的长期的语言文化积淀形成的迷狂式的灵感喷涌状态，也是感性思维支配下的毛茸茸的语言自由奔放的结果。这种如苏东坡所说的"吾文如万斛源泉，不择地涌出"的行文状态，在他写中篇小说《欢乐》时有很好的体现："写《欢乐》时，我是在家乡的一座旧仓库里完成的，写到顺手时人都会哆嗦，像抽风似的，语言像火山一样喷涌而出，不可遏制。我的侄子们从窗户外面看到我一个劲地写，连我自己也觉得神奇。"②《欢乐》中的芜杂繁复、美丑混杂、泥沙俱下的语言，大大超越了深受中庸、理性和平衡的温柔敦厚的传统文化浸染的读者的接受阈限，引发的争议和批评实际上是两种不同的语言观念的交锋和冲突。受传统的语言观念影响的读者和评论家看重的是语言信息传递的交际功能和对事件如实描摹的反映功能；而深受现代语言观念影响的莫言在对原始素材审美赋型的时候，语言的本体论和形象论自然会使得小说语言脱离陈腐俗套的常规表述，产生陌生化的艺术效果。由此也就形成了莫言小说不合规范的语言怪味，即使是去掉作者的名字，在众

---

① 莫言，杨扬. 小说是越来越难写了 [J]. 南方文坛，2004（1）：45.
② 莫言，杨扬. 小说是越来越难写了 [J]. 南方文坛，2004（1）：45.

多的作品中也能迅速发现哪篇是带有"莫氏"徽章和印记的小说。

　　莫言在语言上的这种"怪味"是由他极限式的实验色彩造成的。当然，这首先与他天马行空、无所依傍的创作观念和自由心态有必然的联系，他"痛恨所有神灵"的亵渎精神和自我意识使他总是在不经意之间剑走偏锋，对传统的语法、语义、语态、语句等约定俗成的艺术规则进行大胆的反叛和创新。他曾说过："我看，艺术方法无所谓中外新旧，写自己的就是了，想怎么写就怎么写，只要顺心顺手就好。……我主张创作者要多一点天马行空的狂气与雄风，少一点顾虑和犹疑。无论在创作思想上还是艺术风格上，不妨有点随意性，有点邪劲。"① 这种"随意性"和"邪劲"，说白了就是对具有严密的逻辑规则和因果关系的创作理念的松绑和消解，这尤其体现在他的小说语言的极端实验上。也许莫言在创作中感觉到理性的、现成的语言难以表现他的繁复芜杂的情绪、感觉和体验，日常的语言在常态下表现的丰富和生机在他的非常态的视域中显得那么单调和乏味，所以他要拗断语法的脖子、打破语义的因果链、跨越语态的时空性、尝试语速的节奏性来试验语言的速度、硬度和密度。作为一个文体学家和语言大师，莫言深知语言摆脱僵化的惯常模式的重要意义，所以他才在奔放的感觉和自由的联想的驱遣之下，采取不合规范的奇崛拗口的语言来表现他虚拟的东北乡王国中纷纭复杂的大千世界。想象的诡奇、用语的奇特、修辞搭配的诡异，在在显示着莫言在极限式的实验之路上不懈探索的得失成败，以至评论家张清华先生对这种无以命名的语言和艺术风格只好用"叙述的极限"来差强概括："用什么样的词语和概念可以概括他的写作？任何一种企图都会因为这个作品世界的过于宽阔、巨大和生气勃勃而陷于虚飘、苍白和

---

① 莫言. 天马行空 [J]. 解放军文艺, 1985 (2).

支离破碎。"① 实际上，他的尊重研究对象的原始风貌，从宏观和整体上得出的感官印象主要集中在语言方面，甚至语言的粗疏和精致、大俗与大雅、委婉与豪放、先锋与民间、横移与继承的对立两极形成的矛盾张力就存在于莫言的同一个语句之中，语义的发散性、矛盾性和不确定性形成的朦胧含蓄的审美特质确实使得"任何题目都失去了譬喻的意义"。由于词汇和语法的极端偏离常规地表现早已引起众多评论家的注意和研究，在此只对研究相对薄弱的语义和语句的偏离常规表现的极致特色为剖析对象，探究莫言极限式写作的"怪味"语言风格的典型表征。

一、语义的极限实验

小说是通过既有的语言逻辑规范所承载的彼此之间约定俗成的"前理解"来进行思想情感的交流，其中有些语言在耗尽原生的力量和魅力之后就会异化为俗套的模式或者是王蒙所说的"狗屎化效应"的陷阱，用在讲究艺术的新奇化和陌生化的文学创作中就需要进行变形处理。在这方面，莫言总是根据上下文的具体语境来选择包含自己的生命色彩和审美蕴含的词汇来表达小说的寓意。对不受僵化的语言秩序约束的莫言而言，"在遵从语言既有的秩序与超越语言秩序这两个不同的路向上，莫言更多地选择了后者，他不会让理性的语言规范束缚自己而'以文害义'，而是努力超越语言的规范，通过语言的变异，通过词语创新，尽量将自己对生活的认识感性化的表现出来"②。所以莫言在尊重自己感觉化的辩证色彩的基础上，对在横组合轴与纵聚合轴上的词语的反常搭配来表现语义的矛盾性和含混性。这主要集中在莫言 80 年代

① 张清华. 叙述的极限——论莫言 [J]. 当代作家评论, 2003（2）：59.
② 张云峰. 从艺术语言视角看莫言小说语言的变异 [J]. 西安社会科学, 2009（5）：12.

的小说创作中，那时候马尔克斯、福克纳等小说家对现实的毛茸茸的鲜活感受不愿上升到理性的高度上做出价值的选择和判断，而要保持复杂混沌、难以判断的原生状态，来对传统小说中单一性的价值语义和信息编码提出挑战。而莫言过于敏锐的感觉化的思维方式和观察视角，使得他对这种尊重感受的瞬间性和鲜活性的语义表达方式情有独钟，可以说，天时、地利、人和的得天独厚的优势保证了莫言语义极端探索的成功。在成名作《红高粱》（1986）中对极端热爱和极端仇恨的故乡也在语义悖反中构成了一个矛盾的统一体："高密东北乡无疑是地球上最美丽最丑陋、最超脱最世俗、最圣洁最龌龊、最英雄好汉最王八蛋、最能喝酒最能爱的地方。"按照理性的语言规范，对一个地方所作出的价值判断只能在是/非、美/丑、好/坏对立的两极中选择一极，而不能采取骑墙的态度和亦此亦彼的模式，在语义的聚合轴上同时选择词义相反的两种截然不同的评价。但在这篇小说中，莫言对故乡爱恨交织的刻骨铭心的感受，只能采取最极端的方式才能将表现对象的矛盾性、含混性和复杂性淋漓尽致地表达出来。因为客观世界本身就是一个复杂矛盾的统一体，在矛盾的两极形成的巨大张力中保持着一个动态的平衡。正如《红蝗》中的女导演信誓旦旦地要编导一部真正的戏剧的庄严誓辞那样："梦幻与现实、科学与童话、上帝与魔鬼、爱情与卖淫、高贵与卑贱、美女与大便、过去与现在、金奖牌与避孕套……互相掺和、紧密团结、环环相连，构成一个完整的世界。"只不过现实中的人们按照线性的因果逻辑关系选择语义关联域中具有借喻关系的词汇来阐释和说明五彩缤纷的世界而已，而且在这种惯性语言所具有的强大的势能之下，语义的单值化的自动闪现，就成为对事物和现象作出具有主观色彩的价值判断的天经地义的事情。莫言显然看到这种语义关联的偏颇和虚妄，所以他要采取"祛魅化"的极端方式来凸显事物被遮蔽的复杂的原生态的真相，语义的价值判断的两极性，能在语义悖反的语境中更加显示出内在的合理性。在小说《红蝗》（1987）中对生蹼的两位祖先近亲恋爱被族法家规施以火刑的悲剧，叙事者的评价是："这场轰轰烈烈的爱情悲剧、这件家族史上骇人的丑闻、感人的壮举、惨无人道的兽行、伟大的里程碑、肮脏的耻辱柱、伟大的进步、愚蠢的倒退……"对日常语言的疏离与变形形成的语义上的悖论，正是对这件无法做出单一价值判断的事件的最好概括，也是站在不同的立场上，用不同的视角和标准进行观察得出的"横看成岭侧成峰，远近高低各不同"的对立、冲突的结论。这种在语义的相互交融和碰撞中得出的结论明显背离了人们惯常的价值选择和判断，但它却更接近事实。

莫言小说的这种悖逆的语义关联域对语言的能指和所指的对应关系构成了极大的挑战，他不是采取先锋文学中那种不及物的写作方式，让语言的能指成为没有最终所指的空洞的能指，而是在一个能指指涉的相互矛盾的所指丛中对读者的惯性思维进行改塑。从语义生成的心理学方面来看，莫言的小说之所以造成语义的发散性、悖反性和含混性，是因为"莫言小说语言的特殊心理关联域，使他将两种外在的语码系统，在特定的叙事方式规定下，经过感知方式协调，由特定的叙述方式推动着，组成新的语法关系，并以散文与诗歌相结合的修辞手段，经过不断转换生成，不断耗尽原有的能指意义，不断形成新的语码，最终完成了主体深层的语义表达"①。从这个意义上说，他的语言经过主观色彩的过滤之后，转换生成的新的语码就不能按照传统的语义关系进行理解，他对具有隐喻意义的纵聚合轴上的词语的并列对峙之后的横向组合，无论是作为修饰语还是对比和比较都是从原初的混沌状态下的本真感受出发的，所以，语义的对立矛盾被他奇怪地扭合在一起形成的诗性语言，

---

①　季红真. 现代人的民族民间神话——莫言散论之二［J］. 当代作家评论, 1988 (1)：89.

反而在异质的因子产生的意义张力中更能揭示事实的真相。如《高粱酒》（1986）中我父亲吃完一张干渣裂纹的抔饼，喝了墨水河的水时心理五味杂陈的复杂感受："温暖的墨水河河水进入父亲的喉管，滋润着干燥，使父亲产生了一种痛苦的快感。"面对着与日本鬼子作战的众乡亲横七竖八地惨死引发的心理痛苦和口渴后喝水产生的生理快感，用"痛苦"来修饰"快感"就会在语义的悖反中更贴近人物原初的感受，两相对照更能产生震撼人心的情感效果。这种感受在罗汉大爷看到自己的东家——单家父子遭杀后的情感表现中也有类似的反应，对于朝夕相处的东家突遭不测，他内心是痛苦的；而得麻风病的少东家被杀意味着青春年少、魅力四射的少奶奶从此可以脱离苦海，从人性和人情的角度上他应该为此庆幸，所以，"单家父子遭杀，罗汉大爷在强烈的惊讶中，脑袋里不断地闪现出我奶奶的瘦脚肥腕。看过那些血，他不知该痛苦还是该欢呼"。异质的、相反的情感表现才是人物在特定的语境中最真实的面貌，莫言采取设身处地跟着人物的感觉和情感走的方式，在"痛苦"和"欢呼"的并列中改变了语义的组合方式。在《高粱酒》（1986）中，我爷爷余占鳌成为酒坊的伙计后寻衅滋事，被我奶奶抡圆柳棍横抽竖打一顿后的感觉"在火辣辣的痛楚中，忽然感到一阵麻酥酥的快乐"，也是在表层的语义悖论后蕴含着深层的合理之处的。情人的"打是亲，骂是爱"的甜蜜感受和生理上的皮肉之痛比较起来，还是快乐的成分占据上风的，所以"痛并快乐着"的情感体验非常吻合当时主人公的生命感受。此外，《爆炸》（1985）中，"我"被父亲打了一巴掌后，"我感到一股猝发的狂欢般的痛苦感情在胸中郁积"；《弃婴》（1987）中，回家探亲的军人"我"在"西风凉爽，阳光强烈"的环境下，"不知道该喊冷还是该喊热"的感觉化书写都是莫言打破话语表述的常规，采取语义悖反的反常表述、"盯着人物写"的突出表征。

　　莫言对语义的极端实验还表现在他选择词语来修饰中心词的时候，并不考虑中心词的审美特征和义素内涵，而是让语词在语义差距极远的语域中自由地排列组合产生陌生化的艺术效果。可以说，"莫言的叙述都充满了任意挥洒的快感，语句或语词并不只是为了讲述故事，表达主题或思想，而是给予语词追求自身快乐的自由。给予语词以生命，让它们神采飞扬，甚至胡作非为。莫言的才华恰恰就体现在他能'乱中取胜'"①。在这种打破故事关联域的叙述中，词语碎片的自由飞翔形成的偏离常规的语句在他的小说中比比皆是。在此不妨拿莫言笔下的太阳和月亮意象的描摹，与古今中外其他作家的抒写比较中发现他"胡作非为""乱中取胜"的端倪。对于太阳的变形的描摹和刻画带来的陌生化的新奇感受，最经典的情节片段是在肖霍洛夫的长篇小说《静静的顿河》中，格里高利带着恋人阿克西妮亚逃离村子的路上，亲眼看到她中弹身亡，从此阴阳两隔猝发的巨大悲痛使他眼前发黑，看到了原本红红彤彤的太阳变成了黑色的圆球。在此语境中太阳的色彩变化是为主人公情感的抒发和情节的逻辑推进服务的，异样情景的渲染和铺垫为读者接受特定语境下的反常表现，提供了因果关系的"前理解"的条件。而莫言在表现面对亲人突然遭遇不测的场面的时候，根本就不考虑语义上的逻辑关联，这样就呈现出和肖霍洛夫不一样的变形表述。在《奇死》（1986）中，爷爷看到自己的被日本鬼子糟蹋的半死不活的妻子和女儿香官的尸体时，瞬间的刺激和情感变化使他看到"东南方向那个巨大的八角形的翠绿太阳车轮般旋转着碾压过来"。修饰语"八角形"和"翠绿"与主词"太阳"之间是风马牛不相及的事情，形状和颜色大相径庭的修饰语突破了人们理解和接受事物的感觉阈限，也正体现出

---

① 陈晓明．"在地性"与越界——莫言小说创作的特质和意义［J］．当代作家评论，2013（1）：52.

他对语义的极端实验，并不是为了故事主题的连贯性或思想意蕴的深刻性等传统现实主义的叙事目的，而是为了给富有生命的语词提供主体性表达的机会。所以，《断手》（1986）中的小媞与断手英雄苏社谈恋爱时，心中对父亲的阻挠和邻居的舆论有所顾忌而犹疑不决，仅仅有点迷糊，从槐花的花叶缝隙里看到"太阳是黑的。太阳是白的。太阳是绿的。太阳是红的"就远远超越了人们辨别认识事物的感觉阈限。莫言以类似语言游戏的心态，把在特定语境下的超常感觉的自由挥洒，看作是形而下的感性战胜形而上的理性的制胜法宝，最基本的感觉常识在形似和神似的理解通道受阻之后，也失去了作用。

这种挑战语义关联的极限的方式也体现在对月亮意象的描绘上，在此不妨借助现代文学史上描写月亮的高手张爱玲和莫言做一下比较，不难看出二者在对月亮变"形"的类似上实际上有着"神"的巨大反差。《沉香屑·第一炉香》中描绘的"暗月"："那时天色已经暗了，月亮才上来，黄黄的，像玉色缎子上，刺绣时弹落了一点香灰，烧煳了一小片。"被誉为"我们文坛最美的收获之一"的《金锁记》刻画的"乌云托月"："影影绰绰的乌云里有个月亮，一搭黑，一搭白，像个戏剧化的狰狞的脸谱，一点一点月亮缓缓地从云里出来了，黑云底下透出一线炯炯的光，是面具底下的眼睛。"《倾城之恋》中摹写的白流苏伤心的"泪中之月""大而模糊。银色的，有着绿的光棱"。"在对月亮的具体形态进行描写的时候，张爱玲的用色往往十分大胆，通常都是别人不容易尝试的颜色，如阴蓝、暗黄、绿色、红黄、赤金，极具视觉的冲击力，这是因为张爱玲通过月亮的'陌生化'处理，实际上是对人性、人物心理的一种折射，通过夸张变形的月亮形象，来表现人性的丰富微妙。"① 也就是说，张爱玲通过对月亮的夸张和变形的描绘是为了更好

---

① 卢长春. 张爱玲小说中的月亮意象［J］. 齐鲁学刊，2009（1）：152.

地表现人性的复杂微妙的主题服务的，变异的月亮只不过是受到生存环境的影响和熏染的现代人，在都市生活中不由自主地堕落和腐化的心灵的外射而已。到了莫言的笔下，月亮的形状和颜色的变化远远超出人们的想象。《枯河》（1985）中的小虎在遭受书记以及父兄的毒打之后，准备投河自尽时见到的不同寻常的月亮："一轮巨大的水淋淋的鲜红月亮从村庄东边暮色苍茫的原野上升起来时，村子里弥漫的烟雾愈加厚重，并且似乎都染上了月亮的那种凄艳的红色。"《复仇记》（1988）中的孪生兄弟在河里划船时看到："一轮巨大的水淋淋的血红圆月从浩浩荡荡的河水中冒出来……往东一望，刚刚跳出水面的月亮比一个车轮还大，并不圆，似生着八个角。刚刚出水的八角大月亮把一道长长的大影子投到河面上。""巨大""水淋淋""鲜红""血红""八角"等修饰语与月亮的皎洁和圆润毫不沾边。莫言采取这样的变形也不是追求语义的隐喻和象征意蕴，在这方面他艺术变形的陌生化不是为了更好地表现主题的逻辑关联，显示出与张爱玲的意图和目的的区别。

莫言还喜欢将用在物身上的修饰语采用移就的修辞策略嫁接到人身上，或者采取逆转的方式，将惯常描述人的词语转移到不具有生命价值和情感色彩的物身上（不是拟人），目的就是打乱语法的逻辑关联来实验语义的扭曲和变形带来的自由创造的惊喜。如"奶奶的唇上有一层纤弱的茸毛。奶奶鲜嫩茂盛，水分充足。"（《红高粱》）；"我奶奶摔碗之后，放声大哭起来，哭声婉转，感情饱满，水分充沛，屋里盛不下，溢到屋外边，飞散到田野里去，与夏末的已经受精的高粱的綷縩声响融洽在一起。"（《高粱酒》）；"他躺在沙发上，把香气馥郁的烟雾大口大口地咽下去，肠胃在欢唱，心肺在狂舞，肝脾在高歌。"（《十三步》）；"低头时我看到四老爷鼻尖上放射出一束坚硬笔直的光芒，蛮不讲理地射进八蜡庙里。"（《红煌》）用"鲜嫩茂盛、水份充足"来形容青春年少、肌肤白嫩的奶奶，在植物与人的形态上还是有相似之处的；肠胃的

"欢唱"心肺的"狂舞"、肝脾的"高歌"等诗性语言表现的语义，按照正常的逻辑是解释不通的。其实，无论是按照既有的逻辑经验能够解释清楚的描摹，还是挑战既有规则的荒诞叙述，莫言都不关心语义在具体的语境中的逻辑关联。因此，这样的不合常规的例子在莫言的小说中不胜枚举，他结合上下文的语境，在词义上的独出心裁产生的荒诞离奇之感，正是他打破语言的约定俗成的惯例，使得惯性的、死板的、熟烂语言重新变得活灵活现和陌生起来。

可以说，莫言的整个创作都可以看成一个"他在语言上自我搏斗的过程。这个作家凭借着强烈的语言意识和对语言的敏感，力图突破规范语言的束缚，求新求异，尽力拓展语言的表现功能"①。表现在莫言90年代的小说创作中，已不再在个别的句子中拗断语法的脖子进行极端的语义实验，而是在句子的基础上进一步上升到片段或段落的更高层次上，进行天马行空般的语义流冲击传统的理性堤坝的语言叙述。像《酒国》（1993）中酒博士李一斗奉承专业作家莫言老师的一段话："您的身体就是一具彻里彻外的酒体。您的酒体和谐完美，红花绿叶，青山绿水，四肢健全，动作协调，端庄大方、动静雅致，有血有肉，栩栩如生，减一分则短，加一分则长。"这样的叙述，上下句之间处于并列关系的短语斩断了语法和逻辑上的联系之后，也就让读者在语义上摸不着头脑。如果说"身体"就是"酒体"运用的是隐喻的话，那么后面的有关植物、景色、运动、神态、状貌、长度等的互不相关的词汇，组成的前言不搭后语的比喻性描述，就无法按照语义的逻辑关联组成一段完整意义上的句子。这种彻底颠覆传统的思维逻辑的段落，在《酒国》中通过酒博士的混乱的感性思维组装的句子淋漓尽致地展示了出来：

---

① 江南. 论莫言小说语言的超常使用 [J]. 徐州师范学院学报（哲学社会科学版），1991（4）：138.

朋友们仔细看，别去招惹他们，正经人不理街混子，新鞋不踩臭狗屎。这条驴街是咱酒国的耻辱也是咱酒国的光荣。不走驴街等于没来酒国。……这几年对内搞活对外开放，人民生活水平不断提高，需要吃肉提高人种质量，驴街又大大繁荣。"天上的龙肉、地上的驴肉"，驴肉香、驴肉美、驴肉是人间美味。读者看官，各位来宾，各位朋友，女士们、先生们，"三揸油喂了麻汁"，"蜜斯特蜜斯"，什么"吃在广州"，纯属造谣惑众！听我说，说什么？说说咱酒国的名吃，挂一漏万在所难免，请多多包涵。站在驴街，放眼酒国，真正是美吃如云，目不暇接：驴街杀驴，鹿街杀鹿，牛街宰牛，羊巷宰羊，猪厂杀猪马胡同杀马，狗集猫市杀狗宰猫……数不胜数，令人心烦意乱唇干舌燥，总之，举凡山珍海味飞禽走兽鱼鳞虫蚧地球上能吃的东西在咱酒国都能吃到。外地有的咱有，外地没有的咱还有。不但有而且最关键的、最重要的、最了不起的是有特色有风格有历史有传统有思想有文化有道德。听起来好像吹牛皮实际不是吹牛皮。在举国上下轰轰烈烈的致富高潮中，咱酒国市领导人独具慧眼、独辟蹊径，走出了一条独具特色的致富道路。

在这一段话中，演讲与聊天、文学与政论、讲话与套话、新闻与事务等各种文体和语体的杂糅，庄重与幽默、典雅与粗俗、严肃与滑稽等语气和语调的交错，官话、粗话、俗语、谚语、顺口溜等各种语言形式的混杂，中文与英语不同语种之间的嫁接都是为了语义的断裂和短路的实验目的。莫言实际上想在庄重严肃中出现的小丑式的插科打诨、正正经经中插入的油腔滑调造成的幽默和讽刺的氛围中，重新思考"众声喧哗"的语义效果。所以，他不讲究句与句之间的语义关联性，从民间的谚语对驴肉的推崇到"读者看官"的冠冕堂皇的各种称呼之间没有必然的逻辑关系，从酒国市的"山珍海味飞禽走兽鱼鳞虫蚧"也得不出"有思想有文化有道德"的结论，更让人深思的是酒国市的"美吃如云数不胜数"竟达到"令人心烦意乱唇干舌燥"的程度，按照正常的逻辑关系应该是"美吃如云"让人心旷神怡垂涎三尺才对，可这里用语义的悖反修饰语来对主词的内涵进行界定和说明的时候，考虑的绝不是正常的语义逻辑关系。语义的偏离和虚饰借助酒博士不受拘束的自由联想达到了形式与内容的完美融合，如果读者再按照惯常的阅读经验进行理解和感悟，肯定是一场错位的对话。这样的语义表述方式非常吻合莫言反叛权威、挑战规范、亵渎神灵的逆反性格。"风格即人"的理论在长篇小说《丰乳肥臀》（1995）中也得到了形象的演绎。比如"独角兽"大世界为充分发挥舆论宣传和广告媒介在都市社会中的重要作用所做的规划："乳房节期间报纸出专号，刊物发专刊，电视台辟专栏。还要遍请海内外专家围绕着乳房做有关哲学、美学、心理学、医学、社会学、人类学等等方面的专题报告。乳房搭台，经济唱戏。敞开你的胸怀，广招四海宾朋。带着投资来，带着技术来，赶着四轮的马车，载着你的妹妹、你的妻子，都到大栏来。谁英雄谁好汉，敞开胸怀比比看。"前半部分比较全面和严密的逻辑规划与后半部分轻松油滑的戏仿之间构成了语义上的裂痕：从报纸、刊物、电视台等商业媒体的媒介话语到专家学者权威的学术话语对乳房话题的包装可以说是全方位的，体现了商业传媒与精英文化的逻辑关联，内在的语义关联域是经得起推敲的；但后面的三段戏仿构成的语义内涵就没有必然的逻辑关系，无论是对"文化搭台，经济唱戏"的商业流行语、王洛宾整理编曲的维吾尔族民歌《达阪城的姑娘》的改装，还是对部队训练标语的模拟都带有信口开河的随意性。也可以说，后半部分的戏仿的颠覆和调侃意味也导致了对前半部分的严肃和严密的语义逻辑的消解，二者的多声部的"复调"色彩也是莫言不经意之间造成的审美效果。因此，当莫言的语言在正常与超常之间洋洋洒洒造成语义的捉摸不定、变化万千的风格特征的时候，实际上是在进行着一场深刻的语言变革。因为，"历史上一些有眼光的哲学家早就指出，人类语言在有序和无序方面一直存在着相当深刻的矛盾。人类早期的语言是开放的和无序的，进入文明社会以后，人类语言的有序化开始占有明显的上风，但这样也带来了一个问题，即语言自身的生命与活力则一直处于一种衰减中，而这一点对于诗人与作家来说几乎是一个灾难性的后果"①。所以，莫言看到了文明社会过于陈套化的有序语言对富有创作力的作家创新机制的压制，他才在小说中不遗余力地通过对语义的逻辑顺序的打乱来恢复原初语言的开放性的生机和活力。

二、语句的极限式铺排

可能与汉语的缺乏形态变化的特点有关，语法的结构松散性和形态的自由性导致语句的排列组合能力极强，可以随时打破线性的结构方式，插入一些相关或不相关的词汇对语句所要表达的内容作重重的修饰限定。正如申小龙所说："一个个语词就像一个个基本粒子，可以随意碰撞。只要凑在一起就能'意合'，不搞形式主义。用西方语法的眼光看，汉语的句法控制能力极弱。只要语义条件充分，句法就会让步。这种特点使汉语的表达言简意赅，韵律生动，有可能更多地从语言艺术角度考虑。同时，这也使得汉语语法具有极大的弹性，能够容忍对语义内容作不合理的句法编码。"② 汉语的这种特点为莫言张开自由飞翔的翅膀进行语句的极限式铺排提供了方便，纵观莫言八九十年代的小说，语言风格上的总体感觉是简洁、精练似乎与他不太搭边。莫言总是在语句的链条上打破以语言为基础的逻辑关系，将历时态的词汇转化成共时态的线性排列组合方式挑战语句成分的完整性和有机性。这种语句的排列

---

① 江南. 新潮小说语言变异摭拾 [J]. 徐州师范大学学报，1999（1）：71.
② 申小龙. 中国语言的结构与人文精神 [M]. 北京：光明日报出版社，1988：8.

组合方式是对现行语法结构的反叛和挑战，因为，"从语法角度看，需要使不同词性的词充当特定的语法成分，并要保证句子成分的规则有秩和完整。同时，限定性的句子成分不宜过于复杂，句子长度也应适中，标点符号的使用也应符合规范，该断句的地方断句，该停顿的地方停顿"①。而莫言恰恰在"限定性的句子成分"方面大量堆砌限定语和修饰语，而且修饰语之间的叠床架屋的组合也不是按照线性的、共时态的顺序，有很多时候要服从于叙事者无所顾忌的语言洪流对僵化的现成语言的冲击目的，所以就采取纵向的隐喻性词汇和横向的转喻性词汇交相叠加的极端方式造成语句繁杂的结构；另一方面，莫言也有意采取不加标点符号的长句子来试验语句的长度、韧性和力度，借鉴西方意识流的艺术手法，故意运用没有停顿标志的几百字的长句子形成流水一样的审美效果。

　　一般来说，汉语语法的自由松散性在"语言单向度"的范围内才是有效的。所谓"语言单向度"的含义，"既指语词在语言序列上一个接一个地单向延展，而不可能是空间并存，又指语词出现在语言序列上并非随意相加，而是要遵循一定的组合规则。所以，文学用语中打破语言的单向度，既要打破语言序列上先后承续的水平性，使之具有空间的多维性，又要打破语言的规约组合，以增加语言链的容量"②。莫言在小说中对语法背离的最突出的标志就是堆砌性的语句打破了语言序列上的水平性和垂直性的辩证关系，在"空间的多维性"和"语言链的容量"方面形成了"莫氏"语言的风格特色。这种特色贯穿于莫言八九十年代小说创作的始终，成为他的语言的一个典型标记。

---

① 赵奎英. 规范偏离与莫言小说语言风格的生成 [J]. 山东师范大学学报（人文社会科学版），2013（6）：16.

② 赵奎英. 试论文学语言的惯性与动势 [J]. 山东大学学报（哲学社会科学版），1992（3）：16.

　　这种堆砌的语言风格在莫言的小说中表现为两个方面。一是在并列句中大量罗列相关的或不相关的同类事物，造成语言上大气磅礴、一泻千里的气势。最早在《高粱酒》（1986）中就初见端倪，小说写罗汉大爷牵着骡子、挤进集市寻找曹县长报案的过程中看到："集上有卖炉包的，卖小饼的，卖草鞋的，抽书的，摆卦的，劈头要钱的，敲牛胯骨讨饭的，卖金枪不倒药的，耍猴的，敲小锣卖麦芽糖的，吹糖人的，卖泥孩的，打鸳鸯板说武二郎的，卖韭菜黄瓜大蒜头的，卖刮头篦子烟袋嘴的，卖凉粉的，卖耗子药的，卖大蜜桃的……"其实，这种对所见到的自然界中的事物进行详尽地描绘的赋体风格很容易犯堆砌铺排的大忌，选具有代表性的个案进行点到为止的描摹往往会收到言有尽而意无穷的审美效果，众人讲究的语言含蓄、朦胧、简洁、意味深远的传统小说模式，其实正是莫言反叛的目标。所以他要挑战语言的极限，如果说这种极限在正常人的观察中还要遵循线性的逻辑关系，表现常态的事物和现象的话，那么，时隔一年之后出版的《欢乐》（1987）就借助疯子高大同不合逻辑的思维方式，淋漓尽致地展示异质的事物的横向组合所带来的语言狂欢的景观："你们使用狼狗、使用伞兵刀、使用手榴弹、使用火焰喷射器、使用催泪弹、使用粉红色炸弹、使用敌敌畏、使用'速灭杀丁'，使用驱蛔宝塔糖、使用无线电侦听、使用莫尔斯电报机、使用诱奸法、使用结扎术、使用催眠术、使用恫吓、使用香酥鸡、使用沂蒙山啤酒、使用金丝边眼镜、使用你那个患相思病的老婆、使用你那个进妓院捞毛扛叉杆的破爹、使用金枪不倒迷魂药、使用搜查和警察、电棒子和铁手镯、阴谋和诡计、花言和巧语、赌咒与发誓、收买和拉拢、妓女和嫖客、海参与燕窝、蛇蹄与熊掌、黄瓜与茄子……也难动摇我的钢铁意志！"在这里，所有的异质的事物和现象都被高大同反常的语言逻辑强扭在一起，手段和目的、内容和形式、现象和本质等语义深层/浅层的语汇都在共时态的狂轰滥炸中，对读者产生信息过剩的不适心理，这样的心理效果与高大同的激昂慷慨的语言流的相互交融就会产生陌生化的作用，促使读者对自己业已形成的阅读习惯和思维方式做出调整，而且疯子的语言确实使得内容与形式之间达到了完美的融合，产生的一种不和谐之中的和谐之感，也是莫言天才的语言灵感在因缘际会中的天作之合。在 90 年代的长篇小说《酒国》（1993）中，莫言的这种无所顾忌的语言才华得到了更加出色的发挥，他不再采取杂乱无章的方式强烈地冲击读者的理性思维的堤坝，而是在既有的逻辑框架内，通过不同事物的比较形成的语言流开阔读者的阅读视野。对于酒国市的上流阶层为什么要吃小孩的理由，叙事者解释道："道理很简单，因为他们吃腻了牛、羊、猪、狗、骡子、兔子、鸡、鸭、鸽子、驴、骆驼、马驹、刺猬、麻雀、燕子、雁、鹅、猫、老鼠、黄鼬、猞猁，所以他们要吃小孩，因为我们的肉比牛肉嫩，比羊肉鲜，比猪肉香，比狗肉肥，比骡子肉软，比兔子肉硬，比鸡肉滑，比鸭肉滋，比鸽子肉正派，比驴肉生动，比骆驼肉娇贵，比马驹肉有弹性，比刺猬肉善良，比麻雀肉端庄，比燕子肉白净，比雁肉少青苗气，比鹅肉少糟糠味，比猫肉严肃，比老鼠肉有营养，比黄鼬肉少鬼气，比猞猁肉通俗。我们的肉是人间第一美味。"堆砌的语句之间非常具有逻辑性，不仅理由充分，结论水到渠成，语句内在的逻辑层次非常明显，都紧紧围绕"我们的肉是人间第一美味"的主题而展开的，而且形成的一连串的排比句式，也在正常与反常的逻辑对比中达到了曲折有致的审美效果。如果仅仅有"比牛肉嫩，比羊肉鲜，比猪肉香"之类的在读者期待视野之内的语义逻辑比较，就会在一系列的堆砌罗列中产生情理之中的审美疲劳；巧妙之处就在于莫言在后面的不同肉类性质的比较中打破常规的思维逻辑，用"比猫肉严肃，比黄鼬肉少鬼气，比猞猁肉通俗"之类的反常句子打破读者昏昏欲睡的惯性思维模式，在反常与正常的交替对比中重新激发起阅读的兴趣。由此可见，莫言小说中"这种通过相似或重复形成的句法偏离，包括人物语言和叙述语言中的偏离，一方面由于对于同一事物、同一事件、同一情感从不同角度、不同方向进行反复描述、铺叙和倾诉，打破了语言沿着规范河道所做的线性流动，使之像决堤的洪水、滑坡的泥石一样四散奔涌，大大加强了语言的气势和情感表达的强度，并形成了一种混混沌沌、浩浩荡荡、难以离析、势不可挡的语言风格。另一方面，这种类型的句法偏离，由于建立在相似性的原则之上，它使莫言小说那看起来混混沌沌的语言又具有一种潜在的秩序"①。正是这种反规范中的规范、反秩序中的秩序组成的语句的奇怪矛盾合成体奠定了莫言语言大师的地位，语言的气势和冲击力度成为莫言语句实验的典型徽章。

另一类是在同一个句子中堆砌大量的修饰语来试验语言的密度、弹性与关联度，这样的实验语句也超越了当代任何一位作家探索语言的广度和宽度。在莫言的小说中主要表现在修饰语作定语的时候围绕中心词的铺排和渲染，以及修饰语作宾语的时候围绕着主语的特性展开的描摹和刻画。在《奇死》（1986）中写到二奶奶恋儿的无穷魅力时，对她的目光的描写就采用了铺排和堆砌的方式："她愤怒的、癫狂的、无法无天的、向肮脏的世界挑战的、也眷恋美好世界的、洋溢着强烈性意识的目光。"对目光的复杂意蕴从各个方面和层次进行描摹和限定，还在正常的理性的接受范围之内，这也只是莫言的牛刀小试。因此，在后来的小说中莫言再也不愿意让感性的毛茸茸的语言感觉让位于形而上的理性制约，所以理性的缰绳再也拢不住汪洋肆意的感性语言的蔓延。在《红蝗》（1987）中对冰雹形状的描绘就远远超出了人们的想象："无数方的、圆的、菱形的、八角形的、三角形的、圆锥形的、圆柱形的、鸡

---

① 赵奎英. 规范偏离与莫言小说语言风格的生成［J］. 山东师范大学学报（人文社会科学版），2013（6）：19.

蛋形的、乳房形的、芳唇形的、花蕾形的、刺猬形的、玉米形的、高粱形的、香蕉形的、军号形的、家兔形的、乌龟形的、如意形的冰雹铺天盖地地倾泻下来。"冰雹作为常见的自然灾害，在人们的心目中对它的形状的理解和感悟主要是"方的"或是"圆的"两种类型，莫言在这里打破人们的习惯和经验，用了现实生活中几乎能想象到的所有形状嫁接到冰雹身上，甚至用现实生活中谁也没有见过的"如意形"来形容冰雹的形状，限定语的过剩和不合逻辑是显而易见的。对于修饰语作宾语的情况，莫言也采取了极端化的堆砌实验，来看看语句的最大承受耐力。如《丰乳肥臀》（1995）中的上官金童听从母亲的建议去找独乳老金的路上，"他看到有一个身穿黑色毛料西装、高领朱红色毛衣、敞开着的西装胸襟上别着一枚珠光闪烁的胸饰的、高耸的乳房使毛衣出现诱人的褶皱的、头发像一团牛粪、干净利落地盘在脑后、额头彻底暴露、又光又亮、脸色白皙滋润得像羊脂美玉的、屁股轻巧地撅着、裤线像刀刃一样垂直着、穿双半高跟黑皮鞋的、带着茶色眼镜看不清楚她的眼睛的、嘴唇像刚吃过樱桃的鲜艳欲滴的、气度非凡的女人"，从衣着打扮到高耸的乳房、头发、额头、脸色、屁股、眼睛、嘴唇等外貌的详尽描绘都一股脑地作为限定语修饰这位"气度非凡的女人"，一百五十余字的修饰语确实挑战着语言以及读者接受的极限。在上官金童被汪银枝鹊巢鸠占赶出家门之后，他在无家可归的流浪状态中运用阿Q的精神胜利法对她的贬低和辱骂也同样如此："汪银枝，你这个反革命，人民的敌人，吸血鬼，害人虫，四不清分子，极右派，走资本主义道路的当权派，资产阶级反动学术权威，腐化变质分子，阶级异己分子，四肢不勤、五谷不分的寄生虫，被绑在历史耻辱柱上的跳梁小丑，土匪，汉奸，流氓，无赖，暗藏的阶级敌人，保皇派，孔老二的孝子贤孙，封建主义的卫道士，奴隶主义制度的复辟狂，没落的地主阶级的代言人……"作为宾语的各个组成部分之间是没有必然的联系的，无论是采取象征隐喻还是贬低异化为虫豸的非人方式或者是妖魔化的形象描摹，都在异质的排列组合中失去了线性的因果逻辑关系，也就是说，叙事者并没有按照历时态的时间顺序，把各个时代的骂人的政治术语进行排序，而是遵照人物当时发泄内心的怨恨的无所顾忌的心态，自由地把几十年动荡不安的生活中学到的政治大帽子扣到了对方的头上。至于这顶帽子的内涵是什么，它是否与被描述的对象性质相符等问题全不在他的考虑范围之内，所以词句的共时态的不合逻辑的呈示又有着符合人物内在心理的逻辑性，这是莫言运用语言的高明之处。

　　这种语句的极端实验还表现在莫言受意识流小说的启发而采用的不加标点的长句子身上。意识流作为一个心理学和哲学术语讲究的是打破逻辑语义的物理时空来加强非逻辑性、反理性的心理时空，认为"'真实'存在于'意识的不可分割的波动之中'"①。所以在表现人物意识特别是潜意识的流动的时候，就用不加标点的长句子来模拟人物在现实生活中的神经错乱、胡思乱想、内心独白、浮想联翩等心灵深处的真实状态。莫言借鉴了这种没有转折和停顿的意识流动来表现人物丰富深邃的潜意识世界的艺术技巧，并把它嫁接到语言的实验方面的时候，非常巧妙地根据不同的语境和条件进行了东方化的改造。具体表现在，莫言的没有标点符号的长句子不仅表现人物不受理性制约的潜意识流动的形象摹写上，更重要的是打破固定的心理逻辑的语义关联，将长句子还运用到现实的感性表象和理性世界的逼真描绘上。众多的长句子脱离了描绘人物深层心理的拘囿之后，对人物的神态、动作、语言、情感等的生动刻画就以不规范的话语方式对读者的阅读期待视野造成强有力的冲击，并改变着读者的约定俗成的接受规范。正如评论家季红真所说：

---

① 朱维之，赵澧. 外国文学史：欧美卷［修订本］［M］. 天津：南开大学出版社，1994：554.

"这样口语的不规范，就给规范的文学语言形式带来了超语言的剩余部分。这些部分带给小说以文化的关联域，使文学的基本内容在阅读过程中，连接起读者熟悉或陌生的经验世界，获得接受与理解。"① 莫言在八九十年代的小说创作中，不断使用这种故意不加标点符号的长句子来冲击读者比较僵化的阅读接受模式，是受他对生活的睿智观察和反叛传统的书写规范的双重因素共同作用的。

如果对这种长句子进行发生学和谱系学式的追踪与还原的话，莫言在短篇小说《苍蝇门牙》② 中对名叫"老羊"的女人在情绪激动状态下连珠炮式的语言的惟妙惟肖的描摹，为以后不加标点，任凭音符如滔滔河水般的流动开了先河："老头子老头子你不给做主谁给我做主杜家那个卖腚的臭婆娘又指鸡骂狗骂我光吃食不下蛋我不下蛋关她屁事她下了两个斜眼歪歪蛋老娘连腚都不愿夹噢哟哟亲娘啊叫人欺负喽……老头子不是我的毛病一定是你的毛病你去医院检查检查咱养几个孩子争争气……"在这里，作者巧妙地运用无标点的形式对农村妇女哭闹不止、话语不息的神态描摹可谓是入木三分，只有这种没有断点和停顿的口语才将没有文化教养、只图情感宣泄之快的人物的泼妇性格刻画得淋漓尽致，再加上省略号提供给读者的伴随着呼天抢地而来的或捶胸顿足或拖拉撕扯的动作想象空间，更增强了意味隽永的效果。紧接着在中篇小说《高粱殡》（1986）中对铁板会队员高声嘹亮地念咒语的语音描摹也是如此："啊吗唻啊吗唻铁头铁臂铁灵台铁筋铁骨铁丹台铁心铁肝铁肺台生米铸成铁壁寨铁刀铁枪无何奈铁身骑虎祖师急急如敕令啊吗唻啊吗唻啊吗唻……"本来谁也听不懂的咒语正是通过含混其词的语言杂交，甚至只是有音无义的声音模拟产生神秘感和神圣性的，在这里模拟咒语

---

①　季红真. 现代人的民族民间神话 ［J］. 当代作家评论, 1988（1）：87.

②　莫言. 苍蝇 门牙 ［J］. 解放军文艺, 1986（6）.

的时候，故意设置的没有句读的长句子不仅描绘出会员们和尚念经般的急管繁弦的语速和语态，而且也将他们在原始的野性思维下语物合一的精神信仰暴露无遗。莫言在小说中对这种长句子的灵活使用，有些就来自现实生活中习以为常的风景。特别是在《欢乐》（1987）中对伶牙俐齿的小商小贩的广告语的摹写确实达到了新写实小说提倡的原生态的还原的境地："黑牙黄牙影响美观妨碍小青年找媳妇大姑娘找婆家请用白牙药粉它使你的牙齿洁白如玉就像我的牙齿一样大家都来看我的牙齿大家都来买洁齿牙药粉。"借助六十五个字符的绵延不绝的横向排列，将一个耍嘴皮子的口若悬河的街头小贩的形象不动声色地描摹，才表现得如此惟妙惟肖。《复仇记》（1988）中的女知青为了入党、回城、上工农兵大学等脱离乡村苦海的卑微目的，不得不靠牺牲自己肉体的不正当手段，但这种屈辱的经历造成的精神和人格上的伤害就像纠缠不休的怨鬼难以摆脱，所以小说在写到成为赤脚医生的女知青屈服于阮书记的淫威在夜间来到他喝酒吃肉的地方之后，"他们看到她看着那个白玻璃的酒瓶子想到这只盛过葡萄糖注射液的瓶子里泡着一根弯弯曲曲的黑树根一样的东西想到这物是鹿鞭即公鹿的阴茎很恶心猛然一惊难道是妊娠反应怪不得他像匹种猪一样整夜折腾肚皮好像要着火一样一股墨绿色的胃液与胆汁的混合物慢悠悠爬上她的咽喉他们清清楚楚地看到从这时刻起他们获得了洞察别人五脏六腑的能力"。这是典型的意识流的思想内容与艺术表现形式的完美融合，女知青由酒瓶子里浸泡的"一根弯弯曲曲的黑树根一样的东西"联想到壮阳的"鹿鞭"，由"鹿鞭"联想到阮书记与自己做爱的时候旺盛的性欲，对这种肮脏的性交易由心理的愧疚和反感引发生理的恶心，其内在的逻辑关联就像流水一样是很难断开的，所以作者就采取不加标点的艺术形式来表现流动的联想内容。更难能可贵的是，在这个长句子之中采取了双重视角（大毛、二毛与女知青），在看/被看、理性/非理性、意识/潜意识的二元对立因素构成的张力中，对西方的意识流进行了东方式的民族化改造。当然，改造最成功、最得心应手的还是莫言在语音中心主义的影响之下，对口语的模拟和说话内容的简洁概括，如《十三步》（1989）中第八中学的老师对社会上不正之风所发的牢骚："紧接着教师们的牢骚河开了闸，哇啦哇啦官僚主义偷税漏税行贿受贿请客送礼大吃大喝二道贩子驼蹄与熊掌猴头燕窝出门坐皇冠空调铺地毯假酒假烟坑蒙拐骗人口爆炸……别吵啦停水停电电老虎水豹子车匪路霸停水干渴停电一团漆黑……""哇啦哇啦"的拟声显然是对"众声喧哗"的牢骚场面的逼真描摹，至于里面天南海北谈论的发生在身边的不公正的事情就没有必要一件件详细说明，所以作者采取现象罗列的概括方式，让各种丑陋的现象在线性排列中造成一种一泻千里的触目惊心的气势，以造成震惊性的力度和效果。

在 90 年代的小说创作中，莫言仍然一以贯之地用这种不加标点的长句子形成的大气磅礴的气势，来表达自己对生活现象的感悟和理解。在《战友重逢》（1992）中描绘的新兵蛋子钱英豪与报幕员牛丽芳的初吻场面就是有意味的形式的最好明证："我一啜她就哼哼唧唧地叫唤。后来我拱开她的嘴唇启开她的牙齿把她的舌头吸出来像吃海螺肉一样她的舌头也是肥嘟嘟的跟海螺肉的味道基本差不多，"一对没有经验的恋人初尝亲吻的滋味时，那种如饥似渴的状态、如痴如醉的表现就如同爆发的山洪那样激烈和畅快，所以作者就用这样的长句子把他们一气呵成的接吻过程淋漓尽致地表现出来。在表现复员军人郭金库与上尉赵金喝酒之后娴熟过硬的技术本领的时候，也同样如此："他做了一个肩上枪的分解动作：第一步右手握住枪前护木提到胸前枪口与胸前第一颗扣子平齐枪身距离身体约二十五公分左手抓住枪前护木。第二步双手上提右手下滑握住枪托用双手的合力把枪平放在右肩上左手迅速回到原位。"郭金库作为一个嗜枪如命的老兵对肩上枪的分解动作分作两步来完成，其中的每一步内部的动作要领的衔接都流畅自然，没有任何打哏或停顿的地方，也只有这种没有句读的长句子才能逼真地展示他行云流水般的高超技术，因此作者就按照现实生活状况的原生态描摹，来设身处地地感受他作为军人的英姿和豪情。这两处长句子的巧妙运用，不妨说是莫言不仅"贴着人物"写，更是"盯着人物"写的神来之笔，是对"内容形式化"和"形式内容化"的完美演绎。《酒国》（1993）中对现代都市无孔不入的广告词儿的煽情效应的反讽描绘也可作如是观："这广告词儿至关重要，既要幽默风趣又要形象生动，让人一看就如同见到了林黛玉妹妹或是西施姐姐，皱着双眉捧着心口扛着鹤嘴锄咕嘟着樱桃小嘴如弱柳扶风般飘飘袅袅而来，谁也不忍心不买它，尤其是那些患着相思症、失恋病、神经过敏而又具有一定的古典文学素养的青年男女更是不惜当掉裤子买它饮它欣赏它用它治疗自己的爱情病或是把它当成裹着糖衣的炮弹向自己的意中人发起精神性的物质进攻或是物质性的精神刺激以期达到自己的目的。"对广告词善于揣摩"为赋新词强说愁"的不谙世事的年轻人的东施效颦的反讽描绘，只有推向极端形成的磅礴气势才能把其中的荒唐或荒谬的成分充分地展示出来。由此可见，莫言在运用长句子的时候的灵活多变、摇曳多姿的艺术变形，都是为表现主题、表达情感服务的，在句子的极端实验中包含着作者创意出奇的良苦用心。

"艺术不能容忍陈词滥调。任何真正的表现必然是一个独创性的表现……艺术活动不'使用''现成语言'，它在进行中'创造'语言。"① 作为一个语言本体意识、价值意识和审美意识很强的作家，莫言在尊重自己的毛茸茸的感觉化和新奇化的生命体验的过程中，不可避免地要突破语言工具论的陈规和"现成语言"的局限，根据事物和现象的本真

---

① ［英］罗宾·乔治·科林伍德. 艺术原理［M］. 北京：中国社会科学出版社，1985：258.

面目，或者是抛弃先入为主的理性价值判断，第一次面对事物时形成的具有个性化和主观化的感官印象来"创造语言"。"或许因为莫言具有太强的感性特点，因此他更常感到来自语言的窘迫。一方面他要凭借语言去摄取那个变化万千的世界，表现自己极其丰富的情绪、感觉与体验，另一方面却觉得日常语言的苍白、单调与贫乏。作为解决矛盾的一种手段，莫言毫不犹豫地突破与拓展了语言的某些规范，在超出常规的意义上使用语言，扩大了语言的表现能力。"① 这样，大量凭借想象与感觉的驱遣产生的奇崛诡异的语言就破坏了平常的语句搭配关系，在语义的断裂和芜杂中产生了突破语法常规的病句。这也成为莫言小说中语句极端化运用的一个突出表征。

　　这首先与莫言逆向和发散的思维习惯有关，他并不想被语言提供的固定的概念内涵和继承的语法逻辑关系拘束住自己朦胧模糊的情绪记忆，对那些飘忽不定的瞬间意念进行审美赋型的过程中，莫言往往尊重鲜活的生命感觉，宁可拗断传统的语义逻辑链也不愿改变自己的初衷，所以他的小说中句子语法错误和逻辑搭配不恰当的现象时常出现。举凡语序颠倒、搭配不当、成分残缺或赘余、逻辑混乱、表意不明等各种病句现象，都可以在他的小说中找到相应的例子。当然，在所有的病句类型中最突出的是搭配不当。由于莫言根据语境的变化，让修饰词的原意与引申义、字面意思与约定俗成的常用意思之间随意变化，这样，词性和词义的改变，导致按照传统的语法标准来衡量就会产生混乱搭配的现象。尽管在他的小说中也有动宾、述补、主宾等搭配不当的现象，但比较多的病句还是集中在修饰语和中心语搭配不当和主谓搭配不当两个方面。一方面，在莫言的小说中，主谓搭配不当的句子主要表现为充当谓

---

① 江南. 论莫言小说语言的超常使用 [J]. 徐州师范学院学报（哲学社会科学版），1991（4）：134.

语的词汇意蕴与主语的性质内涵是不交集的，莫言把彼此在日常话语系统中的原意按照具体语境的要求发生了变形和扭曲。另一方面，修饰语和中心语搭配不当的句子在莫言的小说中更为普遍，他在将方言俗语、地方谚语、成语乏词、雅言粗语等修饰语，完全不顾及中心语的语义的内涵和外延所进行的任意性搭配自然会形成很多显而易见的病句。况且莫言在小说创作过程中尊重第一印象的感觉化心态，本来就无法用理性的富有逻辑性的语法规范进行约束和限制，所以很多的语言都是在特定的语境中一任主体情绪的自然发泄和展露的结果，定语与中心词或者状语与中心词之间的语义或语法搭配规则根本就不是他考虑的范围。

由此可见，莫言在语言上的极限式的实验是全方位的，从词汇的旧词新用、大词小用、原始义与延伸义的互用到句子的打破语法结构的排列组合、不合逻辑的修饰语与中心词之间的随意搭配，等等。可以说，只要是现实创作中必须遵循的规范，他都要通过极端实验找到颠覆和建构的关键点。正如他自己所说："要想搞创作，就要敢于冲破旧框框的束缚，最大限度地进行新的探索，犹如猛虎下山、蛟龙入海，犹如国庆节一下子放出了十万只鸽子，犹如孙悟空在铁扇公主肚子里拳打脚踢翻跟斗，折腾个天昏地暗日月无光一佛出世二佛涅槃口吐莲花头罩金光手挥五弦目送惊鸿穿云裂石倒海翻江蝎子窝里捅一棍。"① 所以，莫言的小说语言在偏离规范与重返词语的指涉"物"的向度、能指与所指、解构与建构之间的对立关系中，总是在两极之间游走。在矛盾的复合体中，有些语言的新奇化和陌生化的"怪味"实验带给人们审美的享受，扩大了读者的语言视野。但不可否认的是，极端性的语言实验本身就有很大的风险性，它犹如一柄双刃剑，在指向他人的时候也会伤及自身。因此，对莫言的语言在实验的过程中出现的言人人殊的现象，没有必要大惊小怪。

---

① 莫言. 恐惧与希望：演讲创作集 [M]. 深圳：海天出版社，2007：278.

结 论

对于中国文学来说，"现代"一直以来都是一个无法回避、涵盖性极广的超级词汇，"现代"的意义已经远远超过了其时间指向的范畴，成为承载社会转型、文化变迁和审美转向的指向标。在 20 世纪 80 年代，国家和个人有着一致的明确的现代化追求，改革文学就是明显的现代化想象的叙事。在"现代派"小说中也隐晦地表现出来，王蒙的"意识流"小说其实就是"改革文学"（现代化）的变体；宗璞的小说《我是谁》关注人的"异化"问题；徐星、刘索拉等人的小说，与 80 年代的城市改革之间存在着内在的、有效的历史联系。这些"现代派"小说从一个特殊角度表现了 80 年代中国的现代化想象和社会的现代化进程，表达了"个人"对"现代"的敏感体验。20 世纪 90 年代关于现代性与后现代的纷争其实在 80 年代就已经开始，或者说是继承和延续了 80 年代关于现代性讨论的思想成果。对于文学是否现代性或后现代的判断，出发点和观察角度很重要，从概念出发，还是从文学出发，也许会得到不同的结论。与其辨析现代性与后现代的复杂关系，不如将其看成具体文学问题的语境和方法，立足中国文学实际比跟风西方潮流更为重要。

中国 20 世纪 80 年代到 90 年代的文学演进，经历了启蒙与世俗的人道主义变奏。80 年代文学的个人主义话语依附在人道主义话语之中，已经触及个人的人性、欲望、生命、尊严、价值等审美要素。80 年代、90 年代文学对于苦难的人道主义关照具有启蒙主义的批判价值，同时具有弥补和修正启蒙话语的审美功能。走向世俗的人道主义在市场经济条件下得到强化，90 年代文学出现远离公共话语的消费化、"非历史化"和个人化的"个人化写作"，要警惕"个人主义"发展到"自我本质化"的倾向，这是考量个人与社会、文学与市场、"80 年代"与"90 年代"等关联问题的重要内容。在 20 世纪 90 年代，作家更为关注文学的个人、自由和自己，文学的内容更多地包含个人体验、个人记忆、个人生活和个人价值等，个人主义的审美空间得以建构。与此同时，远离公共生活和公共话语的"非历史化""非社会化""价值悬空"等文学表达成为可能，解构成为另外一种建构的形式。当然，具体到每个作家，"个人化"写作的程度是不一样的。

新写实小说跨越传统的文学史断代分期的"年代学"和二元对立思维的阐释范式的价值意义是有目共睹的，它打破了"断代史"按照自然的物理时序强行划分文学发展阶段的僵化模式，使得不顾文学自身的审美发展规律而刻意地强调八九十年代文学的断裂性和异质性的文学史分期陷入了难以自圆其说的尴尬境地。从这方面来说，新写实小说的兴起、发展和衰落的演变历程，就是对那些死守断代分期而看不到文学发展连续性的有关研究者的一次"受戒"和范式转型。在文学的转型中出现的主题意旨、美学风格、形式探索、话语范式等方面的嬗变都可以在新写实小说的身上找到变化的依据，更重要的是它本身作为文学发展链条中不可缺少的一环就是八九十年代文学审美嬗变的最好样本。既然如此，那么站在本体论的角度上，从"新写"（怎么写）、"新实"（写什么）、"新义"（价值意义）三个方面考察新写实小说演变的"历史连续性"就会有别有洞天的发现。

在对新写实小说"新写"的叙事策略的谱系寻踪中，可以从"新写"和"新实"两个方面寻绎其发生和嬗变的连续性。也就是说，要将新写实小说的"新写"的形式探索和"新实"的叙事策略两方面的审美表征都要放到"连续性"的整体框架中予以考察，打破内容与形式、传统与现代、理论与对象之间壁垒森严的界限，对以传统的躯壳负载着现代的灵魂的新写实小说，既要看到与传统的现实主义具有血缘联系的生活流和小叙事的技巧策略的发展流脉，是对传统现实主义的宏大叙事和典型化表征的反拨以及在新的时代语境下的新变，在外层的审美表征反差较大的表象背后，也有里层的寓意和象征含义的追求之类的深度叙事的探索诉求；又要审视新写实小说在先锋文学元叙事的"假定性"形式借鉴方面所具有的现代主义的色彩，打破现实主义"仿真性"的叙事成规所显示的开放性，达到了形式探索和寓意建构的有机融合。这样，对生活流、元叙事的谱系寻踪就将新写实小说"新写"的审美表征的发展连续性和内在有机性展示无余。

新写实小说在"写什么"上所聚焦的"新实"并不是脱离传统现实主义的另起炉灶，只不过是打破了传统的现实主义在现象与本质的二元对立之下，按照本质的等级观念和分类标准将生活的表象中无关紧要的琐屑的细节删除的典型化做法。也可以说，在新写实思潮的形成与发展中产生的审视对象的变化，实际上是潜在的以传统现实主义为反题范式的审美对照。作家主体性的退隐、世界观的重建、价值观念的改变、思想意识的转型，自然导致新写实作品的主题意蕴也发生了巨大变化。世俗的须臾离不开的生活物件成为原生态还原所表现的对象。

从"新写实"小说价值观念看，市民阶层的世俗价值观念由边缘到中心的位移、知识分子启蒙价值观念的衰落和潜隐、新旧价值观念转换的空档期形成的无所适从的虚无观念的蔓延与持续，都在各自的源流嬗变中贯穿八九十年代新写实小说的始终。

90年代之后，先锋文学进入到一个相对平实的"调适期""盘整期"。真正的"先锋"依然在奋然前行，在孤寂沉默中坚守，坚持自我的文化空间和价值体系，与世俗化浪潮保持一种疏远的姿态，为90年代文化与文学增添一种不可或缺的色调、色彩，一种异质性，为它的多元、丰富、复杂增加一个维度，这是90年代先锋小说的价值所在。余华、格非、苏童、孙甘露、北村、叶兆言等一批80年代的代表性先锋小说家在进入90年代之后，依然有不俗的先锋佳作，一批新一代先锋新军也登场亮相，尽管他们中的一些人已不年轻，如韩东、鲁羊、潘军、西飏、吕新、东西、刁斗、毕飞宇、述平、须兰、李洱、李冯、王小波，等等。新生代先锋小说家承袭、借鉴、吸收了"前辈"先锋小说家的文本，呈现出一种"代际"特征和值得嘉许的传承关系。90年代先锋小说在叙事实验、语言游戏、元小说、戏仿、反讽等形式探索方面依然可圈可点，成绩斐然。

真正的先锋是精神的先锋，真正的先锋小说家的思想深处有着与现实生活不妥协、不屈服的对抗的力量，他们的审美意识和发现具有开拓性、超前性，对世界和生命有着高远的认知，在艰难困苦甚至不被理解的存在境遇中保持强大的精神力量。在这层意义上，只要余华、格非等小说家不自我重复、故步自封，不断地实验、开拓、创新，自我超越，他们就始终是先锋派，永远的先锋派。正是他们的这种探索精神在推动文学的进步和发展。

八九十年代文学连续性的微观透视离不开对经典作家的创作历程、文学观点、审美诉求、风格特色的发展脉络做谱系学的阐释分析，选择莫言作为个案研究的对象，不仅因为他是中国本土第一个获得诺贝尔文学奖从而享誉国际的大师级作家，更重要的是在转型期文学处于低谷的时候，他仍然用生命拥抱缪斯，在对自己的潜力才华的重新认识和文学发展规律的辩证思考中确立创作的思路和方向。莫言在转型期创作的文体不同、风貌各异的文学作品，在题材、主题、人物、情节、结构等外在之"形"的反差之中却具有内在之"神"的相通之处，语言的气势磅礴、感觉化的书写模式、极端化的叛逆意识、以人为中心的悲悯情怀都显示出转型期文学内在的有机性和连续性。语言、故事、结构就是莫言跨越八九十年代文学创作的永恒质素，在反叛自造的"天上的神"和"人间的神"的过程中，演绎故事的主体性穿越、故事情节的布局衍化、"莫氏"语言的怪味探寻就成为文学跨越年代学的比较清晰的发展脉络的有力明证。

莫言的原乡色彩的小说深受神话思维、鬼神禁忌和巫术观念的影响，这使得他在对乡土社会的原生态风貌进行刻画和描摹的过程中，总是超越了时空的限制。在按照循环论、退化论、民间化的历史观念对现实生活中的人情世态、社会事件、人性弱点进行剖析和反思的时候，他更多地看到现实与历史脉络上的统一性和内在的鬼魂般的纠结。莫言最大的特点就在于善于吸收他人的思想和历史观念，转化为血肉丰满的人物形象、独具匠心的情节结构和意蕴丰富的鲜活主题，在历史观念、人性弱点、启蒙意识等方面将历史与现实的纠结表现得淋漓尽致。

莫言在八九十年代的小说创作中，对故事情节的选择、甄别、设置和安排一般是出于陌生化的艺术目的，通过对熟悉的生活景观作片段式的切碎和重组，构成对读者阅读的惯性思维模式的挑战。莫言在其比较成熟的独具艺术风格的作品中，就有意地打破情节之间的逻辑链条，让没有关联的事物按照它们在自然界中的本然状态呈现出来，在此刻性、一次性、互不关联性的情节横向铺排比较的过程中留下大量的意义空白点。莫言在小说中施展闪转腾挪的功夫，将情节的设置按照自己出其不意的创新要求不断地变换不同的方式，这样就形成了故事情节五彩缤纷的艺术景观。

莫言小说的语言"怪味"是由他极限式的实验色彩造成的，他"痛恨所有神灵"的亵渎精神和自我意识使他总是在不经意之间剑走偏锋，对传统的语法、语义、语态、语句等约定俗成的艺术规则进行大胆的反叛和创新。也许莫言在创作中感觉到理性的、现成的语言难以表现他繁复芜杂的情绪、感觉和体验，日常的语言在常态下表现的丰富和生机在他的非常态的视域中显得那么单调和乏味，所以他要拗断语法的脖子、打破语义的因果链、跨越语态的时空性、尝试语速的节奏性来试验语言的速度、硬度和密度。作为一个文体学家和语言大师，莫言深知语言摆脱僵化的惯常模式的重要意义，所以他才在奔放的感觉和自由的联想的驱遣之下，采取不合规范的奇崛拗口的语言来表现他虚拟的东北乡王国中纷纭复杂的大千世界。想象的诡奇、用语的奇特、修辞搭配的诡异，显示着莫言在极限式的实验之路上不懈探索的得失成败。

"寻根"思潮是 20 世纪 80 年代非常重要的文学文化思潮，但这一思潮生发的问题一直延续到 90 年代直至 21 世纪。因此，"寻根"思潮并不是表面上那样短暂的"历史"的现象，而是具有当下性、衍生性、延展性的话语平台和思想空间，有持续追寻和思辨的理论价值和现实意义。从 20 世纪 80 年代直到 21 世纪，这条"文脉"时明时暗、若隐若现，始终没有中断，探讨"寻根"思潮的连续性和持久性，意在申明一种"中国叙事"的执着立场，其间蕴含着中国文化的张扬和中华文明的确认。它已融汇到当今关于中国认同、中国价值及"文化自信"的思考和讨论中。

寻根小说是现代性询唤下的文学实践。"寻根"的指向是"中国"和"文化"，它对文学本土性的追求充满文化民族主义色彩，它以文学的方式重构民族文化资源，重新确立中国文化的主体位置，跨越"文化断裂带"，接续文化传统，形成新的文化主体认同。

寻根文学是"文化苏醒"的表征，是文化民族主义意识觉醒的表征，其中存在着一种文化想象在全球化语境中自我投射、显影的机制。"寻根"是全球化的产物，是西方世界的对立物，存在于东西方文明的结构关系之中，只要对方存在，它就不会终止和消失。当中国不可避免地卷入全球化的历史进程之中，"寻根"思潮的民族性表述及寻根小说的本土化叙事有着不可替代的重要性。如果说 80 年代的寻根文学通过挖掘民族文化传统，来建构新的文化共同体想象，它成为 20 世纪七八十年代处于社会转型期的中国在世界地缘政治格局中的地位变动的折射，那么，20 世纪 90 年代至 21 世纪的韩少功、王安忆、阿城的"寻根"文本进一步表现了在"全球化的成年期"，中国在世界政治格局中的地位上升和崛起。这样，"寻根"思潮势必在一个相对长期的历史时段中处在复杂、矛盾的多重对话关系当中。

随着中国崛起、国际地缘政治格局重组和国际环境的变化，以下问题日益浮出水面：何谓中国？如何"言说中国"？如何建构中国人形象？"中国道路"意味着什么？它能够为全人类的文明和福祉做出什么样的独特贡献？这些问题在很长时间里激发着我们去思考、寻找答案。这是我们自我认同和归属的问题，其背后必然需要强大的文化理念和精神意志作支撑。

因此，"寻根"是一个关于中国故事和中国叙述的问题，是想象和讲述自身意义和意义生产的谱系及源流的问题，其意义是在价值领域表述、构建、确立中国和中华民族自身历史经验的连续性与合法性，是建构当代中国文化思想主体性的自觉实践，这样的文学创作表现了中国的价值生产和意义阐释上的创造性和自我肯定的意愿及能力，体现出价值上的远景。它对中国经验及历史的叙述、描写、想象及意义阐释，印证了中国文化传统的刚健的生命力和当代文学的强劲的创造力，这样的文学既是接续传统的文学，又是关注现实的文学，更是面向未来的文学，是一种关于"中国梦"的大文学，它内在于一个文明大国的话语表述和价值系统之中，彰显着、张扬着中国文明、中国文化、中国传统和中国价值。

228

　　总之，90年代文学不管表层上与80年代确立起来的主导写作、批评逻辑间有着多大的断裂表象，其深层方面却仍在延续、顺承着80年代文学的历史趋势和观念前提。八九十年代文学是互为指涉的关系，也是相互生产的关系。它们内在的连续性大于它们之间表面的断裂和差异性。本书通过人道主义、个人主义到"个人化写作"的思潮和文学现象，考察"个人"的历史境遇和嬗变；通过80年代的现代化、"现代派"文学与90年代的现代性关联，考察"国家"的现代化进程以及"个人"的现代性体验；通过论述作为一种文化归属意识的小说，挖掘"寻根文学"在当代中国确立"价值连续性"的文化使命的意义；通过分析八九十年代先锋小说的命运考察文学演进的规律；通过80、90年代之交新写实小说和作家个案，研究探讨文学的延续、渐进、让渡。在研究中始终注重贯通的历史脉络、线索，在传统文化、革命历史、改革开放历史进程叠加的大历史观中，构建起立体观照"现代""个人"国家、文化、市场经济、文学内容与形式、文学规律相融合的交叉格局，并使之互动、呼应，形成一个整体。

参考文献

一、著作

1. 弗洛姆. 对自由的恐惧 [M]. 北京：国际文化出版公司，1977.

2. ［德］黑格尔. 美学：第2卷 [M]. 北京：商务印书馆，1979.

3. 鲁迅. 坟·写在《坟》后面 [M] //鲁迅全集：第1卷. 北京：人民文学出版社，1981.

4. 鲁迅. 鲁迅全集：第3卷 [M]. 北京：人民文学出版社，1981.

5. 鲁迅. 鲁迅全集：第6卷 [M]. 北京：人民文学出版社，1981.

6. ［英］罗宾·乔治·科林伍德. 艺术原理 [M]. 北京：中国社会科学出版社，1985.

7. 北岛. 波动 [M] //归来的陌生人. 广州：花城出版社，1986.

8. 余英时. 士与中国文化 [M]. 上海：上海人民出版社，1987.

9. ［法］罗兰·巴尔特. 符号学原理——结构主义文学理论文选 [C]. 李幼蒸，译. 北京：生活·读书·新知三联书店，1988.

10. 申小龙. 中国语言的结构与人文精神 [M]. 北京：光明日报出版社，1988.

11. 冯定. 冯定文集：第2卷 [M]. 北京：人民出版社，1989.

12. 苏雪林. 沈从文论——苏雪林选集 [M]. 合肥：安徽文艺出

版社, 1989.

13. 张寅德. 叙述学研究 [C]. 北京：中国社会科学出版社, 1989.

14. [美] 拉里·劳丹. 进步及其问题 [M]. 方在庆, 译. 上海：上海译文出版社, 1991.

15. 陈思和. 逼近世纪末的小说 [M] //王晓明. 二十世纪中国文学史论. 上海：东方出版中心, 1992.

16. 金耀基. 中国社会与文化 [M]. 香港：香港牛津大学出版社, 1992.

17. 王晓明. 二十世纪中国文学史论 [M]. 上海：东方出版中心, 1992.

18. 徐岱. 小说叙事学 [M]. 北京：中国社会科学出版社, 1992.

19. 韩毓海. 锁链上的花环——启蒙主义文学在中国 [M]. 长春：时代文艺出版社, 1993.

20. 罗荣渠. 现代化新论 [M]. 北京：北京大学出版社, 1993.

21. 王安忆. 纪实与虚构 [M]. 北京：人民文学出版社, 1993.

22. 王蒙. "面向现代化"与文学 [M] //王蒙文集：第6卷. 北京：华艺出版社, 1993.

23. 徐文斗. 中国当代小说发展史 [M]. 济南：山东文艺出版社, 1993.

24. 陶东风. 文体演变及其文化意味 [M]. 昆明：云南人民出版社, 1994.

25. 汪曾祺. 我是一个中国人 [M] //汪曾祺文集：文论卷. 南京：江苏文艺出版社, 1994.

26. 朱维之, 赵澧. 外国文学史：欧美卷 [修订本] [M]. 天津：南开大学出版社, 1994.

27. ［德］倍倍尔. 妇女与社会主义［M］. 北京：生活·读书·新知三联书店，1995.

28. 池莉. 我坦率说［M］//池莉文集：第四卷. 南京：江苏文艺出版社，1995.

29. 潘知常. 反美学［M］. 上海：学林出版社，1995.

30. 阿城. 闲话闲说——中国世俗与中国小说［M］. 北京：作家出版社，1997.

31. 孔范今. 二十世纪中国文学史（下册）［M］. 济南：山东文艺出版社，1997.

32. 南帆. 文学的维度［M］. 上海：上海三联书店，1997.

33. 汪晖. 韦伯与中国的现代性问题［M］//汪晖自选集. 桂林：广西师范大学出版社，1997.

34. 杨扬. 月光下的追忆［M］. 济南：山东友谊出版社，1997.

35. 张德祥. 现实主义当代流变史［M］. 北京：社会科学文献出版社，1997.

36. 张学正. 现实主义文学在当代中国（1976—1996）［M］. 天津：南开大学出版社，1997.

37. ［法］西蒙娜·德·波伏娃. 第二性［M］. 北京：中国书籍出版社，1998.

38. 陆扬. 精神分析文论［M］. 济南：山东教育出版社，1998.

39. 莫言. 超越故乡［M］//会唱歌的墙. 北京：人民日报出版社，1998.

40. 童庆炳. 文学理论教程（修订版）［M］. 北京：高等教育出版社，1998.

41. 陈思和. 中国当代文学史教程［M］. 上海：复旦大学出版社，1999.

42. 陈思和. 中国当代文学史教程 ［M］. 上海：复旦大学出版社，2005.

43. 金元浦，陶东风. 阐释中国的焦虑——转型时代的文化解读 ［M］. 北京：中国国际广播出版社，1999.

44. 罗钢. 叙事学导论 ［M］. 昆明：云南人民出版社，1999.

45. 摩罗. 刘震云：中国生活的批评家 ［M］//自由的歌谣. 北京：文化艺术出版社，1999.

46. 邱晓华. 九十年代中国经济 ［M］. 上海：远东出版社，1999.

47. 余华. 我永远是一个先锋派 ［M］//许晓熠. 谈话即道路. 长沙：湖南美术出版社，1999.

48. ［美］凯特·米利特. 性政治 ［M］. 宋文伟，译. 南京：江苏人民出版社，2000.

49. ［美］詹姆逊. 政治无意识 ［M］. 北京：中国社会科学出版社，2000.

50. 李俊国. 在绝望中涅槃：方方论 ［M］. 武汉：湖北人民出版社，2000.

51. 刘建军. 单位中国 ［M］. 天津：天津人民出版社，2000.

52. 王晓明. 在新意识形态的笼罩下——90 年代的文化和文学分析·导论 ［C］. 南京：江苏人民出版社，2000.

53. 郜元宝. 编选者序 ［M］//尼采在中国 ［M］. 上海：上海三联书店，2001.

54. 王又平. 新时期文学转型中的小说创作潮流 ［M］. 武汉：华中师范大学出版社，2001.

55. 王铁仙，等. 新时期文学二十年 ［M］. 上海：上海教育出版社，2001.

56. 张景超. 文学：当下性之思 ［M］. 哈尔滨：黑龙江人民出版

社，2001.

57. ［俄］尼古拉·别尔嘉耶夫. 论人的奴役与自由［M］. 北京：中国城市出版社，2002.

58. 许志英，丁帆. 中国新时期小说主潮：上卷［M］. 北京：人民文学出版社，2002.

59. 许志英，丁帆. 中国新时期小说主潮：下卷［M］. 北京：人民文学出版社，2002.

60. ［法］萨莫瓦约. 互文性研究［M］. 天津：天津人民出版社，2003.

61. 莫言，王尧. 莫言王尧对话录［M］. 苏州：苏州大学出版社，2003.

62. 朱德发. 20世纪中国文学理性精神［M］. 上海：上海人民出版社，2003.

63. Wang Gungwu. State and Faith：Secular Values in Asia and the West［M］//Gregor Benton，Hong Liu. Diasporic Chinese Ventures：The Life and Work of Wang Gungwu. London：Routledge，2004.

64. 黄修己. 20世纪中国文学史：下卷［M］. 广州：中山大学出版社，2004.

65. 汪晖. 现代中国思想的兴起：上卷（第一部）［M］. 北京：生活·读书·新知三联书店，2004

66. 王瑾. 互文性［M］. 桂林：广西师范大学出版社，2005.

67. 杨扬. 莫言研究资料［C］. 天津：天津人民出版社，2005.

68. 於可训. 建构与阐释［M］. 武汉：武汉大学出版社，2005.

69. 查建英. 八十年代访谈录［M］. 北京：生活·读书·新知三联书店，2006.

70. 陶东风，徐艳蕊. 当代中国的文化批评［M］. 北京：北京大学出版社, 2006.

71. 王义祥. 当代中国社会变迁 [M]. 上海：华东师范大学出版社, 2006.

72. 莫言. 恐惧与希望：演讲创作集 [C]. 深圳：海天出版社, 2007.

73. 钱理群. 我的精神自传 [M]. 桂林：广西师范大学出版社, 2007.

74. 陶东风. 当代中国文艺思潮与文化热点 [M]. 北京：北京大学出版社, 2008.

75. 傅崇兰, 白晨曦, 等. 中国城市发展史 [M]. 北京：中国社会科学文献出版社, 2009.

76. 贺桂梅. "新启蒙" 知识档案 [M]. 北京：北京大学出版社, 2010.

77. 刘洋, 黄剑波. 世俗、世俗主义与现代性 [M] //金泽, 李华伟. 宗教社会学 (第二辑). 北京：社会科学文献出版社, 2014.

78. 张旭东. 文化政治与中国道路 [M]. 上海：上海人民出版社, 2015.

二、论文及作品

1. 王蒙. 我们的责任 [J]. 文艺报, 1979 (11 – 12).

2. 靳凡. 公开的情书 [J]. 十月, 1980 (1).

3. 刘心武. 如意 [J]. 十月, 1980 (3).

4. 张弦. 被爱情遗忘的角落 [J]. 上海文学, 1980 (1).

5. 黄药眠. 人性、爱情、人道主义与当前文学创作倾向 [J]. 文艺研究, 1981 (6).

6. 莫言. 春夜雨霏霏 [J]. 莲池, 1981 (5).

7. 莫言. 民间音乐 [J]. 莲池, 1983 (5).

8. 白烨. 创作与人性、人道主义问题漫谈 [J]. 当代文坛, 1984 (3).

9. 韩少功. 文学的"根" [J]. 作家, 1985 (4).

10. 莫言. 枯河 [J]. 北京文学, 1985 (8).

11. 莫言. 天马行空 [J]. 解放军文艺, 1985 (2).

12. 仲呈祥. 阿城之谜 [J]. 现代作家, 1985 (6).

13. 季红真. 神话世界的人类学空间 [J]. 北京文学, 1988 (3).

14. 莫言. 苍蝇门牙 [J]. 解放军文艺, 1986 (6).

15. 莫言. 草鞋窨子 [J]. 青年文学, 1986 (2).

16. 莫言. 高粱殡 [J]. 北京文学, 1986 (8).

17. 莫言. 奇死 [J]. 昆仑, 1986 (6).

18. 丹晨. 文艺与泪水 [J]. 文艺报, 1987 (4).

19. 雷达. 历史的灵魂与灵魂的历史 [J]. 昆仑, 1987 (1).

20. 莫言. 红蝗 [J]. 收获, 1987 (3).

21. 莫言. 弃婴 [J]. 中外文学, 1987 (2).

22. 莫言. 罪过 [J]. 上海文学, 1987 (3).

23. 池莉. 我写《烦恼人生》[J]. 小说选刊, 1988 (2).

24. 贺绍俊, 潘凯雄. 毫无节制的红蝗 [J]. 文学自由谈, 1988 (1).

25. 季红真. 现代人的民族民间神话——莫言散论之二 [J]. 当代作家评论, 1988 (1).

26. 李庆西. 寻根: 回到事物本身 [J]. 文学评论, 1988 (4).

27. 莫言. 复仇记 [J]. 青年文学, 1988 (11).

28. 王干. 反文化的失败——莫言近期小说批判 [J]. 读书, 1988 (10).

29. 钟山编辑部. 新写实小说大联展卷首语 [J]. 钟山, 1989 (3).

30. 莫言. 奇遇 [J]. 北方文学, 1989 (10).

31. 王干. 新写实小说的位置 [J]. 钟山, 1990 (4).

32. 於可训. 论作为实践形态的新写实主义 [J]. 当代作家评论, 1990 (5).

33. 赵本夫. 新写实小说漫谈 [J]. 文艺自由谈, 1990 (1).

34. 丁永强. 新写实作家、评论家谈新写实 [J]. 小说评论, 1991 (3).

35. 江南. 论莫言小说语言的超常使用 [J]. 徐州师范学院学报 (哲学社会科学版), 1991 (4).

36. 李铭. 灰色人生的写照——读池莉《热也好冷也好活着就好》 [J]. 小说评论, 1991 (3).

37. 刘震云. 磨损与丧失 [J]. 中篇小说选刊, 1991 (2).

38. 莫言. 怀抱鲜花的女人 [J]. 人民文学, 1991 (7 - 8).

39. 莫言. 模式与原型 [J]. 小说林, 1992 (6).

40. 莫言. 屠户的女儿 [J]. 时代文学, 1992 (5).

41. 莫言. 战友重逢 [J]. 长城, 1992 (6).

42. 尚文. 关于新写实主义 [J]. 文艺理论与批评, 1992 (4).

43. 莫言. 我的故乡与我的小说 [J]. 当代作家评论, 1993 (2).

44. 唐小兵. 蝶魂花影惜分飞 [J]. 读书, 1993 (9).

45. 王晓明. 旷野上的废墟——文学和人文精神的危机 [J]. 上海文学, 1993 (6).

46. 金文野. 论新写实小说真实性与倾向性美学品格 [J]. 社会科学战线, 1994 (4).

47. 林白. 选择的过程与追忆：关于《致命的飞翔》 [J]. 作家, 1995 (7).

48. 余华, 潘凯雄. 新年第一天的文学对话 [J]. 作家, 1996 (2).

49. 池莉. 我 [J]. 花城, 1997 (5).

50. 李骞, 曾军. 浩瀚时空和卑微生命的对照性书写——池莉访谈录 [J]. 长江文艺, 1998 (2).

51. 摩罗, 杨帆. 刘震云: 奴隶的痛苦与耻辱 [J]. 当代作家评论, 1998 (4).

52. 莫言. 长安大道上的骑驴美人 [J]. 钟山, 1998 (5).

53. 南帆. 双重的解读——八九十年代中国文学的一种描述 [J]. 文学评论, 1998 (5).

54. 孙先科. 英雄主义主题与"新写实小说" [J]. 文学评论, 1998 (4).

55. 江南. 新潮小说语言变异撷拾 [J]. 徐州师范大学学报, 1999 (1).

56. 莫言. 儿子的敌人 [J]. 天涯, 1999 (5).

57. 余华, 杨绍斌. 我只要写作, 就是回家 [J]. 当代文学评论, 1999 (1).

58. 陈喆. 精神的消解——新写实小说作家创作心态的探讨 [J]. 南京师范大学文学院学报, 2000 (4).

59. 姜智芹, 范维山. 论新写实小说的整合特征 [J]. 山东社会科学, 2001 (3).

60. 莫言, 王尧. 从《红高粱》到《檀香刑》 [J]. 当代作家评论, 2002 (1).

61. 莫言. 文学创作的民间资源 ——在苏州大学"小说家讲坛"上的讲演 [J]. 当代作家评论, 2002 (1).

62. 池莉. 敬畏个体生命的存在状态——池莉访谈录 [J]. 小说评论, 2003 (01).

63. 张明. 刘恒：从装配工到作协主席［J］. 法律与生活，2003 (21).

64. 张清华. 叙述的极限——论莫言［J］. 当代作家评论，2003 (2).

65. 莫言，杨扬. 小说是越来越难写了［J］. 南方文坛，2004 (1).

66. 初清华. 新时期之初小说对知识分子身份的想象［J］. 文学评论，2005 (6).

67. 张延君. 对比修辞理论及其在学术写作中的应用［J］. 东岳论丛，2005 (4).

68. 赵歌东. "种的退化"与莫言早期小说的生命意识［J］. 齐鲁学刊，2005 (4).

69. 赵联成. 后现代意味与新写实小说［J］. 文史哲，2005 (4).

70. 董希文. 文学文本互文类型分析［J］. 文艺评论，2006 (1).

71. 季红真. 神话结构的自由置换——试论莫言长篇小说的文体创新［J］. 当代作家评论，2006 (6).

72. 莫言. 作家的魅力在于张扬小说的艺术性［J］. 探索与争鸣，2006 (8).

73. 孙郁. 莫言：与鲁迅相逢的歌者［J］. 当代作家评论，2006 (6).

74. 向荣，等. 新世纪的文学神话：中产化写作与"优雅"的崛起［J］. 当代文坛，2006 (2).

75. 陶东风. 新时期三十年中国知识分子的结构转型［J］. 中国图书评论，2008 (2).

76. 韩少功. 寻根群体的条件［J］. 上海文化，2009 (5).

77. 卢长春. 张爱玲小说中的月亮意象［J］. 齐鲁学刊，2009 (1).

78. 张云峰. 从艺术语言视角看莫言小说语言的变异［J］. 西安社

会科学，2009 (5).

79. 陈小碧. "生活政治"和"微观权力"的浮现——论日常生活与新写实小说的政治性 [J]. 文学评论，2010 (5).

80. 陈小碧. 面向"1990 年代"——重读"新写实"小说兼论九十年代文学的转型 [J]. 文艺争鸣，2010 (4).

81. 李世涛. 中国当代文艺理论中的人性、人道主义问题 [J]. 艺术百家，2010 (1).

82. 于淑静. 试析新写实小说中的生存问题 [J]. 文艺理论与批评，2010 (3).

83. 张志忠. 有待展开的当代文学可能性 [J]. 文学评论，2010 (4).

84. 陈小碧. "新写实小说"情爱叙事新论 [J]. 中国现代文学研究丛刊，2011 (10).

85. 陈晓明. "在地性"与越界——莫言小说创作的特质和意义 [J]. 当代作家评论，2013 (1).

86. 黎保荣. 何为启蒙——中国现代文学启蒙内涵及其演变新论 [J]. 文学评论，2013 (1).

87. 莫言，木叶. 文学的造反 [J]. 上海文化，2013 (1).

88. 莫言. 超越故乡 [J]. 名作欣赏，2013 (1).

89. 莫言. 用耳朵阅读 [J]. 秘书工作，2013 (7).

90. 亚思明. "伤痕"深处的存在主义 [J]. 清华大学学报（哲学社会科学版），2013 (3).

91. 杨义. 王蒙小说的哲学、数学与形式 [J]. 山东师范大学学报（人文社会科学版），2013 (5).

92. 张博实. 莫言之后——莫言小说与文学审美价值判断 [J]. 当代文坛，2013 (4).

93. 赵奎英. 规范偏离与莫言小说语言风格的生成 [J]. 山东师范大学学报 (人文社会科学版), 2013 (6).

94. 谢丽. 生命本位下的历史建构 [J]. 创作与评论, 2014 (7) (下).

95. 徐勇. "改革" 意识形态的起源及其困境 [J]. 中国现代文学研究丛刊, 2014 (6).

96. 王和丽. 新写实手法在中国现当代文学中的文学价值 [J]. 甘肃社会科学, 2015 (4).

97. 张一兵. 批判与启蒙的辩证法: 从不被统治到奴役的同谋 [J]. 哲学研究, 2015 (7).

98. 洪子诚. 《绿化树》: 前辈, 强悍然而孱弱 [J]. 文艺争鸣, 2016 (7).

99. 姜翼飞, 张文东. 论刘震云历史题材小说中的祛魅意识 [J]. 文艺评论, 2016 (7).

后 记

　　本书由曲阜师范大学文学院张伯存教授撰写第三章、第四章，东南大学艺术学院卢衍鹏教授撰写第一章（与曲阜师范大学文学院博士生王冬梅合作）、第二章，洛阳师范学院文学院曹金合副教授撰写第五章、第六章。文责自负。